WIE ICH DEN KALTEN KRIEG GEWANN

WIE ICH DEN KALTEN KRIEG GEWANN

RITA KUCZYNSKI

Verlag: BoD · Books on Demand GmbH, Überseering 33,
22297 Hamburg, bod@bod.de
Druck: Libri Plureos GmbH, Friedensallee 273,
22763 Hamburg
ISBN: 978-3-8192-7852-5

Bibliografische Information der Deutschen Nationalbibliothek: Die
Deutsche Nationalbibliothek verzeichnet diese Publikation in der
Deutschen Nationalbibliografie; detaillierte bibliografische Daten sind im
Internet über http://dnb.dnb.de abrufbar.

Buchgestaltung: Bernd Floßmann • www.IhrTraumVomBuch.de

Für Susi Koref Kozitschek

ÜBER DIE AUTORIN

Rita Kuczynski, geboren 1944, aufgewachsen in Berlin Ost und West. Studium der Musik und Philosophie, Promotion über Hegel. (1976)
Gastdozenturen u. a. in New York, Washington D.C. und Santiago de Chile. Fellow an der Johns Hopkins University (2001; 2008)
Romane: u.a. Nächte mit Hegel (1984), Wenn ich kein Vogel wär (1991), Mauerblume (1999), Die gefundene Frau (2001). Aber der Himmel war höher (2014)
Sachbücher: u.a. Die Rache der Ostdeutschen (2002), Ostdeutschland war nie etwas Natürliches (2005). Woran glaubst du eigentlich (2013)
Freie Publizistin u.a. Süddeutsche Zeitung, Frankfurter Allgemeine Zeitung, Berliner Zeitung, verschiedene Rundfunkanstalten, - Übersetzt in zahlreiche Sprachen.

1

Die Zellentür wurde aufgeschlossen. Ich zuckte wieder zusammen. Erna, eine Vollzugsbeamtin, trat ein, um mich abzuholen. Begann doch heut der Strafprozess gegen mich. Elsa, die darauf bestand, von mir nicht Wärterin genannt zu werden, hatte lange, blond gefärbte Haare. Sie waren zu einem Pferdeschwanz zusammengehalten. Barsch, aber nicht unfreundlich, machte sie mir den Vorschlag, mich noch einmal zu kämmen. Das mache im Gerichtssaal einen besseren Eindruck.

Ich folgte ihrem Rat und wollte mir auch noch die Lippen nachziehen. Aber sie schüttelte den Kopf und meinte, ungeschminkt kommt vor Gericht besser an. Ich legte also den Stift zurück auf die weiße Plastikkonsole über dem Waschbecken und signalisierte ihr, dass wir gehen könnten.

Sie schloss die Zelle, in der ich nun schon den dritten Monat meiner Untersuchungshaft verbrachte, von außen ab. Wir liefen den langen Gang an immer neuen Zellen entlang, um dann nicht hinunter Richtung Freigang zu gehen. Nein, wir gingen Treppen hoch, immer höher, und standen endlich vor einer Verbindungsschleuse.

Das also war der Übergang zum Gebäudekomplex, in dem sich das Hohe Gericht befand. Ich hatte längst die Orientierung verloren. Ich lief einfach nur noch mit. Nachdem wir auch noch einen Aufzug benutzt hatten, waren wir in einer großen Halle angekommen. Wir durchschritten sie und standen vor Türen, die nicht mehr aus Metall, sondern aus dunkelbraun furniertem Holz waren. Die Vollzugsbeamtin bedeutete mir zu warten. Eine andere Beamtin kam. Elsa übergab mich dieser Frau. Sie sprach kein Wort. Sie führte mich durch einen endlos langen Flur, der in dem Gerichtssaal Nr. 3 endete. Nachdem wir ihn betreten hatten, wies sie mir einen Platz zu. Wortlos verließ sie danach den Raum.

Obwohl ich eine Verteidigung abgelehnt hatte, saß links von mir eine vom Gericht gestellte Pflichtverteidigerin. Sie hatte sich mir als Frau Schultz, Schultz mit tz, vorgestellt. Auf dieses „ tz" legte sie großen Wert, denn wo immer sie sich in meiner Gegenwart vorstellte, betonte sie die Besonderheit ihres Namens.

Vor mir also das Hohe Gericht. Hinter mir x Stühle für ein Publikum, das nicht da war, weil die Verhandlung nicht öffentlich stattfand. Die Türen des Gerichtssaals wurden geschlossen. Das Hohe Gericht nahm Platz. Es entstand eine Pause. Sie dauerte genau so lange, dass sie nicht den Anschein von Feierlichkeit bekam. Dann stand ein hochgewachsener Mann auf. Es war der Richter. Er sagte: „Das Verfahren gegen Rosa Ka. wird eröffnet. Bevor die

Anklageschrift verlesen wird, zunächst einige Fragen zur Person. Angeklagte, stehen Sie auf.

Sie heißen Rosa Ka.?"

„Ja, dafür habe ich mich letztlich entschieden."

Der Richter setzte seine Brille auf und sah Rosa Ka. fragend an. Sagte aber nichts.

„Wohnhaft in Berlin."

„Ja."

„Geboren 1945. Stimmt das?"

„Im Prinzip, ja. Und zwar noch bevor die Deutschen durch die Alliierten endgültig besiegt wurden. Das ist wichtig zu vermerken, denn dadurch bin ich noch ein Kriegskind geworden. Quasi auf dem letzten Drücker. So steht es jedenfalls in meiner Geburtsurkunde."

„Was wollen Sie damit sagen?"

„Dass ich alle Nachteile, die solch ein Kriegskind in sich trägt, auch in mir trage. Aber auch alle Vorteile."

„Angeklagte, antworten Sie bitte nur auf meine Frage. Sie sind im Jahr 1945 geboren?"

„Ja, obwohl ich das nicht gern zugebe. Denn für eine Frau ist es ja immer schwierig, sich auf ein bestimmtes Alter festlegen zu lassen. Hat sie doch nur Nachteile davon, jedenfalls, sobald sie älter als 28 Jahre wird. Daher ist es günstiger für sie als Frau ihr Alter etwas zu verschleiern und es gegebenenfalls ein wenig nach unten zu korrigieren. Verstehen Sie, was ich meine?"

Rosa Ka. sah den Richter erwartungsvoll an. Er verzog keine Miene.

„Angeklagte, ich frage zum letzten Mal: Sind Sie 1945 geboren?"

„Ja doch. Meinetwegen. Wenn das so in meiner Akte festgeschrieben wurde."

„Sie sind geschieden seit 1990?"

„Ja."

„Ihre Ehe blieb kinderlos?"

„Kinderlos ist nicht korrekt. Ich wollte keiner Kinder, deshalb habe ich sie wieder und wieder verhindert. Ich hätte sie doch nicht beschützen können."

Der Richter überging die Bemerkung, sah aber zu Rosa hinüber. Ihre Blicke begegneten sich für einen kurzen Moment. Dann wandte er sich wieder seinen Papieren zu.

„Also. Noch einmal. Ihre Ehe blieb kinderlos??"

„Ja, wenn Sie das in Ihrem Beamtendeutsch so ausdrücken müssen."

Der Richter überging auch diese Provokation und blättert in seinen Akten.

„Sie werden angeklagt, Ihre Therapeutin Frau von Streckenberg getötet, wenn nicht gar ermordet zu haben. Was haben Sie dazu zu sagen?"

„Dass ich sie weder getötet und schon gar nicht ermordet habe. Sie ist aus dem Fenster gefallen. Und zwar durch ein Versehen. Wir hatten uns gestritten. Dabei ist sie aufgestanden. Sie hatte ihren Notizblock in der Hand und blätterte unablässig in ihm. Sie wollte mir vorlesen, was sie über mich in den letzten Sitzungen aufgeschrieben hatte. Aber ich wollte es nicht hören. Deshalb stand ich auch auf und wollte ihr den Block entreißen. Was sie da aufgeschrieben hatte über mich, stimmte nämlich einfach nicht. Ich ging also auf sie zu. Und weil sie von der Statur viel größer war und auch noch ziemlich dick, musste ich hochspringen, um den Notizblock ergattern zu können. Ich hatte ihn auch schon in der Hand. Aber sie hielt den Block trotzig fester als zuvor. Dann machte sie zwei Schritte zurück. So waren wir angelangt auf dem schmalen Austritt ihres französischen Fensters. Es stand offen. Schließlich war Hochsommer. Da schrie sie plötzlich auf. Anscheinend hatte sie das Gleichgewicht verloren. Jedenfalls umklammerte sie ihre gelbe Übergardine und fiel mit ihr und dem Notizblock über die niedrige Brüstung aus dem 6. Stock in die Tiefe.

Für einen Augenblick war es absolut still. Draußen wie drinnen. Ich trat vorsichtig ans Fenster und sah sie da unten liegen. Der Vorhang bedeckte sie beinahe vollständig. Wo der Notizblock abgeblieben war, war aus dieser Höhe nicht auszumachen. Glauben Sie mir, ich war zutiefst erschrocken über mich, dass ich in diesem Moment zuerst an den Notizblock dachte und nicht an das Unglück, das dieser armen Frau gerade zugestoßen war. Ja, ich meine sogar, für eine kurze Zeitspanne war ich erleichtert bei der Idee, dass der Block für immer verschwunden sein könnte. Denn ich wünschte mir in diesem Moment ehrlicherweise, er würde nie wieder auftauchen. Ich schämte mich für meinen Wunsch. Aber ich wünschte es mir dennoch."

Rosa Ka. strich sich durch die Haare. Nein, eigentlich zog sie sich an ihnen nach oben, als wollte sie auch weiterhin erhobenen Hauptes dem Gericht die Stirn bieten.

„Ich weiß ja auch nicht …"

In diesem Moment sprang die Pflichtverteidigerin Frau Schultz mit „ tz " auf.

„Hören Sie doch auf, so ein unsinniges Zeugs vor sich hin zu reden. Wie soll ich Sie denn um Gottes Willen verteidigen, wenn Sie solch ein wirres Zeugs hier zu Protokoll geben?"

Rosa Ka. sah die Verteidigerin an und sagte mit fester Stimme:

„Sehr geehrte Frau Schultz, ich habe Sie nicht gebeten, mich hier zu verteidigen. Im Gegenteil. Ich habe Sie gebeten, sich soweit als möglich aus meinem Prozess herauszuhalten. Denn ich weiß schon allein, was in meinem Fall der Wahrheitsfindung dienlich ist und was nicht. Sie sind mir von Gesetzes wegen zugeteilt worden, und zwar ungebetener Weise. Sie haben trotz meiner Einwände und schließlich gegen meinen Willen das Mandat für diesen Fall übernommen oder übernehmen müssen. Aus welchen Gründen auch immer Sie hier sitzen, geht mich letztlich nichts an. Doch bitte, Frau Zwangsverteidigerin, mischen Sie sich in mein Verfahren nur auf meinen ausdrücklichen Wunsch ein. Das hier ist mein Prozess. Helfen können Sie mir ohnehin nicht. Ihre Wege der Wahrheitsfindung sind andere als meine. Sie sind an ihre Gesetze gebunden, die auf meinen Fall nicht anzuwenden sind."

Rosa Ka. machte eine Pause und sah die Frau mittleren Alters mit gefärbten Haaren an. Ohne sie zu Wort kommen zu lassen, fuhr sie fort:

„Ihre pflichtgemäßen Einwände, Frau Schultz, lenken in meinem Fall von einer Wahrheitsfindung und den tatsächlichen Hintergründen des Geschehens höchstens ab. Und das kann ja schließlich nicht in Ihrem Interesse liegen."

Eher zum Richter hingesprochen, sagte Rosa:

„Mein Leben funktioniert nach anderen Gesetzen. Dies zu erkennen, war ein langes und schmerzensreiches Erleben. Jahrelang habe ich mich geweigert, das zu akzeptieren. Dann aber habe ich endlich eingesehen, dass die Regeln, nach denen mein Leben gespielt werden muss, andere sind. Nur widerwillig habe ich mich seinen Gesetzen gebeugt. Denn ich wusste schon, dass ich gezwungen sein werde, gegen Normen und Gesetze zu leben, nach denen Leben üblicherweise stattfindet. Daher, sehr geehrte Frau, können die Ihnen geläufigen Verteidigungsstrategien in diesem Fall auch nicht funktionieren. Bitte, Frau Schultz, akzeptieren Sie, dies hier ist mein Prozess. Es wird daher auch mein Urteil sein. Wenn Sie mir helfen wollen, halten Sie sich um Gottes Willen zurück. Schließlich muss ich und nicht Sie mit dem Urteil leben. Für Sie ist das Ganze hier doch eher ein miserabel bezahltes Pflichtmandat, dem ein nächstes folgt. Für mich ist es mein Leben."

Rosa sah die Verteidigerin an, musterte sie und konnte den Gedanken nicht aufhalten, dass ihre blond gefärbten Haare am Haaransatz sehr grau nachgewachsen waren.

Erst viel später erfuhr Rosa, dass diese Verteidigerin alleinstehende Mutter von vier Kindern war.

„Frau Schultz, ich will sagen …"

Der Richter unterbrach Rosa Ka. und ermahnte sie, sich nur zu den Sachverhalten zu äußern, ansonsten werde er ihr das Wort entziehen.

Rosa Ka. entschuldigte sich für ihre Abschweifungen und wandte sich wieder dem Hohe Gericht zu.

„Richtig. Also noch einmal: Ich quassele hier kein unüberlegtes Zeugs vor mich hin, wie mir die Frau Pflichtverteidigerin in guter Absicht gerade zu unterstellen versucht. Ich wünschte mir in diesem Augenblick wirklich, dass der Notizblock der armen Frau von Streckenberg nie wiederauftauchen würde. Schließlich versammelten sich in ihm doch alle Informationen, die mein Leben in eine Richtung zwängen sollten, das es nie hatte und auch niemals bekommen sollte. Mehr noch. Auf dem Block standen alle Fakten, die einzig und allein gesammelt wurden, mein bisheriges Leben zu zerstören. Das war doch letztlich der Sinn aller zwanghaften Fragerei dieser Therapeutin.

Ihr abstruses Gefasel über meine hartnäckige Verdrängung von Realität wurde von Monat zu Monat unerträglicher. Diese freudianischen Sätze über das, was mein Leben sei, und was ich mir nur einbilde, dass es mein Leben sei, brachte uns kein Schritt weiter. Diese Frau von … hatte nämlich keine Ahnung, wie komplex so ein Leben sein kann. Und noch weniger Ahnung hatte sie davon, was an solch einem Leben real ist und was nicht. Ihr fehlte die Grundeinsicht, dass nämlich wir es sind, die unsere Wirklichkeit schaffen. Wir, nur wir allein, immer diejenigen waren und sein werden, die sich selbst erfinden. Ja, erfinden müssen! Denn nur wir allein können das, was unser Leben wird, aus uns selbst hervorbringen. Wer in Gottes Namen sollte es denn sonst tun? Wenn nicht wir?"

Der Richter fiel Rosa Ka. ins Wort: „Angeklagte, ich entziehe Ihnen hiermit das Wort."

Dagegen konnte sie nichts sagen. Aber sie hörte den absurden Anschuldigungen, die in der Anklageschrift standen, nicht mehr zu. Nachdem das Hohe Gericht mit seinen Ausführungen dennoch endlich ans Ende gekommen war, fragte der Richter, ob Rosa Ka. zu dem Vorgetragenem noch etwas zu sagen hätte?

„Nein eigentlich nicht. Oder doch noch; nur so viel. Wenn ich es recht bedenke, lag der Fall doch eher umgekehrt. Frau von Schreckenburg wollte mich umbringen, wenn auch in guter Absicht, wie sie dachte. Denn ALLES, was mein Leben ausmachte, wollte sie mir wegnehmen. Sie war sogar überzeugt, ich leide an einer Krankheit. Ich sei eine pathologische Lügnerin. Das Ziel ihrer Therapie bestünde also darin, mich von meinen Dämonen und den zwanghaften Phantastereien zu befreien. Aber sie irrte. Ich war nur nicht bereit, das, was man mir als mein Leben anbot, hinzunehmen.

Hätte ich mich in jungen Jahren nicht geweigert, mein erbärmlich kleines Leben als das meine zu akzeptieren, hätte ich meine Pubertät nicht überlebt. Ich war also gezwungen, Leben zu erfinden. Oder anders gesagt, die Alternative, vor die mich das Leben stellte, war: mein Leben selbst zu kreieren oder kaputtzugehen. Und ich wollte leben. Unbedingt! Selbst wenn ich das lange Zeit nicht wusste. Ich wollte es trotzdem. Der Vorwurf der Frau von Schreckenburg, dass ich mein erfundenes Leben mit dem realen vermische, war ganz absurd. Schließlich war es der Sinn all meiner Anstrengungen, mich dem mir angebotenen Leben zu verweigern. Es ging nie um irgendwelche Vermischungen, wie sie behauptete. Es ging viel mehr darum, das kreierte Leben an die Stelle des mir angebotenen Lebens zu setzen. Ja, zu setzen! Darum ging es: Es zu setzen. Um es dann zu einem neuen, meinem ganzen eigenen Leben werden zu lassen. Also zu dem, was man heutzutage ein selbstbestimmtes Leben nennt. Oder was sonst soll die Selbstfindung des Menschen durch Selbstbestimmung anderes bedeuten?

Aber davon hatte eine Frau von … nicht die geringste Ahnung."

Rosa sah den Richter fragend an. „Verstehen Sie, was ich meine?"

Für einen Augenblick hielt der Richter inne. Dann sagte

er mit fester Stimme: „Die Sitzung ist geschlossen. Der Prozess wird morgen um 10.00 Uhr mit der Vernehmung der Sachverständigen fortgesetzt."

Rosa Ka. wurde von einer Beamtin ihre Zelle zurückgebracht. Nachdem die Zelle von außen abgeschlossen worden war, schmiss sich Rosa auf ihr Bett und schloss die Augen.

2

Gebet

Ich weiß Herr, ich war nicht in Auschwitz,
nicht in Hiroshima
und auch nicht im Gulag

Warst Du dort?

Wenn nein, wo warst Du?
Wenn ja,
wie sieht Deine Wiedergutmachung aus?

Willst Du Deine eigene Klagemauer bauen
an der du niederkniest

von Ewigkeit zu Ewigkeit?

Herr, erinnerst du dich? Damals. Als meine Mutter schrie ohne Ende und dann diesen blutigen Klumpen die Toilette herunterspülen wollte, der meine Schwester nicht wurde. Wie sie mich anfuhr, ich sollte endlich Wasser holen, weil die Toilette dabei war zu verstopfen. Ich höre sie noch immer. Wenn auch nicht mehr bei jeder Spülung. Hast du sie auch schreien gehört?

Danach lag sie lange mit dem Kopf auf der Toilettenbrille und weinte, bis sie über ihrem Schluchzen einschlief. Als dann ihre Mutter kam, schimpfte sie mit Mutti, weil sie nicht gewartet hatte, meine Schwester die Toilette herunterzuspülen. Schließlich hätte meine Mutti verbluten können. Ich klammerte mich an meine Großmutter und sagte, dass ich ja aufgepasst hätte. Sie strich mir über den Kopf. Dann löste sie die Arme meiner Mutter. Sie hatten die Toilettenbrille umschlungen. Meine Großmutter hob ihren willenlosen Körper hoch und trug ihn ins Schlafzimmer. Ich starrte auf die Blutlache, die nicht zerfloss auf dem gefliesten Boden.

Lange, Herr, verstand ich nicht, was du mir damals sagen wolltest, falls du etwas wolltest. Als ich dann verstand, war es bereits geschehen. Die durch und durch blauen Augen, zu denen ein Mann gehörte, hatten mich schon fixiert, bevor er mich fragte, ob noch ein Nachtbus fahre. Bewegungslos stand ich an diesem Sommerabend im Laternenlicht. Unfähig zu antworten. Ich wusste, ich hätte davongemusst. Aber ich konnte nicht. Die durch und durch blauen Augen kamen näher. Der Mann, von dem ich keinen Namen hatte, packte mich fest an den Armen. Er schob mich in das Wartehäuschen.

Als ich wieder etwas zu sagen vermochte, war er schon fort. Feuchtes kroch langsam an meinen Oberschenkeln abwärts. Wind strich um die Schenkel, während ich meinen

Schlüpfer aus der staubigen Ecke aufhob und in den Papierkorb an der Bushaltestelle entsorgte. Später erfuhr ich, dass er Herrmann hieß. Jedenfalls nannte ich alle Männer mit blauen Augen Herrmann. Wie sollte ich sie sonst nennen?

Sprachlos seit jenem Tag, zog ich mich in mich zurück.

Erst später erfuhr ich, dass jener Blutklumpen, der meine Schwester nicht wurde, aus einem gewaltsamen Geschlechtsverkehr eines Rotarmisten mit meiner Mutter entstanden war. Meine Großmutter hatte es mir unter dem Mantel aller Verschwiegenheit erzählt. Denn auf keinen Fall dürfe mein Vater davon erfahren, hat sie gesagt. Schließlich war er damals gerade aus Hitlers Krieg zurückgekommen und hätte meiner Mutter diese Geschichte mit dem russischen Soldaten nicht abgenommen. Der Vater hätte gesagt, dass sich meine Mutter dem Russen an den Hals geschmissen hätte.

Ich habe all das erst über die Jahre verstanden und bis heute niemandem davon erzählt.

Im Gegensatz zu meiner Mutter hatte ich Glück. Aus dem gewaltsamen Vergehen Herrmanns an mir hatte sich kein Blutklumpen in meinem Bauch gebildet. Nur ein lebenslänglicher Ekel blieb. Die Ärzte nennen ihn Reizdarm.

Ich war also zwölf, als ich eine Frau wurde. Seitdem befreite ich jedes meiner ungeborenen Kinder von den bösen Geistern. Lieber zu früh als zu spät. Das hatte ich mir geschworen. Denn auf keinen Fall wollte ich, dass ihnen geschieht, was meiner Mutter und was mir geschehen war. Hatte ich doch bald davon gehört, dass sich solche Erlebnisse innerhalb von Familien fortpflanzen. Als Fluch sozusagen. Heute würde man wahrscheinlich von einem unheilbaren Gendefekt sprechen. Daher entschloss ich mich, gegen diesen Defekt selbst anzugehen. Entschied immer wieder, den Abort für meine ungeborenen Kinder auf mich zu nehmen. Und Gott führte mich siebenmal in Versuchung. Ich aber widerstand. Dennoch fragte ich ihn vor jeder Interruption, wo er gewesen war, damals, als in Auschwitz die Schornsteine ihren Rauch in seinen Himmel stießen. Denn der Rotarmist wäre nie nach Berlin gekommen, wenn Hitler und seine Deutschen nicht Auschwitz und all diese scheußlichen Todeslager und Schlachtfelder angezettelt hätten.

Sicher bin natürlich auch nicht. Deshalb brachte ich mein Opfer an den ungeborenen Kindern, bevor sie selbst Opfer oder Täter werden konnten. Mehr lag nicht in meiner Macht. Und das war eigentlich schon zu viel. Aber wie sollte ich sie sonst beschützten?

Oft habe ich mich gefragt, was geworden wäre, wenn die Mutter Maria ihren einzigen Sohn auch abgetrieben hätte. Hätte es dennoch ein Christentum samt Abendland gegeben? Hätte das Neue Testament, selbst die Bergpredigt, vielleicht gar nicht stattgefunden? Läsen wir also noch immer die alten Geschichten von Moses und seinen Gesetzestafeln?

Woher die Mutter Gottes den Sohn hatte, war mir eigentlich immer egal. Befleckt oder unbefleckt. Erst über die Jahre kam mir der Gedanke, dass auch sie vergewaltigt worden sein könnte. Aus welchem Grund sie ihr Kind dann nicht abgetrieben hatte, versuchte ich mir vorzustellen, ohne eine Antwort zustande zu bringen. Ich habe auch probiert, diese meine Vermutung als Frage zu formulieren und sie hin und wieder anderen zu stellen. Aber niemand konnte oder wollte eine Antwort versuchen. Wann und wo auch immer ich gefragt habe, hat man mich nur mitleidig angesehen. Dabei darf man solch eine Frage doch mal stellen? Denn befleckt oder unbefleckt. Unser aller Geschichte wäre schließlich eine andere geworden, hätte Maria diesen Sohn nicht ausgetragen. Wahrscheinlich wäre unser aller Dasein zwar nicht abgebrochen. Aber ein anderes wäre es schon geworden.

Auschwitz wäre uns vielleicht gar erspart geblieben?

Mein kurzes Leben jedenfalls war damals erst einmal zu Ende. Ich war tot, nachdem Hermann sich an mir vergangen hatte. Da war nichts mehr, an das sich anknüpfen ließ. Nur die Erfahrung eines Sterbens, und die war nicht sehr lebenstüchtig. Nur diese Leere und eine selbstzerstörerische Abwesenheit. Ich war also gezwungen, Wirklichkeit neu herzustellen. Ich musste diese Leere auffüllen. Musste mich neu erfinden, wenn es weiter gehen sollte mit mir. Daher erzählte ich mir Geschichten. Geschichten, die mein Leben zu werden vermochten. Wichtig war, mir die Geschichten so zu erzählen, dass sie bei mir bleiben wollten. Sie sich also wohlfühlten bei mir.

Nicht zufällig las ich in jenen Tagen auf einem Kalenderblatt: „Wirklich ist, was wirkt." Erst viel später erfuhr ich, dass dieser Satz von einem deutschen Philosophen war. Wie dem auch sei. Ich wollte nicht diese traurigen Erlebnisse als mein Leben annehmen. Keinesfalls wollte ich, dass das, was ich da erlebt hatte, mein Leben wurde.

3

Vom Flur her lärmte es. Die Teller vom Mittagessen wurden abgeholt. Ich hatte keines bestellt, da unklar war, wann die Gerichtsverhandlung zu Ende sein würde. Aber das Geräusch der Schlüssel, das entstand, wenn die Zellen aufgeschlossen wurden, hatte sich mir eingeprägt. Grund dafür war nicht der Wunsch, die Zelle zu verlassen. Es war die von außen kommende Unterbrechung, die ich dankbar annahm. Denn seitdem ich hier festsaß, hatte ich diesen durch nichts zu bezwingenden Drang, Selbstgespräche zu führen. Ich meinte, wenn ich mich zwingen würde, logische Gespräche oder gar Dispute zu führen, und sei es auch nur mit mir selbst, würde ich dem entgegensteuern, was ich den passiven Gefängniskoller nannte. Damit meine ich dieses leere Vor-Sich-Hinstarren. Stunde um Stunde, ohne etwas zu sehen, zu verstehen oder gar etwas zu klären.

Dem musste ich mich entgegenstellen. Musste widerstehen, um nicht irre zu werden an den Verhältnissen, die mir der HERR zu schenken gedachte. Schon wieder! Ich durfte mich ihm nicht beugen. Auch nicht hier drinnen, damit sein

Wille geschehe. Ich hatte also erneut zu lernen, gegen die Tatsachen zu bestehen, die mir diese Untersuchungshaft im Namen des HERRN aufzwingen wollte. Es musste mir auch hier drinnen gelingen, eine Gegenexistenz zu kreieren. Denn auf keinen Fall durfte mein Denken und Fühlen jetzt in eine blinde Einstellung geraten. Ich musste den Zwang des leeren Sehens besiegen, um dem passiven Gefängniskoller keine Chance zu geben.

Auf dem Flur war es jetzt wieder ruhig.

Gebet

HERR
was wärst du ohne uns
deinen Menschenkindern?
Ein Irrlicht, das seine Quelle sucht.

Hast du vergessen, dass du uns brauchst
um deine Allmacht zu beweisen?
Oder hast du genug von deiner Herrlichkeit?
Willst du es aufkündigen
dein Tun als Weltenlenker
und dich in Demut auf die Suche machen
bis auch dir HERR vergeben wird
deine Schuld?

4

Das Gericht rief den Sachverständigen Professor Bonsai in den Zeugenstand.

„Bitte treten Sie vor. Ihr vollständiger Name ist Prof. Dr. Wilfried Maria Bonsai. Sie sind Facharzt für Neurologie und Psychiatrie. Tätig am „Forschungszentrum für Visuelle und Audiologische Wahrnehmungsphänomene" in Senftenberg? Ist dem so?"

„Ja, das ist stimmt."

„Womit beschäftigen Sie sich dort?"

„Mein Arbeitsgegenstand ist die Rekonstruktion des soziokulturellen Hintergrunds, auf dem ein Patient seine Halluzinationen bildet. Genauer gesagt beschäftige ich mich mit den Inhalten akustischer und visueller Erscheinungen, die in einem psychotischen Geschehen des Patienten auftreten, der in unsere Klink überwiesen wird."

„War Rosa Ka. Ihre Patientin?", fragte der Richter.

„Nein, ich lernte die Angeklagte kennen, weil Frau von Schreckenburg mich bat, dass ich mir ihre Patientin ansehe. Meine Kollegin von der Psychotherapie wollte sich vergewissern, ob die Patientin bei ihr wirklich in richtigen Händen sei. Sie fragte mich, ob nicht vielleicht eine psychiatrische Mit-Behandlung notwendig wäre. So kam Rosa Ka in unsere ambulante Sprechstunde."

„Zu welchem Ergebnis sind Sie gekommen?", fragte der Richter nach kurzer Pause.

„Wir kamen zu dem Resultat, dass die Patientin an einer inneren Wertebilanzstörung leide. Das bedeutet in ihrem konkreten Fall, die Patientin kann die von ihr erfundene Welt häufig nicht mehr von ihrer realen Welt, in der sie lebt und wirkt, unterscheiden. Oder sagen wir es so, in Rosas Leben behält die fiktive Welt häufig die Oberhand über ihr reales Leben. Diese narzisstische Störung kann, wenn überhaupt, nur durch eine langwierige Psychotherapie behandelt werden. Die Erfolgsquote ist allerdings gering, weil selten ein tragfähiges Bündnis zwischen Patienten und Therapeut entsteht. Oder anders gesagt: Der Patient will seine Phantasmen ungern, manchmal auch unter keinen Umständen, aufgeben. Denn er fühlt sich wohl in seiner Fantasiewelt. Daher wehrt er sich häufig mit Händen und Füßen, sein fiktives Leben gegen ein reales einzutauschen.

In unseren wissenschaftlichen Studien haben wir herausgefunden, dass der Leidensdruck dieser Patienten meist sehr gering ist, solange sie in ihrer fiktiven Welt bleiben. Das heißt, solange sie mit der realen Welt nicht in Konflikt geraten, etwa dadurch, dass ihr erfundenes Leben in der Realwelt auffliegt und sich als Phantasma bzw. als Lügengebäude herausstellt. Hinzu kommt, dass viele Patienten, zu denen auch Rosa Ka. gehört, aufgrund ihrer hohen Intelligenz in der Lage sind, eine so komplexe und in sich stimmige Phantasiewelt zu bauen, ohne mit ihrer sozialen Umwelt in Konflikt zu geraten. Je länger ihnen dies gelingt, desto mehr Zeit haben sie, ihre fiktive Welt gegen mögliche Unstimmigkeiten mit der Realwelt abzusichern und auszubauen. Also sich in ihr einzurichten. Bei Patienten wie Rosa Ka., die jahrelang in ihrer Scheinwelt zurechtkam und zwar erfolgreich, ist es selbst für einen Fachmann schwierig, die Patienten aus ihrer fiktiven Welt herauszuführen. Das aber muss schließlich das therapeutische Ziel des Arztes bzw. des Therapeuten sein. Häufig fehlt den Patienten, und zu denen gehört Rosa Ka., jegliche Motivation. Oft ist ihr Widerstand, ihre Phantasiewelt aufgeben zu sollen, derart groß, dass sie die Therapie abbrechen.

Wie mir Frau von Schreckenburg sagte, stand Rosa Ka kurz vor solch einem Abbruch. Grund hierfür war, dass meine Kollegin aus der Psychotherapie das für die Patientin so heikles Thema anschnitt, nämlich das ihrer unheilbaren Krankheit. War doch Frau von Schreckenburg der Überzeugung, dass diese von Rosa Ka. ausgedachte und über Jahre hinweg simulierte Krankheit zum Kern ihrer narzisstischen Störung führt.

Doch Rosa wehrte sich mit großer Kraft und enormen Trotz gegen diese Behauptung. Denn schließlich, so Rosa Ka., war diese ihre Krankheit von zwei Fachärzten sogar als unheilbar diagnostiziert worden. Das habe sie, Rosa, sogar schriftlich und könne in den Archiven der Kliniken eingesehen werden.

Jeder Versuch, der Patientin näher zu bringen, dass sie sich selbst mit dieser Simulation am meisten geschadet habe, wehrte Rosa Ka. ab. Und wenn meine Kollegin sie auf die moralische Komponente ihres Vorgehens ansprach, nämlich andere Menschen durch ihr Verhalten mutwillig getäuscht und manipuliert zu haben, geriet Rosa Ka. absolut in Rage. Dabei kam ihr großes Aggressionspotential zum Vorschein, das sich auch gegenüber meiner Kollegin artikulierte. Eben deshalb bat mich Frau von Schreckenberg um meine Meinung zu Rosa Ka."

„Zu welchem Resultat sind Sie gekommen?"

„Aus allen Untersuchungen und Tests, die wir mit der Patientin unternahmen, mussten wir die Schlussfolgerung ziehen, dass Rosa Ka. schon seit ihrer frühen Kindheit an einer psychiatrischen Erkrankung aus dem Kreis der narzisstischen Persönlichkeitsstörungen leidet. Da diese Störung schon sehr alt ist, wird viel Zeit und Geschick notwendig sein, um sie zu therapieren. Ob das überhaupt gelingen kann, ist fraglich. Denn die Patientin muss den ausdrücklichen Wunsch und auch den nötigen Willen haben, ihre imaginäre Lebenswelt aufzugeben. Eben dieser Wunsch existiert im Fall der Rosa Ka. nicht. Als Gutachter bin ich daher zurückhaltend mit einer Prognose. Meines Erachtens ist eine Heilung der Patientin eher unwahrscheinlich. Daher bitte ich zu beachten, dass Rosa Ka. auch nur bedingt für ihre Taten verantwortlich zu machen ist.

Rosa sprang auf. „Das ist ja wohl das Letzte. Jetzt wird auch noch versucht, mich als eine Halbirre abzustempeln. Und das anhand jener Mätzchen, die dieser Herr Professor mit mir veranstaltete, bzw. auf die ich mich dummerweise einließ. Mittels seiner Bilderrätsel, Wortspiele und albernen Klötzchenspiele will er jetzt ernsthaft Aussagen über meinen Geisteszustand machen? Das ist nicht nur lächerlich. Das ist gefährlich. Oder, wenn man es gutwillig betrachtet, ist es im höchsten Maße weltfremd. Bevor mich dieser deutsche

Fachmann vor einem deutschen Gericht als nicht zurechnungsfähig aburteilt, sollte er vielleicht zunächst einmal die Schwachsinnigkeit seiner Farbenspiele und Tintenklecksereien hinterfragen. Eine solche Ungeheuerlichkeit habe ich …"

„Angeklagte, ich entziehe Ihnen das Wort."

„Ich war auch schon fertig, Hohes Gericht."

Rosa Ka. ließ sich erschöpft in den Stuhl zurückfallen.

Der Richter wandte sich dem Staatsanwalt zu: „Ich beantrage den Sachverständigen Professor Bonsai zu vereidigen."

Der Staatsanwalt nickte.

Der Richter dankte dem Sachverständigen für seine Ausführungen.

„Nach einer Pause von 60 Minuten wird die Verhandlung mit der Beweisaufnahme fortgeführt"

Rosa Ka. wurde von einer Vollzugsbeamtin in den Aufenthaltsraum geführt, der den Gefangenen während der Prozesspausen zur Verfügung stand. Auf dem Tisch befand sich ein Teller mit Käsebrötchen, einige Tomatenstücke garniert mit Salatblättern. Daneben ein Pott mit Kaffee. Rosa rührte beides nicht an. Sie legte ihren Kopf auf den Tisch und schloss die Augen.

5

Ich konnte nicht Fuß fassen in dem Leben, das für mich vorgesehen war. So sehr ich mich auch bemühte. Ich bekam kein Bein auf die Erde. Da halfen keine Prügel, kein Stubenarrest, kein Essenentzug. Ich kam nicht zurecht in dieser Welt, in die man mich gestellt hatte. Mir blieb also gar nichts weiter übrig. Ich musste mir eine andere Welt suchen.

Oder sollte ich etwa akzeptieren, dass ich, einige Wochen nach dem Vergehen Herrmanns an mir, einen Brief von der Gesundheitsbehörde bekam, den ich glücklicherweise vor meiner Mutter abfangen konnte. In diesem Brief stand, dass ich mich unverzüglich im Gesundheitsamt einzufinden hätte, zwecks Klärung eines Sachverhalts. Ich ging also zu dem Amt. Die Sprechstundenhilfe fragte mich in barschem Ton, was ich hier wolle. Nachdem ich ihr den Brief vorgelegt hatte, verwies sie mich in ein Wartezimmer, und zwar das links hinter der Eingangstür. In diesem Zimmer saßen junge Frauen. Viele von ihnen waren aufwendig geschminkt. Erst später verstand ich, dass es

Prostituierte waren. Im Sprechzimmer erfuhr ich, dass ich einen Tripper hatte. Da ich zu jener Zeit noch nichts von Geschlechtskrankheiten wusste, verstand ich den vorwurfsvollen Blick der Schwester nicht, als sie mir eine Penicillinspritze verpasste und dann Tabletten gab, die ich ab nun täglich zu nehmen hatte, möglichst immer zur gleichen Zeit.

Danach wies man mich in ein anderes Zimmer. Ich sollte den Namen des Mannes nennen, mit dem ich zuletzt Geschlechtsverkehr gehabt hatte. Ich zuckte mit den Schultern und sagte, dass ich den Namen nicht wüsste. Schließlich hatte ich ihn an der Bushaltestelle zum ersten Mal gesehen. Aber er hatte durch und durch blaue Augen gehabt. Das könne ich beschwören. Die Beamtin, die mich befragte, ließ mich einfach stehen.

Irgendwer benachrichtigte das Jugendamt und so erfuhren meine Eltern von der Angelegenheit. Es gab ein fürchterliches Geschrei und Prügel. „Wo ich mich nachts herumtriebe …", und so weiter.

Wie konnte ich dieses Geschehen als mein Leben annehmen?

Ich wurde also regelrecht gezwungen ein zweites, meinetwegen auch ein drittes zu erfinden. Leben also, die ich auch verkraften konnte. Oft kontrapunktisch zu dem Geschehenden. Leben, in denen ich wieder auf mich zugehen konnte, um mich nicht an diese Scheußlichkeiten zu verlieren.

Später fand ich dann heraus, wie hilfreich es sein kann, von hier auf jetzt in ein anderes Leben springen zu können oder auch nur ruhig in das nächste überzuwechseln. Oder, wenn da gar nichts mehr ging, ein wieder neues zu erfinden!

Ich erzählte mir vor allem „Gute-Nacht-Geschichten". Die, die mir gefielen, erzählte ich als Taggeschichten weiter. Es dauerte nicht lange und einige meiner Geschichten wurden mir wieder erzählt. Interessiert hörte ich den Geschichten zu, die nun nicht mehr nur meine waren. Dabei lernte ich, es macht doch einen Unterschied, ob ich mir Geschichten erzählte, oder ob die von mir erzählten Geschichten zu mir zurückfanden, indem sie mir wiedererzählt wurden. Auf diese Weise konnten sie sich leichter in meinem Kopf einnisten. Oder anders gesagt, sie konnten in meinem Kopf ein Zuhause finden. Sie konnten sich ihren Platz suchen, um sich niederlassen in einem der Zimmer.

Da sie bald in der gesamten Wohnung einen Platz gefunden hatten, den sie den ihren nannten, konnte ich beim Wechseln von einem Zimmer zum anderen in einer anderen Geschichte ankommen und meinem Leben zuhören, von dem sie mir erzählten. Auf diese Weise war ich nicht mehr allein und bekam mit und durch die Geschichten auch eine lebbare Vergangenheit. Eine, an die ich anknüpfen konnte und wollte, nachdem mein kindliches Leben so abrupt zu Ende gegangen war und ich wider Willen meine Unschuld verloren hatte, wie man damals noch sagte.

Ich war daher dankbar, dass die mir wiedererzählten Geschichten mein Leben so viel wirklicher machten und das traurige Geschehen um mich herum in den Hintergrund drängten, bis hin in ein Vergessen, das nicht nur vorläufig war.

Auf diese Weise erfuhr ich: Du lebst, indem du erzählst!

Auch deshalb hörte ich aufmerksam den von mir erfundenen Geschichten zu, wenn sie mir von anderen wiederererzählt wurden. Und: Ich hörte sie gern. Denn letztlich wurde hier ja mein Leben bestärkt. Eines, das ich zu leben bereit war.

Und je häufiger die von mir erzählten Geschichten mir wiedererzählt wurden, desto mehr gewöhnte ich mich an meine Geschichten. Oder anders gesagt, ich lebte mich ein in mein erfundenes Leben.

Über die Jahre begann ich mein erzähltes Leben zu mögen. Daher musste ich meine Geschichten beschützen. Und je mehr Geschichten ich erfand, desto reicher wurde mein Leben. Ich verstand: Leben zu erfinden, um es leben. Eben diese Einsicht wurde meine Strategie. Lange verstand ich mein Vorgehen nicht, was mich aber nicht davon abhielt, dieser Strategie zu folgen.

Diese eine Kadenz
die ins Freie führt
übersteigen
sich nicht umsehen
hinter sich lassend
Alles
keine Angst
verloren ist verloren.

Die Vollzugsbeamtin tippte Rosa Ka. auf die Schulter und sagte, dass die Pause gleich zu Ende sei. Es daher vielleicht doch sinnvoll wäre, sie würde ihre Brötchen essen.

Rosa Ka. nickte abwesend und trank ihren Kaffee. Die Brötchen rührte sie nicht an. Dann folgte sie wortlos der Beamtin.

6

Als Rosa Ka. den Saal betrat, hatte das Hohe Gericht schon Platz genommen. Der Richter eröffnete die Verhandlung mit einer ausführlichen Erklärung zur Verhandlungsweise.

„Hier und heute", so führte er aus, „wird ein Verfahren eröffnet, das ein Novum in der Geschichte des Strafprozesses ist. Denn das Gericht hat einstimmig beschlossen, nicht nur den Mordprozess gegen die Angeklagte zu verhandeln, sondern auch die Vorgeschichte der Rosa Ka. einzubeziehen, die letztlich zu diesem mutmaßlichen Tötungsdelikt führte. Das bedeutet, wir werden den kriminellen Werdegang der Angeklagten in seiner Gesamtheit zur Sprache bringen, um aufzuzeigen, wie die Angeklagte von einer einfachen Lügnerin zur arglistigen Täuscherin ihrer Mitmenschen werden konnte. Ein Werdegang, an dessen traurigem Endpunkt mutmaßlich ein Totschlag, wenn nicht gar ein vorsätzliches Tötungsdelikt steht. Und das nicht zufällig an der Person, die als Therapeutin bemüht war, das Leben der Angeklagten wieder vom Kopf auf die Füße zu stellen. Hatte sie doch die Absicht, den Teufelskreis zu durchbrechen, in dem sich das Leben der Rosa Ka. über Jahrzehnte abspielte.

Diese neuartige Verfahrensweise, ein Verbrechen in seiner individualgeschichtlichen Dimension zu erfassen, ist ein Pilotprojekt der deutschlandweiten Forschungsgemeinschaft. Es soll dem besseren Verständnis von Straftätern dienen, mit der Absicht, Verbrechen noch vor ihrer Durchführung verhindern zu können. Jedenfalls ist das das Ziel des gemeinsamen Unternehmens, an dem sich auch das Landesgericht Berlin und das Institut zur Erforschung der Ontogenese von Straftätern beteiligen. Ich bitte daher den Sachverständigen des Instituts Professor Schaffenbauer aufzurufen."

Ein kleiner, älterer Mann betrat den Gerichtssaal. Mit schlurfendem Schritt ging er auf den Richtertisch zu. Unauffällig versuchte er, während des Gehens sein Sakko zurechtzurücken. Ganz offensichtlich war es ihm zu groß.

„Ihr Name ist Professor Dietmar Schaffenbauer. Sie leiten innerhalb des Instituts für Ontogenese die Abteilung Individualgeschichte von Straftätern, die ein Tötungsdelikt begangen haben?"

Herr Schaffenbauer setzte seine Brille auf. Dann antwortete er mit fester Stimme, die im Widerspruch zu seinem äußeren Erscheinungsbild stand: „Ja, das ist korrekt."

„Informieren Sie bitte das Gericht, was Ihre Recherche zu dem Fall Rosa Ka. bisher ergeben hat."

„Zunächst einmal möchte ich dem Berliner Landesgericht für die Bereitschaft danken, mit unserem Institut zusammenzuarbeiten. Dadurch bekommen wir die Chance, wertvolle Erkenntnisse zu gewinnen, die künftige

Straftaten hoffentlich verhindern. Jedenfalls ist das unsere Absicht.

In dem hier diskutierten Fall der Rosa Ka. nun ergaben unsere Nachforschungen und Befragungen, dass die kriminellen Energien der Angeklagten weit in ihre Vergangenheit reichen. Auch deshalb entschlossen wir uns, ihre höchst interessante Geschichte als Einzelfalldarstellungen in unsere Studie aufzunehmen. Das bedeutet, ihren Fall so genau wie möglich zu recherchieren. Eine Kopie unserer umfangreichen Recherche liegt dem Gericht vor.

Bezüglich der Rosa Ka. stellte sich heraus, dass sie es schon in ihrer Kindheit verstand, ihre Umwelt zu manipulieren, um ihren Willen durchzusetzen. Aufgrund ihrer hohen kognitiven Fähigkeiten, die sie bereits in der frühen Kindheit durch ihre ständigen Lügengeschichten trainierte, flogen ihre Lügen selten auf. Und wenn doch, lernte Rosa Ka. zügig aus ihren Fehlern, indem sie ihre Phantasmen besser durchdachte und mit den bereits erfundenen Geschichten logisch sinnvoll verknüpfte. Durch die ständige Kombination und Integration neuer Phantasmen in das bereits vorhandene Narrativ ihrer erfundenen Erzählungen entwickelte Rosa Ka. eine hohe Plastizität ihres Denkvermögens und trainierte beinahe laufend ihr Gedächtnis, musste sie doch ihre kreierte Welt den Mitmenschen auf die immer gleiche Weise erzählen. Dieses enorme Gedächtnistraining war ein Grund dafür, dass sie mehr als 50 Jahre an ihren Fantasiegeschichten bauen konnte, ohne dass sie aufflogen, um es mal salopp zu sagen. Das bedeutete aber auch, sie konnte jahrzehntelang in ihrer fiktiven Welt leben.

Private und gesellschaftliche Verwerfungen, in denen

Rosa Ka. heranwuchs, erleichterten ihr die eingeschlagene Strategie ihrer Lebensbewältigung. Wuchs sie doch nicht in irgendeiner x-beliebigen Großstadt auf, sondern in Berlin, der Hauptstadt des Kalten Krieges. Hier, in der durch vier Siegermächte besetzten und gespaltenen Stadt, galten mehr als 40 Jahre unterschiedliche Wertesysteme. Das bedeutete: Was moralisch als gut und was als schlecht galt, was als wahr oder was als falsch angesehen wurde, wechselte. Und das entsprechend den Ansichten und Werten, die die Siegermächte zu Beginn des Kalten Krieges in den jeweiligen Stadtteilen Berlins hatten.

Für Rosa Ka. bedeutete diese Situation, dass die Wertesysteme, in denen sie sich zurechtfinden musste, abrupt wechselten und sich änderten – nicht nur von einem Stadtteil zum anderen, sondern mitunter auch von einer Straßenseite zur anderen. Nämlich dann, wenn die linke Seite der Straße zum amerikanischen und die rechte zum sowjetischen Sektor gehörte. Das galt vor allem für die politischen Ansichten der Siegermächte. Denn bekanntlich waren die politischen Wertesysteme der amerikanischen, englischen und französischen Besatzungsmacht dem politischen Wertesystem der russischen Siegermacht häufig diametral entgegengesetzt. Was in den westlichen Sektoren Berlins für gut befunden wurde, galt in dem östlichen Teil als bekämpfenswert, ja, als feindliche Ansicht, und also als falsch und schlecht. So lernte Rosa Ka. als Kind, dass es viele Wahrheiten gibt. Sie hingen unter anderem vom Stadtteil ab, in dem sie herumlief. Und sie übte diese Logik der Mehrwertigkeit, solange die Mauer noch offen war, wann immer sie ihre Verwandten besuchte, die in den unterschiedlichen Besatzungszonen Berlins lebten. Indem Rosa

Ka. beinahe täglich in der gespaltenen Stadt hin und her lief, lief sie auch zwischen den dort sanktionierten politischen Wahrheitssystemen her und hin, die von den Besatzungsmächten festgelegt worden waren. So machte sie die Erfahrung, dass Wahrheit eine veränderliche Größe ist. Oder anders gesagt: dass es viele Wahrheiten gibt, wie sie zu Protokoll gab. Diese Erfahrung verinnerlichte sie als Kind und lebte sie ganz selbstverständlich. Zitat: „Ich musste zwischen den vielen Welten, in denen ich umherlief, die Wahrheit für meine Welt finden und sie beschützen, sonst wäre ich verrückt geworden." Nachzulesen im Protokoll zu Rosa Ka., das dem Gericht vorliegt."

Noch ans Gericht gewandt, sagte Herr Professor Schaffenbauer: „Derartige Sätze der Angeklagten zur Erklärung ihrer Überlebensstrategie sind im Protokoll als O-Ton in vielen Schattierungen festgehalten. Rosa Ka. spricht dort wiederholt und ausdrücklich von ihren Wahrheiten, die allein für ihr Leben gültig sind und die deshalb auch nur von ihr wirklich verteidigt werden können. Ihr Ziel, so betonte sie wieder und wieder, war es, eine Gegenwelt zu schaffen,die es ihr ermöglichte gegen die reale bestehen zu können. Und: In dieser Gegenwelt, so sagt Rosa Ka., gelten allein ihre Wahrheiten. Diese Überlebensstrategie reicht also zurück bis in die frühe Kindheit, aus der ihr Verhalten bis heute gespeist wird.

Die Lebensumstände, mit denen sich Rosa Ka. konfrontiert sah, erleichterten ihr also, mit immer größer werdender Selbstverständlichkeit an einer fiktiven Welt zu bauen und diese schrittweise zu verinnerlichen, um sie zu leben. Es war daher nicht erstaunlich, dass sie schon als Jugendliche das Bedürfnis hatte, ihre Phantasmen aufzuschreiben. Nicht nur, weil, wie wir vermuteten, sie sich ihr fiktives Leben besser einprägen konnte, sondern auch, weil Rosa Ka. durch das Niederschreiben ihre erfundene Geschichte wieder und wieder durchleben konnte.

Mehr noch: Ihre phantastische Welt bekam eine Vergangenheit. Eine, die sie zu mögen begann. Eine Vergangenheit, die sie annehmen konnte. Die ihr gefiel – wie sie zu Protokoll gab: „Ich hatte es vollbracht! Ich war entkommen. Verstehen Sie? Ich hatte überlebt. Gegen alle Erwartung! Das war wie eine Geburt. Die ganze Welt lag wieder vor mir. Ich konnte neu beginnen. Und in der Verdoppelung als Schreiberin konnte ich nachlesend mich vergewissern, dass das tatsächlich stimmte: Denn was mir da aus den Blättern entgegenkam, war noch immer ICH! War meine Vergangenheit, mein Leben, das ich nun nicht nur schreibend in die Gegenwart setzen konnte. Ich war zu meinem eigenen Schöpfer geworden. Seitdem hadere ich mit Gott." O-Ton Ende."

Der Sachverständige legte den Zettel beiseite, von dem er die Aussagen der Rosa Ka. abgelesen hatte, und sah zum Richter.

„Der Schritt vom Aufschreiben ihrer gelebten Fiktionen zur professionellen Schriftstellerin war dann nur eine Frage der Zeit. Bald veröffentlichte Rosa Ka. ihre erfundene Lebensgeschichte, die sie den Lesern als Erzählung oder Roman vorstellte. In diesen Romanen, die sie nicht zufällig strikt in der Ich-Form schrieb, konnte sie ihr erfundenes und noch zu erfindendes Leben kontinuierlich fortschreiben. Und: Sie hatte mit ihren Büchern gerade wegen deren hoher Authentizität beachtlichen Erfolg. Ihre Erzählungen und Romane wurden in viele

Sprachen übersetzt. Man lud sie zu Lesungen und Vorlesungen ein. Und so reiste sie als Schriftstellerin mitsamt ihren fiktiven Geschichten, die sie zugleich auch lebte, durch die Welt. Ihren Grundsatz *„Ich lebe, was ich erzähle"* führte sie in vielen Ländern authentisch vor, ohne sich in nennenswerten Widersprüchen zu verfangen. Bald lebte sie nicht nur ihre Fiktion. Sie lebte auch von ihr, indem sie ihren Lebensunterhalt durch das Erfinden ihrer kreierten Lebensgeschichte bestritt.

Zu den Lebensumständen, die es Rosa Ka. bereits als Heranwachsende erleichterten, ihre fiktive Welt zu bauen, ohne sich in wesentliche Widersprüche zu verfangen, gehörten ihre häufigen Strafversetzungen als Schülerin. Damals hatte man die Idee, aggressive und verhaltensauffällige Schüler durch einen Milieuwechsel zu stoppen. Rosa Ka. war beides. Das bedeutete für sie einen häufigen Wechsel der Grundschulen. Und das hieß zugleich, dass Rosa Ka. ihre phantastische Lebensgeschichte von Schule zu Schule tragen konnte, ohne dass sie – salopp gesprochen – aufflog, Durch diese Umstände ermuntert, konstruierte sie ihre Lügenwelt immer waghalsiger. Ja, konstruierte! Denn sie verwandte viel Zeit und Mühe darauf, ihre eigene Geschichte zu bauen. Sie war längst eine systematische Lügnerin, kein spontane.

Ihre unsteten und zum Teil zerrütteten familiären Verhältnisse trugen das ihrige dazu bei. Denn was Rosa Ka. trieb, interessierte zu Hause niemanden wirklich. Sie galt innerhalb der Familie als Außenseiterin. O-Ton Rosa Ka.: „Was ich tat, war ohnehin egal. Ich war daheim die Verrückte, der man ja so und so nicht glaubte. Basta"

Damit hatte Rosa Ka. in gewisser Weise ein Freibrief,

der sie dazu antrieb, ihr Lügenkonstrukt wie selbstverständlich weiterzubauen und zu leben.

Erst die zunächst überraschende Panikattacke der Angeklagten in einem Berliner Supermarkt war der Anstoß dafür, dass Rosa Ka. nach Jahrzehnten wieder verhaltensauffällig wurde. Denn während dieser Panikattacke verlor sie für einige Zeit die Orientierung und legte so viele Reinigungsmittel in ihren Einkaufswagen, bis dieser letztlich überquoll. Dann brach sie zusammen und wurde von einem Rettungsteam in eines der umliegenden Krankenhäuser gebracht. Nachdem man sie dort einige Tage beobachtet hatte, entließ man sie, und zwar mit der Auflage, sich in eine psychotherapeutische oder psychiatrische Behandlung zu begeben. Ein Arzt der Klinik empfahl ihr dann Frau von Schreckenberg.

Zu jener Zeit war Rosa Ka. auch bereit, sich einer Behandlung zu unterziehen, wie sie zu Protokoll gab. Die Panikattacke war ihr unheimlich. Denn, wie oben schon angedeutet, war für sie nichts verstörender, als die Idee nicht mehr Herr bzw. Frau über ihr erfundenes Leben zu sein. Als die Angeklagte in den therapeutischen Sitzungen begriff, dass Frau von Schreckenberg sich von ihr nicht manipulieren ließ, das heißt, dass das Ziel der Therapeutin war, Rosa Ka.s Lügenwelt tatsächlich zum Einsturz zu bringen, begann sich Rosa Ka. auf vielfältige und raffinierte Weise der Therapeutin zu entziehen. Zitat: „Koste es, was es wolle!"

Abschließend sei noch erwähnt, dass Rosa Ka. im Laufe ihres Lebens immer wieder Menschen traf und natürlich auch suchte, die ihr das Leben ermöglichten, das sie für sich erfunden hatte und fortlaufend noch erfand. Es war die Verquickung von – sagen wir – „glücklichen Umständen", mit dem festen Willen der Rosa Ka., ihre reale, ihre vorgefundene Lebenswelt nicht als ihre Welt zu akzeptieren. Ihr fester Wille war es – wie erwähnt – eine „Gegenwelt" zur vorhandenen zu bauen, und allein diese, ihre Welt als gegeben anzunehmen.

Zu diesen, in Anführung, „glücklichen Umständen,", die es Rosa Ka. Ermöglichten, kontinuierlich an ihrer Scheinwelt weiterzubauen, gehörte, dass sie in eine der einflussreichsten Intellektuellenfamilien Ostdeutschlands heiratete. Diese Heirat ermöglichte es ihr, ihre phantastischen Geschichten weiterzuspinnen und sie zu publizieren, ohne dass sie von der Öffentlichkeit hinterfragt wurden. Denn diese Familie war in dem autoritären Staat, in dem die Angeklagte vor dem Zusammenbruch der DDR lebte, ein Machtfaktor mit intellektuellem Einfluss, und Rosa Ka. gehörte als Familienmitglied der herrschenden Nomenklatura dazu. Aber das war erst in der Mitte ihres Lebens von Bedeutung.

Eine vorläufig letzte Bemerkung, die für die hiesige Verhandlung von Bedeutung sein könnte, ist die Erwähnung des persönlichen Grunds, der Rosa Ka. überhaupt veranlasste, eine Therapeutin aufzusuchen. Denn wie die Angeklagte freimütig zu Protokoll gab, hoffte sie, ihre Panikattacken durch eine Verhaltenskorrektur wieder allein händeln zu lernen. Ihr Ziel war nicht, ihr Leben zu verändern, sondern die möglicherweise wiederkehrenden Panikattacken beherrschen zu lernen. Ich betone: Ihr Bestreben war es nicht, ihre fiktive Welt aufzugeben, sondern Mittel in die Hand zu bekommen, diese Welt unter allen Umständen zu erhalten und wieder zu festigen. Das ist der Hintergrund für den während unserer Befragungen immer wiederkehrenden Satz, ich zitiere: „Diese Frau wollte mir nicht helfen. Ganz im Gegenteil. Diese Frau wollte mir mein Leben zerstören. Sie wollte mich noch einmal töten. Das konnte ich doch nicht zulassen." Zitat Ende.

Eben dies hat sie in unseren Gesprächen mehrmals betont. Vergleiche Protokoll zweiter Teil. Insofern war ein Eklat mit der Therapeutin Frau von Schreckenburg vorprogrammiert."

An Rosa gewandt sagte Herr Professor Schaffenbauer, auch er wolle sich bei Rosa Ka. im Namen des Institutes für die Erforschung der Ontogenese von Straftätern dafür bedanken, dass sie der Verfahrensweise und dem Umgang mit personenbezogenen Daten zugestimmt habe. Denn natürlich seien auch die Mitarbeiter des Instituts bemüht, die Persönlichkeitsrechte der Angeklagten zu wahren. „Es ist in diesem Zusammenhang noch zu betonen, dass die Pflichtverteidigerin Frau Schultz ihrer Mandantin eindringlich abgeraten hat, ihre Zustimmung zu unserer Vorgehensweise zu erteilen. Umso höher ist es der Angeklagten anzurechnen, dass sie sich hier kooperativ zeigte und so freimütig unsere Fragen beantwortete."

Der Richter dankte dem Sachverständigen für seine Ausführungen. Dann fragte er die Frau Verteidigerin, ob sie noch etwas bemerken wolle.

„Ja", sagte Frau Schultz und stand auf. „Ich möchte Herrn Professor Schaffenburg auch danken für seine umfangreiche Darstellung der sozialen Hintergründe, die die Handlungen der Angeklagten nachvollziehbar machen. Oder anders gesagt, die Umstände, die dazu beitrugen, dass die Angeklagte wurde, was sie geworden ist. Dennoch bleibe ich bei meiner Auffassung, dass sich Rosa Ka. durch ihre offenen und freimütigen Ausführungen selbst schaden kann, was ich als ihre Verteidigerin verpflichtet bin, möglichst von ihr abzuwenden."

In diesem Moment sprang Rosa Ka. Auf. „Was heißt hier Schaden abwenden? Ich habe Herrn Schaffenburg und seinem Team versucht zu erklären, wie ich es geschafft habe zu entkommen, um zu überleben. Ich habe versucht, ihm nahezubringen, dass ich mein Überleben zuallererst meiner Gabe zur Fiktion verdanke. Und: Das ist das Wichtigere, ich erklärte ihm, wie ich es geschafft habe, meine Erfindungen Schritt für Schritt in die Wirklichkeit zu überführen. Meine Ideen also in ein lebendiges Dasein zu setzen. Denn darauf kam es doch an: Durch Kreativität Leben zu erzeugen und es dann auch behalten zu können. Nicht mehr und auch nicht weniger."

Rosa fuhr sich durch ihre kurzen Haare und sah fragend zum Richter: „Soweit ich verstanden habe, nennt man das heutzutage Selbstverwirklichung beziehungsweise Selbsterfindung? Für was also werde ich hier eigentlich angeklagt? Dafür, dass ich mein Leben selbst in die Hand genommen habe? Dass ich versucht habe, am Leben zu bleiben? Oder weil ich mutmaßlich ein Tötungsdelikt begangen haben soll?"

„Angeklagte, ich entziehe Ihnen das Wort. Die Sitzung ist geschlossen."

7

Es ist bereits Abend. Rosa stand auf ihrem Stuhl, den sie unter das Zellenfenster gerückt hatte, und sah zu, wie das Abendlicht allmählich ins Dunkel fiel. Ihre Stirn lehnte sie an einen der kühlen Gitterstäbe. Das tat gut. Sie hatte schon früher diese blaue Stunde geliebt. Sie löschte Raum:

„Falls es dich tatsächlich gibt, Herr, was wirfst du mir eigentlich vor? Dass ich deine Schöpfung nicht hinnahm? Dass ich meinen eigenen Entwurf hatte und selbst herausfinden wollte, was mein Leben werden sollte? Dass ich die Kraft hatte, mich nicht abbringen zu lassen von mir?

Ja, ich hatte von Anfang an nicht vor, deinen mir vorgezeichneten Weg voll von Schuld und voller Sühne zu gehen. Nicht bevor du gestehst, wofür du dir Auschwitz ausgedacht hast.

Wolltest du sehen, wieweit du imstande bist zu gehen in all deine Güte? Oder wolltest du überprüfen wie lebensfähig denn nun deine Geschöpfe auch als Gattung sind? Ob du vielleicht noch etwas nachbessern müsstest für ihren künftigen Bestand deiner Ewigkeit?

Und falls du denn Auschwitz nicht erfunden hast, es also nicht deine Schöpfung war, bleibt die Frage, warum hast du Todesstätten wie den Gulag nicht verhindert? Und warum musste Hiroshima auch noch sein? War seine Verstrahlung Zeichen deiner Größe oder nur ein Test auf die Widerständigkeit deiner Schöpfung und ihrer Geschöpfe? War es reine Neugierde, was so alles werden und vergehen kann dank deiner liebenden und gütigen Hand. Oder warst du gerade am anderen Ende der Welt mit dir selbst beschäftigt?

Solange du keine Antworten auf meine Fragen gibst, richte du also nicht über mich. Und sag mir nicht, deine Wege sind unergründlich. Meine sind es auch. Du hast ebenso viel Schuld auf dich geladen wie die, die du so gern weitergeben möchtest. Übertragung nennt man das. Aber das weißt du selbst.

Du hast also kein Recht, über mich und meine Schöpfungen zu richten."

8

Nein, er hat kein Recht über meine Schöpfungen zu richten. Mit diesem Gedanken schlief Rosa ein. Und sie schlief tief, wie schon lange nicht mehr. Vielleicht hatte sie sich auch nur endlich an das ihr anfangs viel zu hart erscheinende Bett im Untersuchungsgefängnis gewöhnt.

Auf jeden Fall fuhr sie, nachdem sie viel zu früh aufgewacht war, mit ihrem Selbstgespräch fort, das sie am Vorabend scheinbar nur unterbrochen hatte.

„Herr, sofern es dich wirklich gibt, du hast kein Recht, über mich zu richten. Ich habe nur versucht, am Leben zu bleiben. Das werde ich dem Richter schon erklären können. Es war keine Verleumdung. Es war Notwehr, dass ich in die Welt gesetzt hatte, der Vater sei tot.

„Was wollen Sie damit sagen?", wird der Richter mit seiner sonoren Stimme fragen.

Und ich werde antworten: „Ich hatte mehr Möglichkeiten, wenn ich den Vater sterben ließ, Hohes Gericht."

„Sie wissen schon, das ist ödipal, was Sie da gerade erzählen", kann er einwerfen.

Und ich werde sagen: „Herr Richter, hören Sie doch mit diesem Psychoquatsch auf. Ödipus hin, Elektra her, es ging mir besser, nachdem er verschwunden war. Sein Ende war die Chance für mich. Ich wollte raus dem Mief, der meine Kindheit war. Sie war nicht zu leben. Eine Zumutung war sie. Eine Beleidigung für jeden Heranwachsenden.

Den Vater für tot zu erklären war da ja wohl das kleinere Übel. Oder hätte ihn tatsächlich umbringen sollen? Das hätte mich am Ende noch unglücklicher gemacht. Ich wäre meines zarten Alters wegen wahrscheinlich nicht in den Knast gekommen, sondern in eine Klapsmühle. Dort hätten sie mich um den Verstand gebracht mit ihren Psychopillen. Ihn nur in Gedanken umzubringen war ja wohl für alle die bessere Lösung.

Natürlich hatte ich, nachdem ich zu einer Halbwaisen geworden war, immer auch Sehnsucht nach einem Vater. Und hin und wieder fand ich ja auch einen neuen. Viele Väter zu haben, glauben Sie mir, hat auch Vorteile. Von jedem lernt man etwas fürs Leben. Und wenn solch ein Wahlvater einen nicht mehr liebhaben oder beschützen will oder kann, kann man ihn mit viel weniger Mühe wieder verschwinden lassen. Man kann einfachen fortgehen von ihm und nach einem neuen Ausschau halten. Und bis zu einem gewissen Alter kommen die Männer, die gern Ihr Vater wären, laufend auf Sie zu. Viele warten doch direkt darauf, dass man ihnen die Hand reicht.

Verstehen Sie, was ich meine?"

„Nein, wird der Richter sagen. Ich verstehe nicht. Denn was Sie hier zu Protokoll geben, ist wirres Zeugs."

„Aber keineswegs", werde ich erwidern. Im Gegenteil, es war nicht wirr, es war meine Möglichkeit, am Leben zu bleiben. Etwas übertrieben gesprochen war diese Idee meine Überlebenschance. Und der Gedanke vom toten Vater kam ja nicht plötzlich in meinem Kopf. Aber er kam immer wieder. Bald wurde diese Idee zu einem Wunsch, und als Wunschidee wurde sie von Mal zu Mal stärker. Insbesondere, wenn der Vater wie ein Besessener durch die Wohnung tobte, herumschrie und auf uns alle einprügelte. Wenn er die Stühle nacheinander an die Wand schmiss und das Geschirr hinterher. Wie sehr ich wünschte in diesen Momenten, dass er für immer verschwand. In gewisser Weise war der Vater also selbst daran schuld, dass die Idee, ihn zu beseitigen, immer wieder aufkam in mir. Und lange, bevor das geschah, das heißt mein Wunsch aus mir herausplatzte, hielt ich mir immer fester die Hand vor den Mund.

Denn ich wusste ja längst, dass man sich so etwas nicht wünschen darf. Aber es wurde es immer schwieriger, mir nicht zu wünschen, was ich mir so sehnsüchtig wünschte, nämlich dass der Vater endlich für immer ruhig war.

Und dann, plötzlich, eines Tages platzte es tatsächlich aus meinem Mund heraus. Glauben Sie mir, ich war selbst erschrocken, weil ich alles in einem beinahe öffentlichen Kreis gesagt hatte. Gleich nachdem ich meinen Satz ausgesprochen hatte, war mir klar, ich konnte ihn nicht zurücknehmen. Ich hätte ihn niemals aussprechen dürfen, den Satz, und schon gar nicht in solch einem öffentlichen Kreis. Denn natürlich wusste ich, mit so etwas macht man keinen Scherz. Und in Wirklichkeit machte ich ja auch keinen Scherz, denn ich wünschte mir nichts mehr, als dass der Vater aus meinem Leben endlich wieder verschwand."

Schließlich war er als Vater ja schon einmal für tot erklärt worden. Lange hieß es doch, er sei bei den Russen in der Gefangenschaft erfroren. Ich war also schon einmal eine Halbwaise gewesen. Umso überraschender war es dann für uns alle – ich meine für meine Mutter, die beiden Omas und meine Geschwister, als er auftauchte und meine Mutti behauptet, dass er auch mein Vater sei.

Seine Auferstehung wurde in der Familie als großes Ereignis gefeiert. Meine eine Oma, die Mutter vom Vater, weinte heftig. Sie betete ein „Vater unser", was sie zuvor noch nie getan hatte. Für einen Augenblick war alles ganz feierlich und voller Rührung.

Ich verstand die ganze Aufregung nicht, denn einen Vater hatte bis dahin noch nicht vermisst."

Es klopfte an der Tür, Die Zellenklappe öffnete sich. Erna, die Wärterin, sagte: „Aufstehen!"

9

Morgen werde ich nach langer Zeit Dagmar Michel wiedersehen. Dagmar will als Zeugin aussagen. Dagmar und ich gingen eine Zeitlang gemeinsam in eine Grundschule. Nachdem ich in eine andere strafversetzt worden war, haben wir uns dennoch nie aus den Augen verloren. Vielleicht, weil wir ein Geheimnis teilten. War sie doch dabei, als ich in unserem Schwimmkurs das für uns alle so plötzliche und unfassbare Ende meines Vaters bekanntgab. Dagmar, die dabei stand und sich ihren nassen Badeanzug auszog, guckte zu Boden, während ich das erzählte. Aber sie sagte nichts. Auch später hat sie mich im Kursus nicht verpetzt. Wir waren doch die beiden einzigen, die von der 3. Grundschule Nord zu diesem Schwimmkurs gingen. Daher wussten die anderen Kinder nichts weiter von uns, als dass wir hier in ihrer Schwimmhalle die Kraultechnik erlernen wollten. Warum also sollten sie an meiner Aussage zweifeln?

Und: Dagmar gefiel meine Geschichte. Schließlich hatte sie auch keinen Vater. Ihrer war im Krieg gefallen, wie man damals sagte. Und so hatten wir durch den plötzlichen Tod meines Vaters etwas Gemeinsames. Wir waren beide Halbwaisen. Wenn wir dieses Wort aussprachen, umarmten wir uns mitunter und weinten ein bisschen. Wir schworen, uns für immer und ewig beizustehen. Ich glaube, an diesen Schwur hatte sich Dagmar erinnert, als sie davon erfuhr, dass ich in einer Untersuchungshaft festsaß.

Denn gegen mich würde Dagmar nicht aussagen. Da bin ich sicher. In der Grundschule wollte Dagmar Schauspielerin werden. Diesen Wunsch hat sie später aufgegeben. Aber irgendetwas mit Film – wie sie sagte – wollte sie dennoch machen.

Dagmar liebte es schon in der Schule, wenn andere Mitschüler von ihren Erlebnissen erzählten. Vor allem liebte sie es, wenn Mitschüler von ihren großen Geheimnissen sprachen. Da Dagmar gut zuhören konnte, plauderten ihr die Mitschüler ihre verborgensten Erlebnisse und Wünsche aus. Darüber hinaus hatte Dagmar die Begabung, anderen Mitschülern Wünsche auch einzureden.

Was ich damals nicht wusste, Dagmar schrieb auf, was ihr ihre Mitschüler erzählten. Wenn Schüler, deren Lebensgeschichten sie interessierte, aus Berlin wegzogen, oder sie sie einfach so aus den Augen verlor, schrieb sie deren Geschichten dennoch weiter. Das waren, wie sie mir später verriet, ihre ersten Versuche, Drehbücher zu schreiben. Sie war, sagte sie, fasziniert von der Idee, dass so ein Leben durch nur eine kleine Abweichung von dem tatsächlich Geschehenden einen ganz anderen Verlauf nehmen konnte. Eine Richtung innerhalb der Geschichte, die nur in seltenen Fällen dann wieder zu korrigieren war. Es sei denn, man änderte das Drehbuch, fügte sie grinsend hinzu.

Später sagte sie mir einmal in einem Telefonat: „Wir

müssen uns viel öfter trauen, neu auf uns und auf die Dinge zuzugehen, damit es weitergeht." Das gefiel mir. Dagmar war der Überzeugung, jede gute Filmgeschichte bringe auch Wirklichkeit hervor. Schafft diese, wie sie meinte. Selbst, wenn wir uns bewusst sind, dass es nur eine Geschichte ist, die vorerst allein in unserem Kopf existiert. Wenn wir sie erzählen, ist sie in der Welt.

„Verstehst du, was ich meine?", fragte sie dann und sprach weiter, ohne eine Antwort abzuwarten. Und sie wusste, dass ich nur zu gut verstand.

Wie sehr freute ich mich, Dagmar morgen wiederzusehen.

10

Der Richter blätterte einen Augenblick in seinen Unterlagen. Dann sagte er: „Die Beweisaufnahme im Strafverfahren der Rosa Ka. wird fortgesetzt. Zur Verhandlung steht heute die Verbreitung der vorsätzlichen Lüge zum Nachteil eines Elternteils, des Vaters.

Ich bitte die Zeugin Dagmar Michel aufzurufen."

Ein Gerichtsdiener öffnete die Tür und bedeutete der Zeugin einzutreten. Mit festem Schritt betrat eine Frau den Gerichtssaal. Sie trug ein hellblaues Kostüm, dessen enger Rock weit über ihre Knie ging. Dazu hatte sie um den Hals ein großes dunkelblaues Tuch geschlungen, das ihr über die Schulter reichte. Die Frau sah sehr elegant aus.

Rosa Ka. musste grinsen, denn sie kannte Dagmars Lust am Sich-Verkleiden. Daher war es für Rosa nicht erstaunlich, dass Dagmar als I-Punkt dieser Inszenierung ihren Kopf mit einem flachen, ebenfalls dunkelblauen Kapi eschmückt hatte, wodurch ihre noch immer blond gefärbten Haare besonders zur Geltung kamen.

Dagmar ging nicht. Sie schritt in den Gerichtssaal, ohne

dabei nach rechts oder links zu sehen. Vor dem Richtertisch blieb sie stehen.

Für einen Augenblick war es still im Raum. Nur Frau Schultz blätterte in ihren Unterlagen.

Dagmar sah kurz zu Rosa und lächelte vielsagend. Rosa hielt sich die Hand vor dem Mund, um nicht loszuprusten.

Dagmar sah gespannt zum Richter. Dieser bat sie, noch zwei Schritte vorzutreten.

„Sie heißen Dagmar Michel?"

Dagmar antwortete ernst und in ganzen Sätzen.

Rosa wusste sofort, Dagmar hatte sich vorgenommen, hier vor Gericht eine ordentliche Zeugin abzugeben.

„Sie sind Filmproduzentin?"

Der Richter legte die Unterlagen zur Seite und sah Dagmar an.

„Das Gericht dankt Ihnen für Ihre Bereitschaft, in diesem Prozess als Zeugin auszusagen. Wie uns die Verteidigerin Frau Schultz mitteilte, waren Sie Ohrenzeugin, als Rosa Ka. ihre ungeheuerliche Lüge vom Tod des eigenen Vaters in die Welt setzte? Meine Frage ist daher: Warum haben Sie der Rosa Ka. nicht sofort widersprochen?"

„Erstens war Rosa meine Freundin. Ich konnte sie doch nicht vor den anderen bloßstellen. Und zweitens gefiel mir ihre Geschichte. Waren wir jetzt doch beide Halbwaisen. Mein Vater war im 2. Weltkrieg gefallen, wie man früher sagte, durch Rosas Erfindung hatten wir also beide einen Verlust erlitten. Das brachte uns als Freundinnen noch näher zueinander. Und drittens sah Rosa so erleichtert aus, als sie erzählte, dass ihr Vater verstorben sei."

„Aber Sie wussten doch, dass Rosa gelogen hatte?"

„Das kann ich so nicht bestätigen. Es war doch eher eine

Geschichte, die Rosa erfunden hatte. Eine, die sie nicht wieder aufgeben wollte. In diesem Sinne war es doch keine Lüge"

„Im Gegensatz zu Ihnen haben die anderen Kursteilnehmer der Angeklagten die Geschichte, wie Sie sagen, aber geglaubt."

„Ja, natürlich. Und Rosa Gott sei Dank auch! Sie wissen ja gar nicht, wie gut ihr es getan hat, dass sie den Vater für ihr Leben beiseitegeschafft hatte."

Dagmar kramte in ihrer Handtasche und holte ein zerschlissenes Heft heraus. Sie hob es hoch und zeigte es zunächst dem Hohen Gericht, dann der Verteidigerin.

„Ich hatte damals den Tick, vieles von dem aufzuschreiben, was anderen Mitschülern in der Klasse 7a zugestoßen war. Daher habe ich mir erlaubt, für die heutige Vernehmung einige Passagen, die Rosa betreffen, herauszusuchen. Sie sind, wie sich nun herausstellte, ein einzigartiges Zeugnis und können helfen, Rosas Entwicklung zu verstehen. Nicht, dass ich damals gewusst hätte, welche Bedeutung meine Schilderungen einmal für Rosa bekommen könnten. Aber Rosas Vater machte auf mich als Heranwachsende einen enormen Eindruck. Insbesondere, wenn er betrunken war. Er war in der Tat ein krankhafter Peiniger, vor dem auch ich Angst hatte.

Nach nochmaligem Lesen meiner frühen Notizen kann ich erst heute wirklich nachvollziehen, wie sehr sich Rosa durch die Verbreitung ihres so plötzlich verstorbenen Vaters selbst geholfen hat. Das heißt, wie sie sich nach und nach von ihm befreite. Das waren Selbstheilungskräfte, die da in Gang gesetzt wurden."

Dagmar sah vom Richter zur Verteidigerin und fragt:

„Heilung wovon? Von der Angst, die sie stets überkam, wenn sie von dem erzählte, was sich bei ihr zu Hause zugetragen hatte." Dagmar blätterte in ihrem Heft und sagte: „Das begriff ich auch erst bei der jetzigen Durchsicht meiner Notizen: Nämlich, wie sich eine physisch und psychisch misshandelte Schülerin allmählich verwandelte in eine von den anderen geachtete! Anhand dieser frühen Notizen kann man nachlesen, wie sich Rosa zu einer ganz normalen Mitschülerin entwickelte. Das hätte sie ohne die Beseitigung ihres Vaters nie geschafft. In den zwei Jahren, da wir noch in dieselbe Klasse gingen, wurde sie sogar zu einer beliebten Schülerin. Sie hörte auf, andere Mitschüler zu schlagen. Sie mobbte, wie man heute sagt, bald keine Kinder mehr, die ihr physisch unterlegen waren.

Erstaunlich war auch ihre Verwandlung hin zu einer Schülerin mit guten Zensuren. Rosa entwickelte ein starkes Interesse an Mathematik und Kombinatorik. Ja, so nannte sie ihre Erfindungsgabe.

Irgendwann später, nachdem sie aus der einen Urgeschichte über den plötzlichen Tod ihres Vaters schon viele andere Geschichten kreiert hatte, stöhnte sie einmal und sagte: „Weißt du Dagmar, Geschichten zu erfinden, die das Leben erträglicher machen, ist nicht so schwer. Schwer wird, sie über die Zeit zu behalten. Denn am Ende müssen sie ja alle miteinander stimmig sein. Ansonsten kann ich sie nicht leben. Verstehst du, was ich meine?", fragte sie. Ich verstand damals nicht wirklich, nickte aber mit dem Kopf. Erst Jahre danach begriff ich, dass sich Rosa durch ihre Fiktionen selbst gerettet hatte.

Dass sie später mit Erfolg einige Semester Logik studierte und darüber hinaus an der Musikhochschule auch noch Kompositionslehre, war für mich daher nicht erstaunlich. „Man braucht das", meinte sie, „um Ordnung im Kopf zu halten.

Oder weißt Du etwas Besseres?," fragte mich Rosa lachend. „Nein", sagte ich und war erstaunt, mit welcher Konsequenz sie ihr Leben anging. Sie verteidigte ihre absolute Vorgehensweise und wurde auch in der Schule viel selbstsicherer als früher, bevor sie ihren Vater aus ihrem Dasein beiseitegeschafft hatte. Ihn ausgeschlossen hatte aus ihrem Kopf, wie sie später sagte. Ihr wachsendes Zutrauen zu ihrem eingeschlagenen Lebensweg tat unserer Freundschaft gut und inspirierte mich.

Dass Rosa ihren eingeschlagenen Pfad ohne Umschweife weitergehen konnte, lag wohl auch daran, dass die Familie in einen anderen Stadtteil zog.

Denn in der neuen Schule kannte niemand Rosa. Ein Kontakt zwischen den alten und den neuen Schülern war daher kaum möglich. Die beiden Stadtbezirke lagen weit auseinander. Ihre kreative Weise, mit ihrem eigenen Leben umzugehen, konnte sie daher in der neuen Schule frisch und frei weiter ausprobieren."

Dagmar blätterte in ihrem Heft. „Hören Sie den Eintrag vom Dezember 1958."

Das Hohe Gericht winkte ab.

Die Pflichtverteidigerin Frau Schultz erhob Einspruch. „Ich halte die Notizen der Zeugin für äußert wichtig, um die Entwicklung meiner Mandantin zu verstehen. Und genau das möchte doch das Hohe Gericht, das in Zusammenarbeit mit dem Institut für Ontogenese hier ein Exempel statuiert?"

Der Richter gab dem Einspruch statt.

Dagmar begann zu lesen: „Nach etwa zwei Jahren sagte mir Rosa einmal, dass sie noch immer Sehnsucht nach der alten Schule habe. Auch, weil wir beide uns so viel häufiger sehen konnten. Aber die Schüler der neuen Klasse seien auch in Ordnung, tröstete ich sie. Rosa nickte. Vor allem Magda. Sie spiele wunderbar Klavier und geht zweimal in der Woche in die Musikschule. Dort bekomme sie Unterricht. Magda und Rosa seien jetzt Freundinnen. Wann immer Rosa Zeit finde, gehe sie mit zu Magda nach Hause. Sie darf zuhören, wenn Magda für ihre Musikhochschule übt. Magda muss bis zu drei Stunden am Tag üben. Sie muss die Stücke wieder und wieder spielen, bis sie richtig sitzen und sie wirklich gut gespielt sind. Da Rosa viel zuhört, wenn Magda übt, fragt Magda Rosa oft, wie sie ihr gerade gespieltes Stück finde. Hat Rosa etwas auszusetzen, spielt Magda ihr Stück noch einmal. Rosa kennt inzwischen alle Sonaten und Etüden, die Magda zu üben hat.

Oft summte Rosa Magdas Stücke von Bach, Mozart oder Brahms wie selbstverständlich vor sich her. Manchmal merkt sie gar nicht, dass sie summt.

Ich lernte Magda auch kennen und sagte ihr, dass ich es toll finde von ihr, Rosa zuhören zu lassen, wenn sie übe. Magda lachte und meinte, toll sei, dass Rosa so gut zuhört und seit einiger Zeit alle ihre Fehler hört. So hilft sie ihr, die Stücke zu erarbeiten. Immer allein zu üben, kann nämlich auch nerven.

Rosa darf auch in die Musikschule mitgehen, wenn Magda für ein Vorspiel oder für eine Prüfung übt. Nur wenn Magda Unterricht in der Hochschule hat, darf Rosa nicht dabeibleiben. Das erlaubt Magdas Lehrer nicht.

Irgendwann schlägt Magda Rosa vor, sie soll doch auch

Klavier spielen lernen. Sie, Magda, könne Rosa unterrichten. Rosa ist begeistert. Und weil Rosa zu Hause anfangs kein Klavier hat, darf sie bei Magda üben. Manchmal darf sie auch in der Musikschule ihre Etüden und Stücke üben, wenn Magda dort ist und in einem anderen Raum ihr Lehrer mit ihr arbeitet."

Dagmar machte eine Pause und sah die Verteidigerin an. „Ich habe Rosa nie wieder so glücklich gesehen wie in jener Zeit."

„Einige Monate später", fährt Dagmar fort, „als Rosa wieder einmal ihre alte Schule besuchte, erzählte sie den Schülern dort, dass sie jetzt in der Musikschule Klavier spiele und ihre Sonaten übe und dass sie Pianistin werden möchte.

Was sollte ich dazu sagen? Alles stimmte, was Rosa erzählt hatte. Nur dass ihre alten Mitschüler das Gesagte anders verstanden hatten."

Das Hohe Gericht unterbrach Dagmar.

„Und was hat das von Ihnen hier Vorgetragene mit der Anklage zu tun?", fragte der Richter.

Dagmar sah ihn an und suchte nach Verständnis in seinen Augen und in seinen Gesichtszügen. Dann wandte sie sich dem Hohem Gericht zu und sagte: „Ist denn das wirklich so schwer zu verstehen? Rosa musste frühzeitig ihr Leben allein in die Hände nehmen. Ohne ihre ausgeprägte Fähigkeit, sich selbst zu erfinden, hätte sie nicht überlebt.

Ohne ihre Geschichten hätte Rosa nicht werden können, was sie geworden ist. Ihre Erzählungen waren ihr Programm. Programm, herauszufinden aus der Bedrückung, der häuslichen Gewalt und der spießigen Enge, in der sie festsaß. Und dazu musste sie sich zunächst von ihrem Vater lösen. Alles, was Rosa aus sich gemacht hat, hätte nicht statt-gefunden, wenn sie den Vater nicht beiseitegeschafft hätte. Ihr Leben gegen das seine war ihre einzige Chance. Rosa musste ihre Vergangenheit auslöschen. Sie zu vergessen reichte in ihrem Fall nicht aus. Deshalb konnte sie auch nie widerrufen, dass ihr Vater plötzlich verstorben war. Selbst wenn er vor ihr stand, sie anschrie oder schlug, sagte Rosa: „Das ist nicht mein Vater, er ist tot!" Und wenn sie das sagte, strahlte sie mich siegesbewusst an. Für sie war er tot und dieser Fakt war die Voraussetzung für alles Weitere, das sie nun erzählen konnte bzw. musste. Koste es, was es wolle, wie sie häufig sagte. Erst von heute aus gesehen verstehe ich ihre Vorgehensweise, die sie damals natürlich auch nicht wirklich verstand: Indem sie die Geschichte erzählte, dass sie in einer Musikschule spielte, programmiert sie ihren Weg. Schließlich spielte sie ja dort. Wenn auch unter anderen Bedingungen, als ihre Mitschüler annahmen.

„Ich werde Musikerin, wie meine Freundin Magda." Diesem Programm musste sie sich nun auch stellen. Das war ein ungeheurer Antrieb für sie. Und so spielte sie, wo immer sie konnte und ein Klavier fand. Sie hörte unentwegt klassische Musik. Sie beschäftigte sich mit J.S. Bach. Jahrelang befasste sie sich mit seinem ‚Wohltemperierten Klavier' und dessen Konstruktionsprinzip. Sie baute an ihrer Welt wie an einer Bachschen Fuge. Und in dieser nun ihrer Welt galten andere Wahrheiten und andere Gesetze, die sie nach und nach zu den ihrigen machte. Die Musik wurde ihre Welt und ihre Sprache, zu der ihr Vater keinen Zugang hatte. Sie sperrte ihn aus, aus ihrer Welt, wie sie später zu sagen pflegte. Ließ ihn nicht hinein."

An den Richter gewandt sagte Dagmar: „Es gibt eben

nicht nur eine Wahrheit, Hohes Gericht. Jeder Mensch hat auch seine eigene. Und das hat nicht nur damit zu tun, dass der Glaube Berge versetzen kann." Nach einer Pause fügte sie hinzu: „Glücklicherweise hatte Rosa Kraft zu glauben."

Dagmar sah zum Richter und sagte mit fester Stimme: „Man kann auch eine Fiktion leben und sei es nur, um zu überleben, Hohes Gericht."

Der Richter überhörte den letzten Satz. Er dankte der Zeugin Dagmar Michel für ihre Bereitschaft, sich auch für weitere Befragungen zur Verfügung zu halten.

Dann bat er festzuhalten, dass sich nach Aussage der Verteidigung die Pianistin Magda Sukkow sich gemeldet habe und bereit sei, als Zeugin vernommen zu werden.

Eher beiläufig sagte er: „Die Verhandlung wird morgen um 9.00 Uhr fortgesetzt."

Rosa wurde in ihre Zelle zurückgebracht.

11

Rosa schlang sich ihr kalt gewordenes Essen hinein. Denn sie hatte in der Verhandlungspause nichts zu sich genommen. Dann blätterte sie in einem der Tagebücher, die ihr Lisa mitbringen hatte dürfen und fand ein Gedicht, das sie vor Jahren geschrieben hatte:

Es war vollbracht

Ich war entkommen
Und niemand hatte es bemerkt.
Ich lief und lief
Meine Schritte
Sie gingen ohne mich
Hinein in ein Vergessen
Das größer war als ich.

Da war jene Stille
Von überall kam sie
Und trug mich
Durch diesen einen Spalt
Den die Nacht
zurückgelassen hatte
nicht nur für mich.

Lange hörte ich
Dieser Stille nach.
Solange bis von weit her
Eine Melodie auf mich zukam
Die nicht nur jenen Tag frei gab.

Jahre später erst verstand ich
Was mir da entgegenkam
War meine eigene Stimme.
Sie klang und klang

Klang ohne dich
Herr.

„Es war vollbracht. Ich war frei. Die ganze Welt stand mir offen. Ich konnte neu beginnen. Und ich begann langsam. Magda half mir dabei. Ohne sie hätte ich das nie geschafft. Sie öffnete mir alle Türen, die in die Welt der Töne führten.

Zu allem Glück half auch Magdas Mutter Tatjana Sukkow mir. Wann immer ich zu Magda kam, freute sie sich. Sie hatte beobachtet, dass Magda ihre Klavierstücke viel konzentrierter übte, wenn ich zuhörte.

Magdas Mutter war Geigerin in einem Sinfonieorchester. Sie fand bald heraus, ich habe ein gutes Gehör. Ich träfe die Töne ziemlich genau, wenn ich Magdas Stücke vor mich her trällerte.

Irgendwann brachte sie eine ganz neuartige Klavierschule für Kinder mit nach Hause. Alfonso, der Freund von Magdas Mutter, hatte sie erfunden. Er würde sich sehr freuen, hatte er gesagt, wenn Magda sie mit mir ausprobieren könnte, und wir ihm anschließend verraten würden, welche Stücke uns gut und welche uns weniger gut gefallen hätten. So könnten wir ihm helfen, seine Schule noch zu verbessern.

Ich hatte also das Glück, nach einer ganz neuen Methode Klavierspielen zu lernen.

Darüber hinaus machte es Magdas Mutter Freude, mein Gehör zu trainieren. Ich durfte nämlich dabei sein, wenn sie ihre Geige stimmte. Ich sollte ihr sagen, wann ihre g-Saite und wann die a-Saite die richtige Höhe erreicht hatten. Später ließ sie mich, wenn ich die richtige Tonlage ihrer Saiten gefunden hatte, zur Belohnung sogar auf einer Kindergeige spielen. Und das, obwohl ich gar nicht Geige zu spielen verstand.

Je weiter ich mich in die Welt der Töne hineinbegab, desto mehr versank die Welt, die zu Hause bei meinen Eltern stattfand. Bald lag die Elternwelt jenseits von mir hinter einem Nebelvorhang. Wenn es dort nachts oder auch tagsüber zu laut wurde oder zu beängstigend, weil jemand herumschrie, schottete ich mich ab, indem ich in Gedanken eine von Magdas Sonaten spielte. Später, nachdem ich die Messen von Bach, Mozart und Verdi kennengelernt hatte, wechselte ich zu ihnen. Ihr Kyrie, ihr Credo oder ihr

Sanctus konnte so kraftvoll in meinen Ohren klingen, dass sie alles übertönte, was nicht zu ihrem Gesang gehörte. Je mehr ich übte, den Lärm um mich wegzuschalten, desto konzentrierter konnte ich in an meiner Welt bauen.

Und ich begann mit der Mutter meiner Mutter. Also meiner Großmutter. Wahrscheinlich, weil sie mir am nächsten stand. Sie hatte eine gute, heute weiß ich, eine große Stimme. Sie hatte so gern Opernsängerin werden wollen. Aber ihre Eltern waren zu arm gewesen. Daher hatte sie früh Geld verdienen müssen und keine Zeit gehabt für solche Mätzchen, wie ihr Vater sagte.

Dennoch träumte meine Großmutter ihr Leben lang davon, eine Sängerin zu werden. Aber sie hatte kein Glück. Sie wurde nicht entdeckt. Solange ich erinnere, saß sie in einem Kioskhäuschen. Er befand sich in einem U-Bahnhof, und sie verkaufte Zeitungen, Schokoriegel oder kleine Flaschen Rumverschnitt, aber auch Kirschlikör. Wenn sie nicht dort arbeitete, sang sie, wo immer sich eine Gelegenheit ergab. Zu jeder Familienfeier sang sie ihre Lieder. Mein Opa, der etwas Klavier spielen konnte, begleitete sie. Am liebsten sang sie mit ihm gemeinsam: „Alle Tage ist kein Sonntag, alle Tage gibt es keinen Wein …"

Ich mochte ihren Gesang und auch das Klavierspiel vom Opa. Wenn die beiden mit ihrem sonntäglichen Gesang zu Ende kamen, sprach meine Großmutter häufig davon, wie gern sie doch eine Sängerin geworden wäre und guckte wehmütig aus dem Fenster.

Was sie damals noch nicht wusste: Nachdem ich sie als Nora fand, erfüllte ich ihr diesen Traum und erschuf sie als Sängerin mit einer außergewöhnlichen Stimme."

Rosa summte das Lied ihrer Großmutter, „Alle Tage ist

kein Sonntag", und stapelte die Tagebücher, die ihr Lisa hatte mitbringen dürfen, säuberlich übereinander.

Da war ein Geräusch vom Flur her zu hören. Es waren die Schritte von Erna. Sie schlurfte immer ein wenig mit den Absätzen ihrer Schuhe, wenn sie den langen Gang daherkam. Es war also schon die Zeit des Einschlusses bis morgen früh, dachte Rosa und legte die Tagebücher auf das schmale Regal, das über dem Tisch an der Wand angebracht war.

12

Der Richter eröffnete die Verhandlung, indem er zunächst eine Änderung in der Reihenfolge der Zeugenvernehmung bekannt gab. Denn die Zeugin Magda Sukkow hatte ihre Tournee durch die Schweiz verlängert und das Gericht um Verständnis gebeten. Sie würde ihre Aussage zu einem anderen Zeitpunkt machen.

„In Absprache mit der Frau Verteidigerin", erklärte der Richter, „hat sich das Gericht geeinigt, die Zeugin Ulla Pokkert stattdessen zu vernehmen. Ich bitte daher die Zeugin vorzutreten."

Eine schlanke, hoch gewachsene Frau trat vor den Richtertisch. Sie hatte graue Haare, die hinten zu einem Knoten zusammengebunden waren. Ihr dunkelblaues Kostüm verlieh ihrem Aussehen eine Strenge, die in ihr schon als Schülerin angelegt gewesen war. Und genau diese Strenge hatte Rosa bereits damals zum Widerspruch gereizt, als sie in die neue Klasse gekommen war.

„Zunächst möchte ich Ihnen im Namen des Gerichtes danken, dass Sie sich zu kurzfristig bereit erklärt haben, heute hier zu erscheinen, um im Fall Rosa Ka. Ihre Aussage zu machen," sagte der Richter.

Ulla Pokkert vermied jeden Blickkontakt mit Rosa, die sie angrinste, als sie vor den Richtertisch trat.

„Sie heißen Ulla Pokkert und arbeiten als Zollbeamtin in Rostock. Ist das korrekt?"

„Ja, das ist korrekt."

„Was hat Sie veranlasst, freiwillig als Zeugin in diesem Prozess aussagen zu wollen?"

„Als ich davon erfuhr, dass Rosa Ka. unter Anklage steht, erinnerte ich mich an all die Lügenschichten, die Rosa Ka. im Laufe ihres Daseins an unserer Schule verbreitete. Roas Ka. kam erst in der 6. Klasse zu uns. Von Anfang an fiel sie auf, weil sie Geschichten um Geschichten erzählte, die nicht stimmten. Rosa Ka. log das Blaue vom Himmel herunter. Dennoch glaubten ihr viele Schüler. Das regte mich damals heftig auf. Denn es war es ganz offensichtlich, was sie da erzählte, war zumeist frei erfunden."

„Können Sie ein Beispiel geben?"

„Ja. Ziemlich zu Beginn, da Rosa Ka. in unsere Klasse kam, war ich noch Chorführerin und hatte allen anderen Klassen zu sagen, welches Lied wir zum Fahnenappell am Wochenbeginn zu singen hatten. Diese Aufgabe wurde mir auch zugeteilt, weil ich nicht nur im Schulchor sang, sondern auch im Kinderchor von Radio DDR. Daher kannte ich viele Lieder. Und außerdem war ich im Freundschaftsrat der Jungen Pioniere unserer Schule. Da Rosa sich nicht unterordnen wollte und oftmals andere Lieder zu singen vorschlug, gab es Reibereien – nicht nur zwischen ihr und mir.

Irgendwann spöttelte sie vor der ganzen Klasse. So

meinte sie, ich solle mir nur nicht zu viel einbilden auf meinen Rundfunkkinderchor bei Radio DDR. Sie singe auch in einen Kinderchor beim Rundfunk. Daher kennte sie ebenfalls viele Lieder, die man singen könne. Wenn auch andere. Sie singe nämlich bei Onkel Tobias vom RIAS, faselte sie. Das war der Rundfunksender im Amerikanischen Sektor von Berlin. Dass sie dort sang, stimmte natürlich nicht. Rosa hatte es – wie so vieles – frei erfunden. Doch Rosas Lügen war ziemlich raffiniert. Das regte nicht nur mich auf.

Mit ihren ungeheuerlichen Lügen nämlich versuchte Rosa Fuß zu fassen in unserer Schule. Und tatsächlich hat sie das auch geschafft. Denn viele Schüler glaubten ihr. Daher gelang es Rosa bald, eine Clique zu bilden, mit der sie die Schüler unserer Klasse spaltete und Unfriede stiftete. Später versuchte sie, mit solch haarsträubenden Geschichten ihre Clique in der ganzen Schule zu installieren. Das war himmelschreiend, denn auch viele Lehrer fielen auf Rosas Lügenmärchen hinein. Einige standen ihr sogar bei und verteidigten sie. Das Raffinierte an Rosas Lügen war, dass keiner von uns ihre Aussagen überprüfen konnte. Zwar waren damals die Grenzen zu Westberlin noch offen. Das hieß, jeder konnte also von Ostberlin nach Westberlin fahren. Aber uns Schülern war es von der Schulleitung verboten, nach Westberlin zu gehen – jedenfalls während der Schulzeit.

Nach der Schule oblag den Eltern die Kontrolle und die Aufsichtspflicht über Kinder. Aber politisch war es nicht gern gesehen, wenn Schüler unserer Schule in ihrer Freizeit nach Westberlin gingen. Wenn sie es dennoch taten, sollten sie es auf Rat oder Anweisung der Eltern in der Schule verschweigen. So konnte also keiner von uns offiziell über-prüfen, ob stimmte, was Rosa da faselte. Hinzu kam, der RIAS war von Ostberlin her gesehen ein Feindsender, der von den Amerikanern nach dem Ende des 2. Weltkrieges mit der Absicht stationiert worden war, in dem von den Russen besetzten Ostteil der Stadt politischen Unfrieden zu stiften.

Und eben das wiederum war das Raffinierte an Rosas Lügerei. Ihre Geschichten entzogen sich wie so häufig der Kontrolle. Und genau das machte mich wütend. Rosa spielte die politischen Gegensätze zwischen Ost und West für ihre ganz privaten Zwecke aus. Und das meine ich im wörtlichen Sinne. Rosa spielte mit den politischen Widersprüchen zwischen Ost- und Westberlin. Sie nahm das politische Geschehen nicht ernst."

„Frau Pokkert, das Gericht dankt Ihnen für Ihre Aussage."

Zur Verteidigerin gewandt, fragte der Richter, ob es noch Fragen an die Zeugin gäbe.

„Ja", sagte die Verteidigerin Frau Schultz. „Könnte es sein, dass Sie sich damals als junges Mädchen in einer Konkurrenzsituation mit meiner Mandantin befanden?"

„Nein, in keiner Weise", sagte die Zeugin Pokkert. „Ich hatte nur für Ordnung in der Klasse zu sorgen. Und Rosa widersetzte sich jeglicher Ordnung. Deswegen wurde sie später ja auch von der Schule verwiesen."

Der Richter schaute zu Rosa Ka. und fragt: „Angeklagte, was haben Sie zu den Anschuldigungen Ihrer ehemaligen Mitschülerin vorzubringen?"

„Hohes Gericht, was Frau Pokkert da vortrug, stimmt so

nicht. Es war keine Lüge, was ich da einst erzählte. Ich habe bei Onkel Tobias vom RIAS gesungen."

„Aber – wie recherchiert wurde – nicht zu dem Zeitpunkt, da Sie davon sprachen. Also haben Sie gelogen," warf der Richter ein.

„Nein, Hohes Gericht, ich habe nur die Zeit etwas verschoben. Das heißt, ich habe gewissermaßen aus meiner Zukunft berichtet."

„Angeklagte, bitte verdrehen Sie nicht die Tatsachen. Sie haben die Unwahrheit gesagt, und zwar öffentlich, vor einer ganzen Schulklasse."

„Nein, Hohes Gericht. Ich habe nur eine Tatsache kundgetan, bevor sie existierte. Denn ich wäre nie zum Kinderchor gegangen und hätte um Aufnahme gebeten, wenn ich nicht erzählte hätte, dass ich dort sänge. Immerhin musste ich dort drei Lieder vom Blatt singen. Erst danach hat Onkel Tobias entschieden, dass meine Stimme doch zu seinem Chor passte. Genau genommen hat die Vorwegnahme der Fakten meine Mitgliedschaft in diesem Kinderchor überhaupt erst möglich gemacht."

„Noch einmal, Angeklagte, Sie haben gelogen. Verdrehen Sie bitte nicht die Tatsachen."

„Nein Hohes Gericht, ich habe nur den wirklichen Prozess etwas vorweggenommen. Heute würde man sagen, antizipiert. Ich habe die Zukunft nur etwas vorverlegt. Verstehen Sie? Die Vergangenheit habe ich dann nachgeholt, indem ich gleich am nächsten Tag nach Westberlin in die Kufsteiner Straße zum RIAS gefahren bin und Onkel Tobias um Aufnahme in den Chor gebeten habe. Mein Glück war, dass meine Stimme zu dem Chor passte, wodurch ich die

vorweggenommene Zukunft in meine Gegenwart überführen konnte."

„Angeklagte, ich fordere Sie nochmals auf: Bleiben Sie
bei den Fakten und bekennen Sie Ihre Schuld. Sie haben
gelogen."

„Hohes Gericht, was ich getan habe war, dass ich eine
Wahrheit herbeigeredet habe. Hätte ich diese Geschichte in
der Schule nicht erzählt, wäre die Tatsache, dass ich in
diesem Kinderchor gesungen habe, doch nie entstanden.
Insofern habe ich eine Wirklichkeit erschaffen. Ja, erschaffen: Erst habe ich erzählt und dann habe ich die Fakten
nachgeholt. Das ist doch wohl legitim?"

„Angeklagte, Sie haben zum Zeitpunkt, da Sie diese
Geschichte erzählt haben, die Unwahrheit gesagt, und allein
darum geht es hier."

„Nein."

„Angeklagte, ich entziehe Ihnen das Wort. Die
Verhandlung wird unterbrochen."

13

Rosa wartete im Besucherraum. Da ging die Tür auf. Ein Mann Ende fünfzig wurde von einem Wärter in den Raum geführt. Der Mann ging auf Rosa zu und reichte ihr die Hand. Er bestellte Grüße von Lisa. Sie habe ihn gebeten, ihr therapeutischen Beistand zu geben. Aber das wisse sie ja längst.

„Ich heiße Alfred Rosenstock."

Zum Wärter gewandt sagte er: „Es war mit der Sozialarbeiterin hier vereinbart, dass wir unsere therapeutischen Gespräche in Rosas Zelle führen dürfen."

Der Wärter nickte und führte beide durch die Gänge. Vor Rosas Zelle angekommen, blieb er stehen und schloss den Raum auf. Dann ging er. Nachdem sich Alfred Rosenstock vergewissert hatte, dass sie beide allein waren, holte er zwei große Tafeln Bitterschokolade aus der Innentasche seines Sakkos und meinte, das sei Ihre Lieblingsschokolade, habe Lisa gesagt. Rosas Augen glänzten. Bevor sie sich bedankt hatte, öffnete sie hastig die Schokolade und biss vergnügt ein großes Stück ab.

„Wir haben heute zwei Stunden Zeit", sagte Alfred Rosenstock. „Ich schlage vor, wir beginnen sofort."

Rosa nickte und legte sich unaufgefordert auf ihre Liege, nicht ohne sich zuvor noch ein Stück von der Schokolade zu nehmen.

Mit einer freundlichen Therapeutenstimme fragte er sie: „Wie kam es denn dazu, dass Sie heute und hier derart festsitzen?"

Nachdem Rosa die Schokolade aufgegessen hatte, begann sie langsam zu sprechen: „Ach wissen Sie, das ist eine lange Geschichte. In dem Leben, das mir gegeben wurde, war es mir nicht möglich, Fuß zu fassen. So sehr ich mich auch bemühte, ich bekam kein Bein auf die Erde. Daher musste ich, wollte ich nicht schon mit zwölf zugrunde gehen, mir ein anderes suchen. Das war nicht einfach, denn ich kam aus sehr einfachen Verhältnissen. Der Vater kriegsgeschädigt, die Mutter, als Mutter überfordert, arbeitete als Stenografin in einer Fischfabrik. Da gab es wenige Anregungen für ein andres Leben. Die eine Großmutter war Analphabetin und sprach vornehmlich mit ihrem Hund Morschen. Die andere Großmutter verkaufte Zeitungen und Schnaps in einem U-Bahnhof in Berlin. Wedding. Da war auch nicht viel zu fragen.

Aber dann kam mir, wie später noch häufiger, mein Kopf zur Hilfe. Denn der denkt und denkt. So lange ich mich erinnere, denkt er beinahe zwanghaft vor sich hin. Darauf habe ich keinen Einfluss. Deshalb gab ich irgendwann nach und ließ ihn denken. Kaum hatte ich die Idee, ein anderes Leben wäre eigentlich schön, ja, es wäre vielleicht sogar die Rettung für mich, begann der Kopf auch schon zu denken. Und was er sich dachte, gefiel mir. So dass ich ihm meine Ideen ohne Zögern dazugeben konnte. Dagegen hatte er nichts. Im Gegenteil. Er nickte und fand es gut, dass ich an meinem neuen Leben mitwirken wollte. Er fühlte sich geschmeichelt. Und das tat mir wiederum gut, bedeutete es doch, er vertraute mir. Und so schöpften wir beide ein Leben, das lebbar wurde, jedenfalls für mich. Wenn auch erst einmal nur im Kopf. Aber immerhin. Das war ein Anfang und also eine Möglichkeit, vielleicht doch am Leben zu bleiben. Den Wind zu spüren, die Bäume zu sehen und den Vögeln zuzuhören …"

Rosa machte eine Pause, räkelte und streckte sich auf ihrer Liege. Dann sah sie zum Fenster, zählte seine Gitterstäbe und fuhr fort.

„An die Zeit, da wir, mein Kopf und ich, mein neues Leben schöpften, erinnere ich mich gern. Zum ersten Mal überhaupt erlebte ich das wundersame Gefühl, aus eigener Tiefe etwas zutage zu fördern. Etwas, das es zuvor nie gegeben hatte. Jedenfalls nicht so wie wir beide – mein Kopf und ich – es zusammengebracht hatten. Das war wie ein Rausch. Wenn mein Kopf nicht gewesen wäre, ich wäre bei diesen Schöpfungsakten wahrscheinlich durchgedreht. Aber der Kopf bremste mich immer wieder ab. Seine Einwände galten nicht nur der Logik meiner Schöpfungen. Sie galten auch ihrer Standhaftigkeit gegenüber der Wirklichkeit, wie er sagte. Denn, so wandte er auch später häufiger ein: Es käme nicht nur darauf an, gegen die Tatsachen zu leben. Man – also auch ich – müsse dieses Gegenleben auch noch aushalten können. Es sei nämlich, so insistierte er, eine ungeheure Kunst, gegen die Unerträglichkeit der Tatsachen zu bestehen. Eigentlich, so meinte er, sei das die größte Kunst überhaupt. Und so war mein Lebensweg einer künstlerischen Existenz schon damals vorgezeichnet.

Doch irgendwann wurde ihm mein Leben in seinem Kopf zu viel. Es setze ihn derart unter Druck, wie er sagte, dass er zu nichts anderem mehr kam, als über mein gerade kreiertes Leben zu sinnieren. Sein freies Denken bliebe dabei letztlich auf der Strecke. Er bedauere, aber ich könne mich nicht mein ganzes Leben lang in seinem Kopf festsetzen. Mein Leben müsse raus an die frische Luft, auch damit er wieder durchatmen könne und Platz bekäme, sein eigenes Leben weiterzudenken. Und, das war ihm wichtig, sein eigenes selbstständiges Leben führen zu können! Schließlich müsse auch er sich vor den Zumutungen eines reinen Geisteslebens schützen. Also schmiss er mich kurzerhand raus. Mein gerade erst geschöpftes – mein neues – Leben kam so, von mir eigentlich nicht gewollt, quasi als Kopfgeburt in die Welt.

Auf solch profane Weise in die Welt gesetzt zu werden, hat mich natürlich nicht sonderlich erfreut. Ehrlich gesagt: Dieses In-die-Welt-geworfen-Werden hat mich eine ganze Zeit lang richtig gekränkt. Aber ich hatte keine Wahl. Ich kam wie häufig nicht gegen seine Entscheidungen an und musste nach dieser Sturzgeburt mein Kopfleben außerhalb seiner Schädeldecke fortsetzen. Oder anders gesagt, er entließ mein mit ihm gemeinsam geschöpftes Leben auf die Erde, wo es nun auch durch mich und durch mein Geschick zu bestehen hatte.

So in die Welt geworfen zu sein, hatte – wie jede Trennung – etwas Brutales. Aber er ließ meinen Vorwurf nicht gelten. Er sprach von der Chance zur Verdoppelung, denn er denke ja weiterhin mit. Er bliebe also ganz in der Nähe. Nur, dass ich mein kreiertes Leben auf Erden allein durchsetzen müsse. Das würde nicht einfach werden. Ich müsse meine Anstrengungen nun bündeln, wenn es mit mir im Hier und Jetzt weitergehen solle. Dies verlange viel strategisches Vermögen. Das würde ich erst über die Zeit verstehen. Mit den Jahren werde es nämlich immer schwieriger werden, gegen das Entsetzliche der Existenz zu leben. Und: Darum ginge es doch, jedenfalls ihm, und damit letztlich auch für mich. Daher könne ich mich weiterhin auf ihn verlassen.

Und tatsächlich blieb er immer in der Nähe und schaltete sich ein, wenn ich in Versuchung kam, den Fakten glauben zu wollen, oder, wie er sagte, ich dabei war, auf sie hereinzufallen. Ob aus Bequemlichkeit oder aus einem falsch verstandenen Drang gegenüber der Wahrhaftigkeit eines kreierten Details. Rückblickend kann ich heute daher sagen, ohne meinen Kopf wäre ich wahrscheinlich nicht nur damals verrückt geworden.

So wie Eduard, der Trompeter, verrückt wurde, nachdem er sein Studium der Blechblasinstrumente abgebrochen hatte, weil er sich in die Fakten seines Lebens ergeben hatte, anstatt gegen ihre Zumutungen anzublasen.

Es dauerte nämlich nicht lange, hat Magda erzählt. Nachdem er die Musikschule hingeschmissen hatte, spielte er nur noch unentgeltlich auf dem Friedhof des Heiligen Gregor zu Beerdigungen. Wieder und wieder tutete er das „Lied vom kleinen Trompeter, den alle so liebhatten". Obwohl er selber nie Soldat gewesen war. Auf Anfragen von

Trauergemeinden hat er gespielt und gespielt – immer wieder das gleiche Lied. Wie ich von Magda hörte, drängte er sich den Trauernden regelrecht auf, das Lied vom Trompeter spielen zu dürfen. Ich glaube, ihm gefiel, dass alle ihn alle liebhatten, den kleinen Trompeter. Und dass ausgerechnet ihn dann eine feindliche Kugel traf, das war für Eduard zu viel.

Vor solch einem Schicksal hat mich glücklicherweise mein Kopf bewahrt. Dafür bleibe ich ihm immer dankbar. Selbst wenn die Lebensgeschichten, die er mir manchmal zugemutet hat, anstrengend waren und mir viel abverlangten. Aber ich brauchte meinen Kopf. Ohne ihn hätte ich es nicht geschafft, ein neues Leben zu schöpfen.

Und", Rosa sah ihren therapeutischen Beistand geheimnisvoll an, „das kreierte Leben auch noch zu leben!", flüsterte sie bedeutungsvoll. „Denn darauf kam es letztlich doch an. Die Tatsachen zu ignorieren! Also mit aller Kraft und auch mit ganzem Mut gegen sie zu existieren. Alles andere hätte doch geheißen, in kürzester Zeit zugrunde zu gehen. Jedenfalls für mich."

Alfred Rosenstock unterbrach Rosa vorsichtig und fragte: „Können Sie sich noch erinnern, wann Sie diese Befehle in Ihrem Kopf zum ersten Mal hörten?"

Rosa Ka. sprang von der Liege auf und lief wütend in ihrer Zelle auf und ab. „Mein Gott, das waren keine Befehle. Das war der Versuch meines Kopfes, mir zu sagen, dass es gut wäre, nicht zugrunde zu gehen, also weiterzuleben. Auch für ihn. Ist denn das so schwer zu kapieren?"

Rosa ging auf Alfred Rosenstock zu, blieb zu nah vor ihm stehen und sagte: „Wenn Sie in meinem Fall Ihre Schulmätzchen plus dem Freud'schen Hokuspokus nicht

über Bord werfen, hat das keinen Sinn, dass wir weitermachen. Schade um um Lisas Geld, das sie Ihnen wahrscheinlich großzügig hinterherschmeißt."

Rosa sah den Therapeuten halb wütend, halb verzweifelt
an. Dann warf sie sich auf ihre Liege und verweigerte jedes
weitere Gespräch.

14

Ich drücke mein Gesicht mit aller Kraft gegen die die Matratze. Die Tagesdecke, die auf ihr liegt, kratzt. Ich schließe die Augen. Für einen Moment bin ich wohl eingeschlafen. Jedenfalls, als ich aufwachte, war ich allein in der Zelle. Der Psycho-Beistand hat den Raum verlassen, ohne dass ich es gemerkt habe.

Ich sehe hoch zum Fenster. Es ist schon das Abendlicht, das durch die Gitterstäbe in die Zelle fällt. Ich mag dieses Licht, weil es von den Gegenständen die Konturen nimmt. Mitunter warte ich hier den ganzen Nachmittag lang auf diesen einen Moment, an dem die Dinge ihre festgefügten Linien aufgeben. Ein Augenblick, der mir die Zuversicht vermittelt, dass sich doch noch alles ändern lässt und suggeriert, dass die Realität in Wirklichkeit auch eine Illusion ist. Diese so früh erfahrene Gewissheit für immer festzuhalten, habe ich mir geschworen, damals, als ich gegen meinen Willen alle Unschuld verlor.

Ich erhebe mich von der Liege. Ich suche nach Lisas Brief, in dem sie mir geschrieben hat, dass sie mit Hilfe meiner Verteidigerin Frau Schultz bei der Gefängnisleitung durchgesetzt hat, dass mich dieser externer Psychologe aufsuchen dürfe, um mit mir die verzwickte Situation durchzuarbeiten, in die ich wegen des FFenstersturzes geraten bin.

Lisa hat es gut gemeint. Lisa meint es immer gut mit mir. Seit Jahren versucht sie, mich am Leben zu halten, indem sie mir nicht nur mit Geld, sondern auch durch ihre enormen Beziehungen quer durch alle Gesellschaftsschichten hilft. Und das so diskret, dass ich oft erst viel später kapiere, was Lisa hinter meinem Rücken wieder gemanaget hat. Einer müsse mir jetzt professionell beistehen, hat sie bei ihrem ersten Besuch beiläufig gesagt. Ich würde mich ansonsten um Kopf und Kragen reden.

Lisa ist nicht nur eine sehr erfolgreiche Autorin und Journalistin, die so gern Schriftstellerin geworden wäre. Aber dann, so sagte sie, wäre sie wahrscheinlich auch solch eine Hungerleiderin geworden und könnte mir und vielen anderen nicht helfen. Denn, sagte Lisa, dass sie mit ihrer Schreiberei recht viel Erfolg habe, läge vor allem daran, dass sie keine wirklich künstlerische Begabung habe. Dass sie denke, wie die meisten Menschen denken. Ihr Talent bestehe also vornehmlich darin, aufzuschreiben, was die anderen auch denken und bewegt. Und das in einer klaren Sprache, die jeder verstehen kann.

„Ihr Künstler", meint Lisa, „müsst wohl ein wenig verquer denken und Dinge sehen, die die meisten Menschen nicht sehen. Das ist euer Job. Wenn eure Köpfe so funktionieren würden wie die Köpfe aller anderen, könntet ihr nicht sichtbar machen, was hinter den Dingen noch zu sehen ist. Ohne euch bliebe vieles verborgen. Ihr verrückt die Welt und ihre Dinge so, dass ihr uns zwingt, neu auf sie zuzugehen. Oder vorsichtiger ausgedrückt, ihr gebt uns die Chance, noch einmal hinzusehen. Dafür müssen wir euch die Chance geben, nicht zu verhungern oder durchzudrehen."

Wenn Lisa so spricht, lacht sie fast immer. Manchmal sieht mich dabei fest an und meint, sonst bestünde unsere Gegenwartsliteratur bald nur noch aus dieser Menge von Spießersenf, die wir auf den Bestsellerlisten finden.

Ich lege Lisas Brief in das Regal zurück. Ich schalte meinen kleinen Weltempfänger ein. Die Gefängnisleitung hat befunden, dass ich ihn besitzen dürfe. Vorausgesetzt, ich würde ihn mit Kopfhörern oder auf Zimmerlautstärke betreiben, wie eine Wärterin sich ausdrückte.

Auf die Idee, die Zelle mit einem Zimmer zu vergleichen, wäre ich selbst nicht gekommen. Was also ist die angemessene Lautstärke eines Weltempfängers in einer Gefängniszelle? Vorsichtshalber habe ich mir im Laden der Haftanstalt ein paar Kopfhörer gekauft. Sich Kopfhörer von draußen mitbringen zu lassen, ist verboten.

Auch wenn die Hörer fürs Radio, die ich erstanden habe, von Einfachsten sind, vermitteln sie für einen Augenblick die Illusion von Privatheit, denn niemand hat die Chance mithören. Zumindest versuche ich mir das einzubilden.

15

Es ist sechs Uhr. Der Weckruf über die Anstaltslautsprecher ertönt. Ich bin wie immer schon wach. Etwa 10 Minuten bevor, der für meine Ohren zu hochfrequentierte Lautsprecherton ertönt, wache ich hier auf. Das ist eine Schutzmaßnahme nicht nur gegenüber meinen Ohren. Ich will zumindest den Beginn des Tages selbst bestimmen können und nicht durch diesen Quietschton aus dem Schlaf hochgeschreckt werden.

Gleich wird eine Vollzugsbeamtin die Zellentür öffnen und überprüfen, ob ich unversehrt die Nacht überstanden habe. „Lebendkontrolle" heißt das in der Haftsprache.

Ich beschließe, für die heutige Verhandlung mein blaues Kostüm anzuziehen und nicht wie normalerweise meine Jeans.

Zuerst aber werde ich frühstücken und meine Brote mit der hauseigenen Mehrfruchtmarmelade beschmieren, von der auch mir ein Glas pro Monat zusteht. Der immer lauwarme Tee ist inzwischen auch ausgetragen worden.

Kaffee habe ich letztens vergessen auf meine Einkaufsliste zu schreiben.

Nach dem Frühstück werde ich mir die Haare hochstecken. Ich werde mich schminken, so gut es in diesem immer zu grellen Neonlicht möglich ist. Ich will in der heutigen Verhandlung seriös, aber nicht streng aussehen. Die Mitte zwischen beidem hinzukriegen, ist nicht immer leicht. Ich möchte es dennoch versuchen. Geht es doch in der Verhandlung nachher um den entscheidenden Einfall, den mein Kopf und ich überhaupt hatten. Nämlich: um meine Geisteskrankheit! Ohne sie hätte ich mein neues Leben doch gar nicht hinbekommen. Erst sie machte es möglich, dass ich die vielen Zumutungen abwiegeln konnte, die Jahr für Jahr auf mich einstürzten. Hätte mir mein strategisch denkender Kopf damals nicht zu einer Geisteskrankheit geraten, hätte ich sie mit großer Wahrscheinlichkeit unter jenen Umständen ohnehin bekommen. Mein Kopf hatte also nur einen möglichen Zustand vorweggenommen, der mir durch seine Vorsichtsmaßnahme glücklicherweise erspart geblieben ist: nämlich ein unkontrolliertes Verrücktwerden. Seine großartige Idee, eine Geisteskrankheit zu simulieren, bevor sie unter den damaligen Umständen tatsächlich hätte von mir Besitz ergreifen können, barg aber noch ein Weiteres in sich. Dadurch, dass mein Kopf und ich mein Verrücktsein selbst in die Hand bekamen, konnten wir mein Ver-Rückt-Sein falls notwendig korrigieren und den jeweiligen Gegebenheiten anpassen.

Das verstand ich jedoch erst viel später. Auch dass die Geisteskrankheit schlechthin eine der wenigen Möglichkeiten war, sich jeglichen diktatorischen Systemen zu entziehen – wollte man nicht tatsächlich durchdrehen. Ebenfalls später erst verstand ich, wie nützlich mir meine Erfahrungen waren, die ich gesammelt hatte in der Zeit, da ich Krankheiten nur spontan erfand, um mich den vom Vater angeordneten Nachtmärschen durch die Berliner Wälder zu entziehen. Kann ich doch jetzt bei der Erarbeitung einer richtig großen Krankheit auf meine frühen Erfahrungen mit Simulationen zurückgreifen. Insofern muss ich dem Vater im Nachherein dankbar sein. Sein militantes Überlebenstraining gegen den Feind – ich betone, gegen jeglichen Feind – war doch der erste Anstoß, mich durch Kranksein einer Willkür zu entziehen.

Und so wurde die Gegenwehr gegen seine autoritären Zumutungen für mich zunächst unabsichtlich zur ersten Trainingsphase für mein Leben in einer Diktatur des Proletariats, wie ich sie in der DDR kennengelernt habe. Dass mein Kopf dank seines enormen Erinnerungsvermögens sich diesem schon einmal bewährtem Mittel wieder bediente, lag auf der Hand. Er verstand viel früher als ich, dass sich meine damalige strategische Energie – Überleben-zu-Wollen! – von kleine auf große Diktatoren, ja selbst auf Diktaturen übertragen ließ. Selbst wenn diese großen Diktaturen dem Proletariat unterstanden, wie es im 1. Arbeiter- und Bauernstaat hieß.

Selbstverständlich war der Weg hin zu einer richtig großen Krankheit nicht ohne Tücken. Ihre Gestaltung brauchte Zeit, viel Geduld und Disziplin. Mein Kopf hatte aber auch hier den entscheidenden Einfall. Er plädierte der Effizienz wegen für eine unheilbare Krankheit. Also für eine, die unwiderruflich war. Sie zu erschaffen, bedeutete intensive Arbeit. Musste solch eine Krankheit doch so perfekt beherrscht werden, dass sie nicht nur die Mitmenschen, sondern vor allem die Nervenärzte überzeugte. Und das hieß: üben, üben, und nochmals üben. Daher rief mich mein Kopf immer wieder zur Disziplin auf. Er meinte, nur durch die gründliche und die konzentrierteste Arbeit könnte aus den vorerst improvisierten Kinderkrankheiten etwas Großes entstehen.

Und wie häufig, kam uns – meinem Kopf und mir – bei der Erarbeitung der Krankheit der Zufall zur Hilfe. Alfonso, der Lebensgefährte meiner Klavierlehrerin Ann, war Cellist. Er kam aus Brasilien, wo er als Kind von einem Karussell gefallen war. Seitdem bekäme er hin und wieder Ohnmachtsanfälle, erzählte Ann. Aber nach einiger Zeit wache er wieder auf und es ginge ihm so gut wie zuvor, sagte sie. Die Ärzte fanden heraus, er habe eine Epilepsie. „Das ist eine unheilbare Krankheit", sagte sie. Aber wenn Alfonso regelmäßig seine Tabletten nähme, könne er mit dieser Krankheit beinahe so gut leben wie alle anderen Menschen auch.

Ich mochte Alfonso sehr. Er lachte viel und machte Unfug über Unfug, nicht nur mit mir. Er dachte sich immer aufs Neue lustige Spiele aus. Oft tobte er mit mir durch die Wohnung. Hin und wieder schmissen wir dabei etwas um, oder machten gar etwas kaputt. Ann schimpfte nie. Das war unser Glück.

Mein persönliches Glück war, dass Alfonso diese unheilbare Krankheit hatte.

Aber jetzt muss ich mich erst einmal für die heutige Verhandlung anziehen. Zuvor muss ich meine von der

Marmelade klebrigen Finger waschen. Dann habe ich noch das Kunststück zu vollbringen, mir mit nur zwei Haarspangen eine Hochfrisur zu basteln. Haarnadeln sind doch im Gefängnis auch für Untersuchungshäftlinge wegen möglicher Selbstverletzung verboten.

16

Im Gerichtssaal waren nur wenige Personen anwesend. Unter ihnen ein Vertreter des Instituts zur Erforschung der Ontogenese von Straftätern. Herr Professor Schaffenbauer hatte ihn mir bei den Gesprächen vorgestellt. Aber seinen Namen hatte Rosa vergessen. Nicht vergessen hatte sie, dass er eine immer glänzende Glatze hatte. Heute trug er eine dicke Mappe bei sich, in er unentwegt blätterte.

Als der Richter den Saal betrat, erhoben sich alle Anwesenden. Nachdem sie sich wieder gesetzt hatten und Ruhe eingekehrt war, erklärte der Richter, warum das Gericht mit den Sachverständigen des Instituts für Ontogenese übereingekommen war, in der Strafsache gegen Rosa Ka. von der chronologischen Reihenfolge der Beweisführung abzuweichen. Könnte doch die sonst übliche Verfahrensweise in diesem speziellen Fall die ganze Ungeheuerlichkeit des Verbrechens nicht deutlich machen. Das Hohe Gericht und die Leitung des Instituts zur Erforschung der Ontogenese von Straftätern hatten sich daher darauf verständigt, dass die Aufklärung dieser Straftat der Rosa Ka. durch eine systematische Beweisführung in ihrem ganzen Ausmaß eher zu begreifen sei als durch eine chronologische. War doch das mutmaßliche Tötungsdelikt, dessen Rosa Ka. hier primär angeklagt war, nur der vorläufige Endpunkt einer systematisch aufgebauten Lebenslüge. Und eben diese Lüge war die Analytikerin Frau von Schreckenburg dabei gewesen aufzudecken. Eine Lüge, an der die Angeklagte willentlich ihr Leben lang gebaut hatte. Er betone: systematisch (!) gebaut hatte.

Denn wie von den Sachverständigen des Instituts herausgearbeitet worden war, bestand diese Lebenslüge aus drei Elementen. Erstens, der Mär vom Tod des Vaters. Zweitens, aus der fixen Idee, Zitat „Ich bin eigentlich eine andere, bin eine hochbegabte Musikerin." Zitat Ende. Und drittens, aus der Erfindung, eine unheilbare Krankheit zu haben. Eine Krankheit, die von der Angeklagten Rosa Ka. einzig und allein zu dem Zweck kreiert wurde, rücksichtslos gegen jedermann vorgehen zu können, um ihren, allein ihren, Willen durchzusetzen.

„Bei der Erfindung ihrer Geisteskrankheit – und darum geht es in der heutigen Verhandlung – wird besonders deutlich, wie zielstrebig die Angeklagte vorging. Strukturierte sie doch ihre vorsätzliche Täuschung bestechend systematisch. Sie erarbeitete sich enorme Sachkenntnisse, um ihre Täuschung mit Wissen zu unterfüttern. Sie las endlos viele Bücher und Abhandlungen über ihre selbst ausgewählte Krankheit. Um ihre unheilbare Krankheit dingfest zu machen, arbeitete sie – wie aus dem Protokoll der Sachverständigen nachzulesen ist – hart und diszipliniert. Eine ähnliche Vorgehensweise hat die Angeklagte schon bei der Erarbeitung des Mythos um ihr musikalisches Talent praktiziert. Durch enorm viel Fleiß hat sie sich dort große Fertigkeiten im Klavierspiel erarbeitet und sich ein umfangreiches musikalisches Grundwissen von Kompositionslehre bis hin zur Musikgeschichte angeeignet.

Diese Art, sich Wissen und Fertigkeiten zu erarbeiten, setzte die Angeklagte auch ein, um die Symptome ihrer ausgewählten Krankheit zu erwerben. Sie las sogar Fachzeitschriften für Psychiatrie. Selbst, wenn sie entsprechend ihrem jungen Alter nur wenig von dem Gelesenen verstand, sie schreckte selbst nicht davor zurück, die Symptome „am lebendenden Objekt" zu beobachten und sie zu notieren, wie Herr Professor Schaffenbauer festhielt. (siehe vorliegendes Protokoll der Anamnese, Heft 2). War doch die Angeklagte durch Zufall oder durch gezielte Suche auf einen Menschen getroffen, der tatsächlich an Epilepsie litt.

Und wie das Gericht aus den Vorgesprächen mit den Geschwistern der Rosa Ka. erfuhr, übte die Angeklagte zu Hause unermüdlich die Symptome dieser Krankheit, zu der plötzliche Ohnmachten und Krampfanfälle gehörten. Lachend erklärte sie ihren Geschwistern, dass sie die Fallsucht habe, um sich anschließend zu Boden gleiten zu lassen.

Dieser Ungeheuerlichkeit, eine Geisteskrankheit zu simulieren und sie als den dritten Pfeiler einer umfassenden Lebenslüge zu inszenieren, werden wir jetzt nachgehen.

Wenden wir uns nach dieser Vorrede also dem Gegenstand der heutigen Verhandlung zu: der Vortäuschung einer unheilbaren Geisteskrankheit durch die Angeklagte."

Der Richter rief Rosa Ka. auf und bat sie aufzustehen. Er wies sie darauf hin, dass sie hier die Wahrheit und nichts als die Wahrheit zu sagen habe. Nur so könne ihr ihre Schuld, die sie auf sich geladen habe, vergeben werden. „Was also haben Sie zu den Anschuldigungen, die Sie hier vernommen haben, zu sagen?", fragte der Richter.

Rosa stand auf und sagte: „Ich habe gar nichts auf mich geladen. Man hat mir aufgeladen, und zwar ein Leben, das, so wie es auf mich zukam, nicht annehmbar war. Auch nicht als Geschenk. Von wem auch immer."

Der Richter unterbrach Rosa und bat sie, auf seine Frage zu antworten, also dem Gericht zu erklären, was sie sich dabei gedacht habe, solch ein Leiden vorzutäuschen.

Rosa antwortete mit fester Stimme: „Das war eine Vorsichtsmaßnahme, oder anders gesagt, es war eine notwendige Überlebensstrategie. Mein Kopf hatte sie sich ausgedacht. Und ich fand seine Idee des Anfallsleidens genial. Das verstand ich aber erst über die Jahre, da ich das Leiden mit mir herumtrug. Es bot nämlich viele Möglichkeiten. Ansonsten hätte ich diese Krankheit nicht mehr als 15 Jahre mit mir herumgeschleppt. Genial an dem Leiden und seinen Anfällen war, dass sie ja nicht immer da waren. So ein Anfall kam ja nur, wenn die Tatsachen meiner ungewollten Existenz nicht mehr zu verkraften waren. Ich meine, wenn es meinem Kopf und mir zu schwer wurde, gegen das Unerträgliche der Tatsachen weiter zu bestehen. Denn darauf kam es doch an: Das Entsetzliche des Daseins nicht zu akzeptieren! Das heißt, gegen die Zumutungen des Lebens anzugehen.

Wenn sich mein Kopf und ich diese Krankheit nicht ausgedacht hätten, hätte er, also auch ich, diese Krampfanfälle wahrscheinlich doch tatsächlich bekommen können. Bedenken Sie doch mal all die Scheußlichkeiten, die da einstürzten von allen Seiten auf mich. Ich will Sie damit im Einzelnen nicht langweilen. Sie kennen ja die ..."

Der Richter unterbrach Rosa und sagte mit etwas genervter Stimme: „Angeklagte, kommen Sie endlich zur Sache."

„Ich bin ja schon dabei, Hohes Gericht", meinte Rosa. „Wie ich schon sagte, die Krampfanfälle haben mich beschützt. Nicht nur vor den endlosen Waldmärschen, die ich zu machen hatte, weil der Vater mir das Überleben beibringen wollte. Glaubte er doch, ein neuer Krieg würde bestimmt kommen. Deshalb hatte ich stundenlang in einem Erdloch zu hocken und zu horchen, ob der Feind kommt. Und wenn ich in meinem Erdloch aus Versehen einge-schlafen war, hat er, der Vater, mir zur Strafe die Essensration gekürzt. Ich musste also nach solch einen Waldmarsch auch hungrig ins Bett gehen. Und wehe, ich habe geweint.

Hinzu kam, in diesen Erdlöchern war es so feucht und auch kalt. Ich wollte doch nichts weiter als nachts schlafen und nicht durch das Unterholz kriechen. Ich wollte nicht horchen, ob sich der Feind näherte. Denn wenn sich etwas näherte im Wald, waren es zumeist nur Kaninchen, Füchse oder Rehe. Manchmal auch betrunkene Radfahrer. Einmal hat der Vater so einen Radfahrer sogar angriffen. Denn es war nicht nur sehr dunkel im Wald. Es war auch neblig. Aber der Radfahrer konnte fliehen. Darüber war der Vater wütend und gab mir auch noch die Schuld. Ich hätte nicht genügend gehorcht. In einem Ernstfall hätten wir alle drauf-gehen können, hat er gesagt."

Der Richter unterbrach Rosa noch einmal und meinte,

wenn sie nicht augenblicklich zur Sache käme, entziehe er ihr das Wort.

„Ist es denn so schwer zu verstehen", fragte Rosa nun beinahe verzweifelt, „was mein Kopf und ich wollten? Die nächtliche Herumbuddelei in Schützengräben und in Erdlöchern musste ein Ende haben. Weder mein Kopf noch ich fanden irgendwo Ruhe. Nicht zum Schlafen. Nicht zum Denken und schon gar nicht zum Spielen. Die Idee mit dem Anfallsleiden konnte die Lösung sein. Ich musste nur zur rechten Zeit so einen Anfall bekommen, dann konnten mein Kopf und ich wieder in Ruhe nachdenken. Wir konnten spielen. Und ich musste nachts nicht mehr durch den Wald schleichen. Ich musste mir keine Brotration mehr einteilen, die der Vater immer zu knapp bemessen hatte. Denn ich sollte lernen, mit Hunger umzugehen. Das diene der körperlichen Ertüchtigung, hat er gesagt. Erst wenn ich den Hungerschmerz besiegen könne, hätte ich nämlich die Chance, eine Gefangenschaft zu überleben. Für mich aber war es damals viel wichtiger, Vaters Schützengraben zu überleben. Wenn mir daher nur zur rechten Zeit ein Anfall gelang, konnte ich zu Hause bleiben und in meinem Bett schlafen. Mehr habe ich dazu nicht zu sagen."

Rosa Ka. setzte sich unaufgefordert.

Einen Augenblick war es ganz still im Gerichtssaal.

Dann sagte der Richter: „Die Sitzung ist geschlossen. Wir setzen die Verhandlung mit der Vernehmung von Zeugen morgen fort."

17

„Ich rufe die Zeugin Lena Kraushaar auf." Eine ältere Frau, sie saß in der letzten Reihe des Gerichtssaals, stand auf und trat vor den Richter. Sie hatte kurzes, dünnes Haar und trug eine schon abgewetzte dunkelgraue Lederjacke. Sie war ihr ein wenig zu groß, wodurch die Frau korpulenter wirkte, als sie tatsächlich war.

„Ihr vollständiger Name ist Lena Kraushaar?", fragte der Richter.

„Ja."

„Geboren 1940 in Berlin?"

„Ja".

„Sie sind gelernte Erzieherin und seit 5 Jahren im Ruhestand?"

„Ja, ich bin Rentnerin. Endlich."

„Sie sind mit der Angeklagten verwandt? Das heißt, Sie sind ihre älteste Schwester?"

„Ja".

„Sie wissen, dass Sie vor Gericht die Wahrheit und nichts als die Wahrheit zu sagen haben. So wahr Ihnen Gott helfe?", fragte der Richter in einem beinah feierlichen Tonfall.

„Ja, nur Gott wird mir dabei nicht helfen. Hat er nämlich nie getan."

Der Richter überhörte den Kommentar.

„Sie sind darüber belehrt worden, dass Sie juristisch gesehen gegen ihre Schwester nicht aussagen müssen?"

„Ja, aber nun bin ich ja gekommen, um auszusagen. Also kommen Sie zur Sache. Ich habe zu Hause einen kranken Mann zu pflegen und daher nicht so viel Zeit."

Der Richter überhörte auch diese Bemerkung.

„Frau Kraushaar, erinnern Sie sich an die erste Vortäuschung eines epileptischen Anfalls durch Ihre Schwester?"

„Nein, aber Rosa hat von klein auf gesponnen."

„Wie soll ich das verstehen?"

„Na, Rosa hat schon bevor sie ihre Zappelanfälle bekam viel krank gespielt. Mal hat sie Blumen gegessen, mal altes Blumenwasser getrunken, um die Scheißerei zu bekommen. Dann fiel nämlich für sie und meistens auch für uns alle das Überlebenstraining mit unserem Vater aus. Dafür war ich Rosa dankbar. Oft hat sie aber auch das Fieberthermometer nur in den warmen Tee getaucht, um nicht in die Schule gehen zu müssen.

Das mit den Zappelanfällen kam erst später, nachdem sie in die neue Musikschule ging. Da war dieser Cellist. Er hieß Alfonso, hat sie gesagt. Er kam aus Brasilien. Von dem hat sie sich die Anfälle abgeguckt. Jedenfalls hat sie mir das so erzählt. Ich habe sie damals zweimal überrascht, als sie dabei war, ihre Anfälle zu üben."

Der Richter unterbricht die Zeugin. „Fühlten Sie sich nicht getäuscht von Ihrer Schwester?"

„Äh, wieso? Ich wusste doch, dass sie spinnt. Mir konnte sie doch nichts vormachen. Wollte sie ja auch gar nicht. Es ging doch darum, unserem Vater was vorzumachen, damit sie ihre Ruhe bekam, um ihre Singerei oder ihre Klimperei auf dem Klavier machen zu können. Und ihm etwas vorzumachen, war nicht einfach, nicht nur für sie. Er war nämlich sehr misstrauisch. Er sagte immer, Rosa sei irre und eine ausgebuffte Simulantin. Und später, als sie in die Klapsmühle kam, wurde er ja bestätigt, dass sie nicht nur herumgesponnen hat, sondern dass sie richtig geisteskrank im Kopf war. Da konnte er dann nichts mehr gegen ihre Anfälle sagen. Außer, dass sie es auch geschafft habe, die Ärzte reinzulegen Davon war er überzeugt. Aber auf ihn wollte man ja nicht hören. Und warum? Weil er nicht studiert hatte wie diese Heinis in den weißen Kitteln.

Und Rosa? Die hat gefeixt. Sie hat sich so sehr gefreut, dass sie mir beinahe kollabierte. In diesem Moment hatte ich Angst, dass sie wirklich überschnappt und solch ein Anfall bekommt. Aber dann hat sie sich wieder beruhigt und mir angeboten, mir ihre Anfälle beizubringen. Ich habe ihr nur einen Vogel gezeigt und gesagt, Rosa, du spinnst total."

Der Richter unterbrach die Zeugin. „Können Sie uns den Grund sagen, weshalb Sie Ihren Eltern nichts von Rosas Lügengeschichte erzählt haben?"

„Na, weil unser Papa sie wahrscheinlich totgeschlagen hätte, wenn ich das getan hätte. Und das wollte ich nicht. Denn außer dass Rosa gesponnen hat, war sie doch ganz okay. Abends im Bett hat sie immer tolle Geschichten erzählt. Das war mit das Beste an Rosa. Manche ihrer Märchen und Geschichten habe ich nie vergessen. Als ich später Erzieherin war, habe ich sie manchmal den Gören nachmittags weitererzählt. Da hörten fast immer alle zu. So kam dank Rosas Geschichten wenigstens für einige Zeit Ruhe in den Kinderladen."

Der Richter dankte der Zeugin für ihre Ausführungen. Dann fragte er den Staatsanwalt, ob es weitere Fragen an die Zeugin gäbe. Der verneinte. Worauf der Richter die Zeugin aus dem Zeugenstand, wie er sagte, entließ. Lena Kraushaar verneigte sich, vor wem, wurde nicht wirklich klar, und verließ den Zeugenstand. Sie kam an dem Tisch vorbei, an dem Rosa und die Pflichtverteidigerin saßen. Lena blieb vor Rosa stehen. Laut, sodass alle Anwesenden es hören konnten, sagte Lena: „Siehst du, ich habe es dir immer gesagt, irgendwann bringt dich deine Spinnerei noch mal ins Gefängnis." Sie schüttelte ihren Kopf. „Mensch Rosa."

Der Richter bat Lena Kraushaar weiterzugehen. „Privatgespräche mit der Angeklagten sind während der Verhandlung nicht gestattet."

Lena Kraushaar sah den Richter an: „Ich sehe nicht, was an dem, was ich zu Rosa sage, privat wäre. Jeder, der nicht schwerhörig ist, kann es ja wohl hören. Aber ich gehe ja schon. Muss sowieso nach Hause. Mein Mann braucht seine Spritze. Also tschüss, Rosa. Wie ich dich kenne, windest du dich auch hier wieder raus. Am besten ist, du machst auf Macke. Ich drück dir die Daumen."

Dann verließ Lena wortlos den Saal.

Der Richter ordnete eine kurze Pause an, bevor der nächste Zeuge aufgerufen werden sollte.

18

Rosa wurde von einer Beamtin in den Aufenthaltsraum geführt. Ihre Pflichtverteidigerin Frau Schultz mit tz folgte ihr.

„Rosa, wenn ich Ihnen für die Verhandlung einige Ratschläge geben darf. Ich würde an Ihrer Stelle nicht derart …"

Rosa fiel ihr ins Wort. „Bitte verschonen Sie mich in den wenigen Minuten zwischen Verhandlung und Verhandlung mit Ihren Kalenderweisheiten."

Frau Schultz überhörte die Provokation und redete weiter auf Rosa Ka. ein.

Rosa legte den Kopf auf den Tisch und schloss die Augen.

Herr
lass mich dein Rinnsal sein
in dem Abfließen all deine Verheißungen
hin zu der einen Pfütze
die im Vorhof hier noch steht
kurz vor der Pforte
durch die kein Entkommen
mehr ist

keine Umkehr, Herr
auch nicht für dich

denn siehe
die Pfütze füllt sich
mit all deinen Versprechungen
aus den Tausenden von Jahren
endlos
bis sie überquillt und Meer wird
weit hinter deinem Horizont
Herr.

Die Pflichtverteidigerin tippte Rosa Ka. auf die Schulter. Rosa schreckte hoch, sah die Frau verdutzt an und fragte vorwurfsvoll: „Müssen Sie mich immer so erschrecken?"

„Die Verhandlung geht weiter," sagte sie. Beinah mütterlich fügte sie hinzu: „Glauben Sie mir, es täte Ihnen gut, wenn Sie etwas von dem beherzigen würden, was ich Ihnen soeben vorgeschlagen habe."

· · ·

Abwesend nickte Rosa und wusste, nicht wovon die Rede war. Gedankenversunken lief sie der Vollzugsbeamtin hinterher. Im Gerichtsaal angekommen, wies ihr eine andere Beamtin wortlos den Platz und verließ den Saal.

Der Richter setzte die Verhandlung fort, indem er den nächsten Zeugen aufrief. Ein großer, schlaksiger Mann betrat den Gerichtssaal. Unsicher blieb er im Raum stehen und sah sich um. Der Richter bat ihn näherzukommen. Vor der Balustrade blieb der Mann stehen. Da entdeckte er Rosa und nickte ihr zu.

Rosa sprang auf: „Mann, Benno, du bist ja nochmal gewachsen!"

Der Richter wandte sich Rosa zu. „Angeklagte, ich bitte Sie …"

Rosa fiel ihm ins Wort: „Ja, ja, ist ja schon gut", und setzte sich wieder.

Der Richter ließ die Ungehörigkeit der Angeklagten auf sich beruhen und wandte sich dem Zeugen zu. „Im Namen des Gerichts möchte ich Ihnen für Ihre Bereitschaft danken, im Fall Rosa Ka. als Zeuge auszusagen." Nach einer Pause fragte er: „Sie heißen Bernhard Kurz?"

Der Zeuge nickte.

„Bitte antworten Sie mit ‚Ja' oder ‚Nein'."

„Ja, mein Name ist Bernhard Kurz".

„Ihr Beruf?" Der Richter sah den Zeugen an.

„Ich bin Berufssoldat und das im Ruhestand. Ich diente 24 Jahre als Berufsunteroffizier in der Nationalen Volksarmee der DDR. Im Oktober 1989 schied ich auf eigenen Wunsch aus dem soldatischen Leben aus. Unsere Armee wurde bekanntlich aufgelöst. Das Angebot, als Berufssoldat von der Bundeswehr übernommen zu werden, lehnte ich ab, obwohl ich als Nachrichtentechniker günstige Vorsausetzungen für eine neue Truppe hatte. Aber weiter zu dienen, in einer Armee, gegen die wir zuvor zu kämpfen hatten? Nein, das wollte ich nicht. Schließlich sollte die Bundeswehr im Ernstfall gegen uns und unsere sozialistische Heimat vorgehen. Das war ja letztlich ihr Auftrag. Daher schien es mir absurd, in ihr nun zu dienen. Wir hatten den Kalten Krieg verloren, auch wenn das so nicht ausgesprochen wurde. Aber das waren die Tatsachen, mit denen auch ich zu leben hatte in aller Zukunft. Und so arbeitete ich – ohne besondere Vorkommnisse – von 1990 bis zu meiner Frühverrentung als Reinigungskraft in einem Berliner Tierheim."

„Danke, Herr Zeuge, für Ihre Ausführungen. In welcher Beziehung stehen Sie zu der Angeklagten?

„Ich bin ihr um drei Jahre jüngerer Bruder."

„Wie ich den Unterlagen entnehme," sagte der Richter, „sind Sie darüber belehrt worden, dass Sie aufgrund des Verwandtschaftsverhältnisses gegen Ihre Schwester nicht aussagen müssen?"

„Ja, das bin ich. Doch ich möchte meinen Beitrag zur Aufklärung der Beschuldigungen gegen Rosa leisten. Als Bruder war ich schließlich unmittelbarer Zeuge ihrer endlosen Erfindungen und Märchen. Zugegebenermaßen, ich war auch Nutznießer ihrer abenteuerlichen Geschichten. Oft genug haben mich ihre Inszenierungen vor den Schlägen unseres Vaters geschützt. Rosa hatte doch die Gabe, aus dem Hut Geschichten und Umstände zu erfinden, die dafür sorgten, dass ich beispielsweise nicht in die Schule gehen musste. Das hatte immense Vorteile für mich, insbesondere, wenn ein Diktat oder eine Russischarbeit anstanden. Rosas Geschichten erleichterten mir zu Hause ungemein das Leben. Denn hätte ich eine Vier bzw. Fünf geschrieben, hätte mich unser Vater verprügelt.

Manchmal allerdings wäre ich lieber in die Schule gegangen. Aber Rosa konnte auch gewalttätig sein. Wenn es ihr in den Kram passte, zwang sie mich, mit ihr gemeinsam stinkendes Blumenwasser zu trinken. Ihr Ziel war es, unsere Mutter davon zu überzeugen, dass wir eine ansteckende Krankheit hätten. Dann nämlich konnte selbst Lena, unsere große Schwester, wegen einer möglichen Ansteckungsgefahr zu Hause bleiben. In dieser Hinsicht war unsere Mutter sehr vorsichtig und gewissenhaft. Wenn Rosa diese Inszenierung wieder mal gelungen war und wir alle drei zu Hause bleiben konnten, klatsche sie begeistert in Hände und sagte: „Juch huh endlich Ferien." Mir gefielen diese Ferienspiele mit dem Blumenwasser nicht immer. Denn häufig hatte ich im Gegensatz zu Rosa heftige Bauchschmerzen und auch noch hohes Fieber. Hätte ich eine freie Wahl gehabt, ich wäre lieber in die Schule gegangen und hätte mich vom Vater wegen einer Fünf im Diktat verprügeln lassen. Aber gegen Rosa kam ich nicht an. Sie war der Ansicht, für seine Freiheit müsse man auch mal ein Opfer bringen können. Sie hätte schließlich auch Probleme, wenn wir im Spätsommer anstatt des Blumenwassers die roten Täublingspilze aßen, um nicht in die Schule gehen zu müssen. Nach dem Verzehr dieser Pilze ging es ihr nämlich mitunter auch sehr schlecht. Viel schlechter als mir. Bekam ich doch vom Essen roter Lamellenpilze nur etwas Brechreiz. Rosa hingegen ging es manchmal richtig schlecht.

Später als Berufsunteroffizier war ich Rosa allerdings für ihre Ferienspiele sehr dankbar. Mir konnte keiner der

Soldaten etwas vormachen. Ich kannte alle Machenschaften und Tricks, mit denen sich Krankheiten simulieren ließen. Daher hatte ich besonders unter den Rekruten stets den niedrigsten Krankenstand der gesamten Kompanie."

Der Richter unterbrach den Zeugen.

„Können Sie dem Gericht erklären, warum Sie diese grobe Irreführung und das gewaltsame Verhalten Ihrer Schwester nicht Ihren Eltern erzählt haben?"

„Das konnte ich nicht. Meine beiden großen Schwestern hätten mich fertig gemacht. Sie hätten mich völlig unseren Eltern ausgeliefert. Sie hätten mir jegliche Hilfe verweigert. In der Clique hätten sie mich als Feigling, als Memme oder gar als Verräter hingestellt. Ich wäre ihr Opfer gewesen. Mehr noch: Ich wäre das Opfer der ganzen Straßenclique geworden.

Für mich war es daher ein Glück, dass Rosa bald ihre Krampfanfälle erfunden hat. Einer der Gründe dafür war, so meinte sie, nicht mehr von mir, meinem Gejammer und Genörgel abhängig sein zu wollen. Für mich war ihre Idee mit den Krampfanfällen eine Erlösung. Ich musste kein stinkendes Blumenwasser mehr trinken. Ich konnte selbst entscheiden, wann ich krank sein wollte."

„Herr Zeuge, danke für Ihre Schilderungen. Noch eine Frage: Zweifelten Ihre Eltern nie an der Echtheit dieser Krampfanfälle?"

„Unsere Mutter? Nein. Unser Vater hatte jedoch die größten Zweifel. Deshalb beobachtete er Rosa genauestens, wenn sie mal wieder auf der Erde lag und ihren Anfall vorführte. Manchmal schlug unser Vater sie sogar. Er wollte sehen, ob sie auf Schmerzen reagierte. Aber Rosa war so ausgebufft. Monatelang trainierte sie das Schmerzen-

Aushalten. Sie kniff sich selbst vor dem großen Spiegel auf dem Flur. Dabei beobachtete sie sich, ob es ihr gelang, keine Miene zu verziehen. Sie stach sich auch mit Nähnadeln und stoppte auf der Armbanduhr, wie lange sie den Schmerz ohne eine äußere Reaktion aushielt. Manchmal musste auch ich sie schlagen. Ich wollte das nicht, aber wie schon erwähnt, Rosa konnte recht gewalttätig sein."

„Herr Zeuge, ich danke Ihnen für die Ausführungen.

Hat die Frau Verteidigerin noch Fragen an den Zeugen?"

„Ja, Herr Zeuge, hatte Ihre Schwester Einfluss auf Ihre Berufswahl?"

„Einspruch, Frau Verteidigerin, diese Frage gehört nicht zur Sache", warf der Richter ein.

Der Zeuge Bernhardt Kurz überhörte den Widerspruch. Zur Verteidigerin gewandt sagte er: „Nicht nur sie hat mich dazu bewogen, in die Volksarmee einzutreten und mich zu verpflichten, unser sozialistisches Vaterland zu verteidigen. Es waren sowohl Rosa als auch Lena, aber vor allem unsere Eltern. Dadurch, dass ich mich auf 25 Jahre zur Armee verpflichtete, konnte ich der häuslichen Gewalt und Gängelei für immer entgehen. Gegen meine Dienstverpflichtung zur Armee zu protestieren, hätte sich unser Vater nicht zu getraut. Obwohl er das Recht dazu gehabt hätte, da ich noch nicht volljährig war, als ich meine Verpflichtungserklärung unterschrieb. Aber mir diese Berufswahl zu verbieten, hätte ihm politisch geschadet. Er arbeitete immerhin als Hausmeister beim Berliner Magistrat. Das war schließlich eine öffentliche Einrichtung innerhalb der Hauptstadt der Deutschen Demokratischen Republik. Da wurden nur zuverlässige Genossen eingesetzt."

Zu Rosa gewandt: „Entschuldige, Rosa, aber so war es. Mich noch vor dem Abitur freiwillig zu melden, war meine erste Chance, eigenständig zu handeln. Ich habe sie genutzt und diese Entscheidung auch später nie bereut. Denn keiner von euch hatte die Macht, diesen meinen Schritt rückgängig zu machen. Bei der Armee endlich hatte ich meine Ruhe vor allem. Niemand von euch konnte mehr an mir herumzerren oder über mich verfügen. Die Armee war wie ein Schutzschild für mich und eine Perspektive auf lange Sicht."

Der Richter unterbrach den Zeugen und wandte sich Rosa Ka. zu. Er fragte sie, ob sie zu dem Vorgetragenen noch etwas anzumerken habe.

Rosa Ka. stand auf und sah ihren Bruder mitleidig an. „Mensch Benno, warum hast du mir denn nicht vertraut? Ich hätte dich da doch herausgeholt. Glaub mir, den ganzen Armeekram hättest du dir schenken können. Oder haben dir die schwachsinnigen Kriegsspiele zu Hause nicht gereicht?"

Der Zeuge Bernhardt Kurz sah seine Schwestern an und sagte nichts.

Diese Pause nutzte der Richter, um dem Zeugen nochmals für sein Erscheinen und seine freimütigen Aussagen zu danken. Dann ordnete er eine Pause an.

Bernhard Kurz ging langsam auf den Ausgang des Gerichtssaals zu. Dann aber drehte er sich nochmals um und sah nach Rosa. Die jedoch war bereits durch eine der hinteren Türen aus dem Saal geführt worden.

Noch langsamer verließ Bernhard Kurz den Raum.

19

Ich war so frei, Herr
Ich habe dich verlassen
Und damit einen Ursprung zu dir
Seitdem sammle ich Lieder
in allen Tonarten
ich lege sie in meine Lade
als Vorrat für härtere Zeiten.

Ich war so frei, Herr
anstatt mir mein Leben zu nehmen
Beschloss ich mir ein zweites, ein drittes
und dann noch ein viertes zu geben.
Seitdem bin ich nie mehr dort,
wo ich herumlaufe

ich bin in ALLEM was ich erzähle
und wenn du mich suchst, Herr
kannst auch du mich finden.

Ich stapele die Zeitschriften auf dem viel zu schmalem Bücherbord an der Wand über dem Tisch. Feinsäuberlich packe ich sie übereinander. Schließlich lege ich sie noch auf Kante und muss an Benno denken. An seinen nie zu stillenden Ordnungstick. Als ob es auf den 12 Quadratmeter Fläche, die mir als Untersuchungshäftling hier zustehen, darauf ankäme, einen aufgeräumten Eindruck zu hinterlassen. Welche Nachricht also will ich mir zukommen lassen? Dass ich der Zelle, in der ich herumlaufe, längst entkommen bin? Dass das, was um mich herum abläuft, nur bedingt etwas mit mir tun hat? Ich mich also längst aus dieser Gegenwart hier verabschiedete habe, auch um das Schauspiel zu überstehen, in dem man mir eine Rolle zugeteilt hat?

Hat mich mein Kopf deshalb über die Jahre so unerbittlich trainiert, jegliche Situationen durchzustehen, damit ich lernte, spielend in mindestens zwei Welten zu leben? Ist das der Grund, dass er mit mir immer wieder geübt hat, eine zweite Welt über der ersten ins Leben zu heben? Und wenn nötig noch eine dritte oder gar eine vierte? Ja, er konnte er nicht ablassen von seiner Idee, dass jegliche Kunst davon lebt, gegen alle Tatsachen zu existieren?

Der Türriegel bewegt sich schwerfällig im Schloss. Ich erschrecke nicht mehr. Ich kenne längst die Routine in diesem Ereignisraum, der da hieß: „Untersuchungsgefängnis". Ich beherrsche also die Regeln, nach denen Leben hier gespielt wird. Ich weiß, dass es die Zeit ist, da mich eine Vollzugsbeamtin abholen wird, um mich in den Gerichtssaal zu bringen. Ich weiß auch, heute ist es wieder Erna, die ich gleich zu Gesicht bekomme. An der Art, wie sie die Tür öffnet, kann ich es hören. Wortlos steht sie im Türrahmen und macht diese Handbewegung, die sie immer macht, wenn sie mich auffordert, ihr zu folgen.

Gleichmütig laufe ich ihr auf den langen Gängen nach. Bleibe willig stehen, wenn sie die nächste Eisentür auf-, und anschließend wieder zuschließt, bis wir an der Treppe sind, die direkt zum Gerichtsaal führt. Als wir dort ankommen, ist der Gerichtsaal noch geschlossen. Erna bedeutet mir, auf der langen Bank Platz zu nehmen. Sie selbst bleibt stehen und ist mit ihrem Handy beschäftigt.

Wie mir von der Pflichtverteidigerin Frau Schultz mitgeteilt worden ist, steht heute als Strafsache der Rosa Ka. „die maßlose Lüge und Erfindung der Nora Fee" auf dem Verhandlungsplan.

Doch das ist natürlich eine Verdrehung und Verkehrung. Es war ganz anders. Denn es war ganz sehr still, nachdem ich auferstanden war. Und es war großartig: Ich hatte keine Angst, als ich mich da allein auf der endlosen Straße wiederfand.

Ich weiß nicht mehr, wie lange ich auf ihr herumstand, ob ich auf ihr auch gegangen war. Aber ich weiß, von irgendwo weither hörte ich eine Stimme. Sie rief mich bei meinem Namen. Leise redete sie auf mich ein: „Rosa, steh auf und geh! Du musst dich selbst übersteigen. Dann geht es weiter. Denn es geht immer weiter, glaube mir. Dreh dich nicht um, sondern geh! Bist du erst einmal drüben, wirst du mich nicht mehr verlieren. Du wirst mich hören, wo immer du bist. Du musst nur dem Klang folgen. Er wird dich tragen. Und er wird innehalten, bevor er übergehen wird in eine andere Tonart. Bevor er also die Klangräume wechselt auch für dich. Deshalb, Rosa, steh auf und geh!"

Und ich ging. Erst viel später wurde mir bewusst, die

Stimme, die zu mir sprach, kannte ich. Sie gehörte Nora. Sie hatte mich gefunden nach meiner eigentlich vom Herrn nicht gewollten Auferstehung. Oder anders gesagt: Es waren die Melodien meiner Großmutter. Es waren ihre Lieder: Ich hatte sie nicht vergessen! Ihre Lieder waren mir also geblieben nach all dem Ende, aus dem ich so mühsam herausgefunden hatte. Vielleicht, weil mir meine Großmutter mit ihrem Gesang immer beigestanden hatte in all den Kinderjahren. Sang sie doch häufig ihre Lieder ohne Unterlass, wenn ich nicht anders zu trösten war.

Ich ging also diese endlose Straße. Nicht immer hörte ich ihre Stimme. Und wenn ich sie nicht hörte, sang ich ihre Lieder und fürchtete mich nicht. Auf meinem Weg sammelte ich all ihre Melodien ein und summte sie. Wieder und wieder. Ich dachte, vielleicht hört sie mich ja. Ich darf nur nicht nachlassen. Und wenn ich ihre Lieder nur lange und konzentriert genug vor mich hin summte, hatte ich das Gefühl, dass sie ziemlich nah bei mir war. Denn was ich da hörte klang ziemlich deutlich und klar. Dann wieder waren es nur einzelne Töne, die ich zu hören meinte. Langsam kamen sie auf mich zu, um sich sogleich wieder zu entfernen. Mitunter kreisten sie jedoch so lange um mich, bis sie in aller Klarheit auch in mir widerklangen. Einige der Töne wollte ich unbedingt festhalten, was mir nicht gelang. Denn schon waren es wieder nur Bruchstücke und Fetzen von Melodien, die ich hörte. Grundlos verklangen sie hinter mir oder brachen einfach in sich zusammen.

So vergingen Monate. Je länger ich dem Gesang meiner Großmutter zuhörte, desto größer wurde ihre Stimme. Endlich kam ich auf die Idee, eigentlich könnte sie auch andere Lieder summen. Lieder, die ich für sie aussuchte.

Denn immer die gleichen Lieder zu singen, wurde auch für sie eintönig. Also suchte ich neue. Lieder, von denen ich annahm, sie würden ihr gefallen. Dazu zählte ich das „Ave Maria" von Schubert. Wenn sie es selbst auch noch nie gesungen hatte, wusste ich doch, dass sie es mögen würde und es gut zu ihrer Stimme passte. Daher lernte zunächst ich den Text und die Melodie. Magda hatte mir Noten und Text aus der Musikschule besorgt. Dann übte ich das Lied mit meiner Großmutter, bis wir es beide richtig konnten. Später kam es darauf an, dass sie das „Ave Maria" so zu singen begann, dass es auch richtig gut klang. Schließlich war es doch ein Kunstlied, das sie da sang, hatte Magda gesagt.

Nach und nach kamen weitere Lieder dazu. Bald auch große Arien. Zunächst aber hatte ich ihr noch ein zweites „Ave Maria" vorgeschlagen. Das von Bach-Gounod. Es gefiel ihr sehr. Danach kam das „Ave Verum" von Mozart dazu. Die Stimme meiner Großmutter wuchs mit ihrem Repertoire. Da ihre Lieder gesanglich schwieriger wurden, machten wir bald auch Stimmbildung, so wie sie Onkel Tobias von RIAS vor jeder Chorprobe mit allen Kindern durchführte. Auf diese Weise vergingen nochmals Monate. Wir hatten viel Freude und ich liebte die Stimme meiner Großmutter mehr und mehr. Doch je musikalisch komplizierter ihre Lieder wurden – und auch ausdrucksvoller die Texte, desto mehr entfernte sie sich aus ihrer Welt im U-Bahn-Schacht, wo sie ja noch immer in ihrem Kiosk tätig war. Ihre neuen Lieder wollten auf dem U-Bahnhof nicht mehr so recht klingen. Daher führte ich sie nach und nach aus ihrem Kiosk unten im Schacht nach oben an die frische Luft. Da konnte sie freier atmen und singen, außerdem war sie mir so viel näher.

Nachdem ich meine Großmutter aus ihrem Schacht herausgeholt hatte, nannte ich sie endgültig Nora. Nora Fee! Ich war froh, nun doch zumindest eine Verwandte auf Erden zu haben.

Damit war ein neuer Anfang gesetzt. Auch für sie. Erfreulicherweise hat Nora ihre Chance für ein neues Leben sofort ergriffen und blieb mein ganzes Leben lang die einzige Verwandte, die ich hatte, nachdem ich auf so umständliche Weise aus der Zeit davor herausgetreten war. Ohne Nora, so meine ich heute, hätte ich nicht überlebt. Auf sie konnte ich zurückkommen. Zu jeder Zeit. Nora gehörte mit zu meinem zweiten Ursprung. Deshalb musste sie an Leben gewinnen und sie gewann, indem ich von ihr erzählte. Bald kannte sie all meine Freundinnen und meine Freundinnen kannten sie. Auch im Kinderchor und in der Schule erkundigte man sich nach ihr. Auf diese Weise konnte ich immer mehr von Nora erzählen, wodurch ihr Leben reicher und ihre Stimme größer wurde. Mit ihrer Stimme wuchs auch ihr Horizont immens. So erlangte sie über die Jahre eine Weltläufigkeit über, die nicht nur ich erstaunt war. Denn sie ging ja häufig auch auf Tourneen. Nicht nur durch Europa und Amerika.

Ich war wirklich froh, dass wir uns gefunden hatten nach meiner – vom Herrn nicht gewollten – Auferstehung. Und ich bin dankbar für ihren Beistand, den sie mir stets gab. Auch nachdem sie nicht nur durch mein Erzählen eine berühmte Sängerin geworden war.

20

Die Tür zum Gerichtssaal wird aufgeschlossen. Erna übergibt mich einer anderen Beamtin. Sie führt mich durch den noch leeren Saal. In einem der kleinen Hinterzimmer erwartet mich die Verteidigerin Frau Schultz. Sie hat es aufgeben, mir Ratschläge für kommende Verhandlungen zu geben. Als Zeichen ihrer Verbundenheit bringt sie mir neuerdings Ingwerbonbons. Heute gleich eine ganze Tüte voll. Dafür bin ich ihr dankbar. Denn Ingwer gibt es in dem gefängniseigenen Laden nicht.

Nachdem die Türen des Gerichtssaals geschlossen wurden, werde ich durch eine kleine Nebentür in den Saal geführt.

Etwas gereizt höre ich dem Richter zu. Er spricht von einer ungeheuerlichen Lügengeschichte, die Rosa Ka. durch ihr Leben gesponnen habe, und zwar von Anfang an. Er spricht von einer Lebenslüge unerhörten Ausmaßes. Von einer Unverfrorenheit, die er in seiner beruflichen Laufbahn so noch nicht erlebt habe. Er spricht von betrügerischen

Energien, deren pathologische Elemente die Sachverständigen noch zu kommentieren hätten.

Doch bevor zu einem späteren Zeitpunkt eben diese Sachverständigen zu dem großangelegten Täuschungsmanövern der Angeklagten ihre Sicht der Dinge vortragen werden, soll die Angeklagte, entgegen der üblichen Verfahrensweise, die Chance zu einer Stellungnahme erhalten. Die Mitarbeiter des Instituts für Ontogenese auffälliger Straftäter haben das Gericht um diese Möglichkeit gebeten. Die Angeklagte möge also hervortreten.

„Angeklagte, können Sie dem Gericht erklären, wie es zu dieser maßlosen Lügengeschichte der Nora Fee gekommen ist? Was haben Sie sich dabei gedacht?"

„Ich habe gar nichts gedacht. Ich habe sie auch nicht erfunden. Nora hat gesungen, und zwar die Lieder meiner Großmutter. Diesem Gesang bin ich nachgegangen. So lange, bis wir uns endlich fanden und die Lieder gemeinsam sangen. Seitdem ist Nora bei mir. Sie meint, dass allein der Klang es war, der uns zusammengeführt habe. Es sei ein musikalisches Meisterstück und ein großes Glück für uns beide und sei es noch immer. Alles, was wir gemeinsam geworden sind, haben wir der Musik zu verdanken."

Rosa machte eine Pause und sah den Richter fest an. Beinahe feierlich sagte sie: „Hohe Gericht, das war mitnichten eine Lüge. Das war eine Schöpfung. Denn dass Nora lebt, das kann ja wohl keiner bestreiten. Meine Freunde und die vielen Menschen, denen ich zuvor noch nie begegnet bin und denen ich nie begegnen werde, kennen Nora und fragen nach ihr. Nora lebt nicht nur durch meine Romane. Viele kennen ihr Haus am See, kennen ihren

Garten und den Bootssteg, auf dem wir gesessen, abends, bevor die Sonne unterging. Andere Menschen summen ihre Arien, die sie sang und noch immer singt. Es gibt ja sogar einen Film, in dem sie mitspielt. Er wurde auf dem Nationalen Filmfestival 1992 gezeigt und stand auf der Shortlist für den Nationalen Filmpreis.

Es kann also keine Rede davon sein, dass Nora nicht existiert. Allein schon, weil ich ohne Nora nicht geworden wäre, was ich geworden bin. All meine Bildung habe ich ihr zu verdanken und noch wichtiger, mein Kunst- und Weltverständnis, das sich nicht im Klein-Klein aufhalten solle, wie Nora sagt, sondern stets die großen Linien sehen müsse. Linien, die von der Vergangenheit her in die Zukunft weisen."

Der Richter unterbrach Rosa und fragte, ein wenig genervt: „Angeklagte, äußern Sie sich bitte zu der Ihnen gestellten Frage: „Wie sind Sie zu der maßlosen Lügengeschichte der Nora Fee gekommen?"

„Noch einmal: Ich bin gar nicht zu ihr gekommen, Nora ist mit ihrem Gesang zu mir gekommen. Oder präziser, wir haben uns gefunden."

„Angeklagte, Sie haben unzählige Menschen belogen. Sie haben ihnen Lug und Trug aufgetischt. Sie haben mit Ihren Lügen Menschen über den Kontinent hinaus hinters Licht geführt. Also betrogen!"

Rosa unterbrach den Richter.

„Ich habe nichts und niemanden betrogen. Ich habe nur erzählt, wie Nora und ich uns gefunden haben. Später dann habe ich das Erlebte aufgeschrieben. Das hatte nicht nur Nora mir empfohlen. Noch später meinte sie, ich solle meine Erzählung über unsere Begegnung einem Verleger zeigen. Dass der Weltenstein-Verlag meine Aufzeichnungen dann als Buch veröffentlicht hat, zu dem später weitere Bücher kamen, war natürlich ein großes Glück für mich. Dass drei Jahre später auch noch ein Film über Nora und mich gedreht wurde, ist vor allem Nora und ihrer großartigen Stimme zu verdanken. Und dass letztlich meine Bücher in verschieden Sprachen übersetzt wurden, war nicht meine Schuld. Dafür war das Marketing des Weltenstein-Verlages zuständig."

Rosa stockte in ihrer Rede.

Etwas resigniert sagte sie: „Hohes Gericht, ich glaube nicht, dass Sie nicht verstehen wollen. Ich glaube, Sie können nicht verstehen, weil Ihr Verständnis von Fakten ein anderes ist. Es ist daher zwecklos, Ihnen weiter darlegen zu wollen, was das wirkliche Geschehen und seine Umstände sind."

Rosa ging unaufgefordert zurück an ihren Platz und legte ihren Kopf auf den Tisch.

Der Richter ordnete eine kurze Pause der Verhandlung an.

21

Die Verhandlung wurde fortgesetzt. In den Zeugenstand trat eine ältere, recht zierliche Frau mit schwarz gelocktem, nein, eigentlich krausem Haar und sehr lebhaften Augen. Sie sah zunächst zur Verteidigerin, dann zu Rosa und letztlich zum Richter.

„Ihr Name ist Tatiana Sukkow? Sie sind Geigerin und noch immer als solche tätig?"

„Ja", sagte sie und schaute zu Rosa statt zum Richter.

„Sie kennen die Angeklagte schon seit ihrer Kindheit?"

„Ja, sie war eine Mitschülerin und gute Freundin meiner Tochter Magda."

„Sie haben sich bei der Verteidigerin als Zeugin angeboten. Warum?"

„Weil ich glaube, von Rosa ein wenig zu verstehen. Rosa war von klein auf sehr musikalisch. Sie hat, was wirklich sehr selten ist, das absolute Gehör. Als Geigerin hatte ich das bald herausgefunden. Schon als Neunjährige hat sie eine Kindergeige, die wir im Haus hatten, sehr präzis gestimmt. Auf die Musikalität von Rosa aufmerksam geworden, begann ich, sie zu fördern. Dadurch, dass Rosa mit meiner Tochter Magda befreundet war, hatte ich genügend Gelegenheiten dazu.

Hinzu kam, Rosa war sehr gern bei uns, nicht nur weil die beiden Mädchen befreundet waren, sondern auch, weil sich Rosa bei uns im Haus wohlfühlte. Hier brauchte sie keine Angst zu haben vor den Wutausbrüchen ihres vom Krieg psychisch geschädigten Vaters. Ich nahm Rosa über die Jahre mehr und mehr als eine zweite Tochter an und versuchte, ihr Sicherheit zu geben, die sie dringend brauchte.

Rosa hatte frühzeitig ein starkes Bedürfnis, sich von ihrer häuslichen Welt zu distanzieren. Dabei unterstützte ich sie, indem ich versuchte, ihr eine zweite, eine musikalische Welt zu erschließen, die jenseits ihrer häuslichen Misere lag. Ich fand zunächst einen Studenten, der Rosa kostenlosen Klavierunterricht erteilte. Zu meiner Verblüffung begannen die beiden Mädchen irgendwann, von sich aus vierhändig zu spielen. Auch wenn dabei bald absehbar war, eine Pianistin wird aus Rosa nicht. Ein anfänglicher Wunsch, den sie glücklicherweise bald selbst aufgab. Das für mich Entscheidende war, dass sich Rosa durch ihre Begegnung mit der Musik eine Welt erschloss, in der sie sich ausdrücken und sicher fühlen konnte.

Für ihr Alter eher zu früh hinterfragte Rosa hartnäckig, warum ein Stück, das sie gerade übte, so und nicht anders gespielt werden sollte. Die Interpretation eines Musikstücks war ihr von Anfang an wichtiger als die Perfektion, mit der das Stück gespielt werden sollte. Die intensiven Diskussionen der beiden Kinder um den Ausdruck eines Musikstücks hatten auf das Spiel meiner Tochter Magda natürlich einen Einfluss, und zwar einen guten. Denn die Interpretationsvorschläge, die Rosa machte, zeugten von viel Fantasie und Einfühlungsvermögen in die Intention es jeweiligen Komponisten. Magda musste sich mit Rosas Vorschlägen und Ansichten zu einem Stück auseinandersetzen, wodurch ihr eigenes Spiel präziser wurde. Hinzu kam, Rosas hatte ein gutes Gefühl für Rhythmus, von dem Magda zusätzlich profitierte. Denn Rosa machte Magda hartnäckig darauf aufmerksam, wenn sie den Takt nicht hielt. Die Intensität, mit der sich beide Mädchen zu einem ernsthaften Spiel ermunterten, war erfreulich mit anzusehen."

Der Richter unterbrach die Zeugin: „Da Sie die Angeklagte gut kannten und Sie ihr nahestanden, wie ich Ihren Schilderungen entnehme, müssen Sie doch bemerkt haben, dass die Angeklagte Dinge erzählte, die nicht der Wahrheit entsprachen?"

Tatiana Sukkow lächelte den Richter an und fragte: „Was kann denn für eine Zehnjährige Wahrheit sein? Rosa hat sich Geschichten erzählt, um zu überstehen. Natürlich hat sie diese Geschichten auch geglaubt. Das musste sie doch. Sie versuchte, ihrer familiären Umwelt zu entfliehen, um an deren Gewalt und Brutalität nicht zu zerbrechen. Sollte ich ihr Ringen um einen Ort, an dem sie sich von ihrer Familie zurückziehen konnte, zunichtemachen? Ich hätte ihr doch nur den ohnehin schon schwankenden Boden, auf dem sie stand, unter den Füßen wegzogen."

Der Richter unterbrach die Zeugin: „Aber Sie werden doch nicht bestreiten können, dass die Angeklagte auch Sie belogen hat?"

„Herr Richter, Es gibt Umstände und Zeiten, da trifft

eine Lüge die Wahrheit mehr als umgekehrt. Die Lebensumstände, in denen sich Rosa lange Zeit befand, gehörten zu solch einer Zeit. Und die Stärke der Fantasie Rosas bestand zudem frühzeitig darin, dass die erfundenen Geschichten – also das, was Sie Lüge nennen – so grandios waren, dass sie als Fiktionen in die Wirklichkeit hineinwirkten. Eben dies habe ich an Rosa frühzeitig bewundert. Ihre Fiktionen waren häufig sehr nahe an ihrer gelebten Wirklichkeit gebaut. Damit meine ich, die Geschichten, die Rosa in die Welt gesetzt hatte, wurden von ihr häufig nachträglich ihrer Wirklichkeit zugeführt oder in sie überführt."

Tatiana Sukkow sah den Richter an und fragte: „In welchem Moment bitte hörte die hier schon verhandelte Lüge Rosas über ihre Mitgliedschaft in einem Kinderchor auf eine Lüge zu sein und schlug in Wahrheit um? In dem Moment, wo sie die fiktive Behauptung, sie sänge in einem Rundfunkkinderchor, in die Welt gesetzt hat, oder dort, wo sie ihr erstes Lied in dem Kinderchor des RIAS, dem Rundfunk im Amerikanischen Sektor von Berlin, tatsächlich gesungen hat? Rosa hat da nicht nur eine Geschichte erzählt, also gelogen, wie Sie sagen. Rosa hat ihre fiktive Aussage, dass sie dort sänge, in die reale Welt überführt. Eben das habe ich an Rosa frühzeitig beobachten können, dass ihren Behauptungen, wie der, dass sie dort sänge, häufig eine reale Basis zugrunde lag. Oder anders gesagt, sie erzählte häufig das für sie persönlich Mögliche. Das heißt, intuitiv hat sie in ihren Geschichte – Sie nennen sie Lügen – ihre persönlichen Fähigkeiten mitgedacht, die in ihr wohnten.

Heute würden wir sagen, Rosa hat sich selbst programmiert; indem sie ihre persönlichen Absichten öffentlich kundgetan hat, hat sie sich selbst unter Druck gesetzt, ihr

Programm auch tatsächlich zu verwirklichen. Lange bevor sie ihr Vorgehen selbst verstand, hat sie versucht, sich selbst zu entwerfen. Heutzutage würden wir auch sagen, sie hat sich selbst konditioniert. Sie suchte nach einem Lebensentwurf, der jenseits der Enge und Begrenztheit ihrer Herkunft lag. Eben dieses Streben verfolgte sie von klein auf mit aller Konsequenz."

Der Richter unterbrach die Zeugin und fragte: „Aber Sie müssen doch zugestehen, dass eine so ungeheuerliche Lüge wie die Erfindung der Operndiva Nora Fee schon deshalb moralisch verwerflich war, weil die Angeklagte zahllose Menschen getäuscht hat?"

„Soweit mir bekannt geworden ist, wurde niemand durch die Existenz der Nora geschädigt. Im Gegenteil. Viele Menschen in Rosas Umgebung lernten durch Noras Existenz ein menschliches Verhalten kennen, das vielen als Vorbild für eine Erziehung zur Mündigkeit dienen konnte und kann. Nora war für Rosa eine sehr effiziente Art der Selbstkondition. Nennen Sie es eine besondere Form von Überich. Wie dringend Rosa Nora brauchte, wird auch daraus ersichtlich, mit welcher Hartnäckigkeit Rosa daran arbeitete, dass Nora nicht nur in ihrer Fantasie und den Vorstellungen ihrer unmittelbar sie umgebenden Freunde existierte. Rosa schrieb mit großer Intensität einen ganzen Roman über Nora und vergrößerte damit ideell den Radius für ihre mögliche Existenz. Noras Dasein in der Öffentlichkeit wuchs über die Jahre. Man sprach über Noras Lebensgeschichte. Man bangte um sie und wollte mehr wissen. Indem Rosa auch später Nora immer wieder in ihre Romane aufnahm, wollte sie sich doch vor allem auch doppelt vergewissern, dass Nora tatsächlich da ist – zuallererst natürlich für Rosa selbst. Der öffentliche Bekanntheitsgrad von Nora war wie ein Echo für Rosa, das sich verstärkte, je bekannter der Roman und damit Nora wurde. Heute ist das Buch, wie ich glaube, in bisher in 10 Sprachen übersetzt.

Nora war und ist für Rosa keine Lüge oder gar eine Täuschung. Nora war und ist für Rosa eine Chance."

Tatiana Sukkow sah zu Rosa. Dann sah sie zum Richter und sagte: „Das wollte ich durch mein Erscheinen vor Gericht verdeutlichen. Vielen Dank."

22

Das Gericht rief den Zeugen Alfonso Calár auf. Langsam, ein wenig schlurfend, ging ein hochgewachsener Mann nach vorn. Sein Haar war schneeweiß und stand im starken Kontrast zu seiner fast dunkelbraunen Gesichtsfarbe.

„Ihr Name ist Alfonso Calár. Sie sind geboren 1940 in Rio de Janeiro. Sie leben seit 40 Jahren in Deutschland?"

„Ja, so ist es."

„Sie waren bis zu Ihrer Pensionierung als Cellist am Ersten Symphonischen Orchester Berlin tätig."

„Ja, und ich spiele noch immer dort, im Barley-Quartett."

„Sie wurden von der Verteidigung als Zeuge benannt, um hier vor Gericht Ihre Aussage zu machen."

„So wahr mir Gott helfe."

„Was haben Sie dem Gericht zu sagen?"

„Ich lernte Rosa als Schülerin meiner vor zwei Jahren verstorbenen Lebensgefährtin Joe Ann kennen. Rosa fiel mir unter den zahlreichen Schülern, die bei uns ein und aus gingen, durch ihre überbordende Fantasie auf. In dieser Zeit konnte ich beobachten, dass sich Rosa häufig mehr für die Struktur und den Aufbau eines Musikstücks interessierte, das sie zu spielen hatte, als für das Klavierstück selbst. Sie wollte wissen, warum ein Stück so klingt, wie es klingt. Solch eine Frage ist für eine Zwölfjährige eher ungewöhnlich. Dennoch versuchte ich, ihr dies und das aus den Grundsätzen der Harmonielehre zu erklären. Manchmal nahm ich sie auch mit ins Tonstudio, wo sie zuhören durfte, wenn ein Musikstück für eine Schallplatte geprobt oder aufgenommen wurde.

Einmal, nachdem ich eine Sonate probehalber eingespielt hatte, ließ ich sie allein im Studio. Ich wollte etwas zu essen zu holen und hatte ihr erlaubt, sich das gerade aufgenommene Stück anzuhören. Als ich zurückkam, saß Rosa vor dem Aufnahmegerät und spielte ein zwei Töne aus der gerade aufgenommen Sonate ab. Dann stoppte sie das Band und sang. Diesen Vorgang wiederholte sie mehrmals. Ich hörte ihrem Treiben eine Weile zu. Als Musiker verstand ich bald, Rosas interessierte sich in diesem Moment nicht für die beiden Grundtöne der Sonate, die sie da abspielte, sondern für ihre Obertöne, die die Klangfarbe der gerade abgespielten Töne ausmachten. Sie suchte, wie mir schien, wieder nach dem Klangmuster. Sie interessierte sich nicht für die Bedeutung der Töne, also den Klang, sondern einmal mehr für die Klangstruktur, die durch die Obertöne bestimmt wird.

Ich war erstaunt, dass eine Zwölfjährige schon ein solch differenziertes Hörvermögen besaß. Irgendwann summte ich die von ihr gerade abgespielten Grundtöne in ihren Obertönen mit.

„Du hörst sie also auch?", fragte sie begeistert.

Dann erzählte sie mir, dass sie noch viel mehr höre als diese Töne, von denen sie lange nicht wusste, dass sie Obertöne hießen.

„Was hörst du denn noch so?", fragte ich lachend.

„Ich höre die Töne über den Tönen. Sie beschützen mich, durch sie höre ich, was mir passiert, bevor es passiert."

„Hm", machte ich und fragte: „Seit wann hast du denn diese Gabe des Vorher-Hörens?"

Sie sah mich unsicher an, dann schmiegte sie sich an mich und zögerte mit der Antwort.

Schließlich meinte sie: „Seit meiner vom Herrn nicht gewollten Auferstehung. Seitdem höre ich, was mir davor unerhört blieb."

Ich ließ mir meine Verblüffung über ihre Antwort nicht anmerken und fragte mit gespielter Gleichgültigkeit: „Und wann war die?"

„Nachdem dieser Hans … vor etwa …"Sie unterbrach sich und schwieg. Nach einer Weile bat sie mich inständig, niemandem davon zu erzählen. Auch nicht Ann.

Ich versprach ihr, dass das mit den Tönen unser Geheimnis bliebe.

Dann erzählte sie von Nora und von ihrer wundersamen Stimme."

Alfonso Calár blickte zum Richter und sagte, diese Begebenheit hätte er hier berichten wollen, weil er gedacht habe, dass sie wichtig sein könnte, um zu verstehen, wie Rosa tickte.

Der Richter fragte den Zeugen Calár: „Und Sie haben diese Begebenheit niemandem erzählt?"

„Nein, nur selbstverständlich meiner Lebensgefährtin.

Sie musste davon wissen, schließlich war Rosa ihre Schülerin."

„Waren Sie nicht verwundert, was für eine Geschichte Ihnen die Angeklagte da serviert hatte?"

„Ich sagte doch schon, Rosa war voll von Fantasie, die ab und zu überschäumte. Und schließlich hatte sie ein wirklich beeindruckendes Gehör, das sich bald als ein absolutes herausstellte. Da kann eine Zwölfjährige schon von sich selbst beeindruckt sein, was sie so alles an Unerhörtem zu hören bekommt und was nicht. Gerade anfangs kann solch ein Gehör für ein Kind auch unheimlich sein." Er sah zu Rosa und lachte.

„Meine Lebensgefährtin Joe Ann hat kurz nach diesem Vorfall dann einen Termin beim Ohrenarzt ausgemacht. Sie wollte genauer wissen, was es mit Rosas Gehör auf sich hatte. Die Untersuchung erwies sich auch als recht wichtig. Denn es stellte sich heraus, dass Rosa nicht nur ein absolutes Gehör hat, sondern dass ihr Hörvermögen weit über den sonst üblichen 40 000 Hertz liegt, die das menschliche Gehör im Bestfall erreichen kann. Der konsultierte Ohrenarzt war darüber so erstaunt, dass er Rosa mehrfach zu Tests in seine Praxis bestellte und andere Fachärzte hinzuzog. Er wollte ihre Meinung zu diesem Phänomen erfahren. Allein konnte er keine Erklärung finden, worauf diese Fehlbildung des Gehörs beruhte."

Zum Richter gewandt wiederholte Alfonso Cardár: „Ja, die Ärzte sprachen zunächst von Fehlbildung, bis sie sich letztlich einig wurden, dass solch ein Hörvermögen auch eine große Chance für Rosa sei. "

Dann sagte Alfonso: „Ja, von diesem Umstand, dass Rosa höre, was wir mitunter nicht mehr hören können, wollte ich hier auch noch berichten. Weil eine solche Gabe zu hören den betroffenen Menschen selbst verunsichern kann, nicht nur in der Kommunikation mit anderen Menschen, sondern auch in der Wahrnehmung der Welt.

Oft habe ich Rosa weinen gesehen und wenn ich nach dem Grund fragte, erzählte sie mir, dass Frau X oder Herr Y gemeint habe, dass sie spinne. Aber sie spinne nicht und schon gar nicht lüge sie, wenn sie erzähle, dass sie das und das gehört habe. Ich tröstete sie dann und versuchte ihr zu erklären, dass es für manche Menschen schwer sei, zu verstehen, was sie selbst nicht hören oder sehen können."

Der Richter dankte dem Zeugen für seine Aussage und entließ ihn aus dem Zeugenstand.

Da meldete sich die Verteidigerin Frau Schultz und stellte den Antrag, dass der Arztbericht des inzwischen pensionierten Ohrenarztes als ein Beweisstück der Verteidigung zugelassen werden sollte.

Der Richter nahm den Vorschlag an und schloss die Verhandlung.

23

„Die Verhandlung in der Strafsache Rosa Ka. wird fortgesetzt mit einer weiteren Zeugin der Verteidigerin", erklärte der Richter. „Ich bitte daher die Zeugin Leonore Tismar, nach vorn zu kommen."

Eine kleine, beinahe magere Frau trat in den Zeugenstand. Ihre grauen Haare waren zu einem Zopf zusammengebunden, den sie noch während des Gehens an seinem unteren Ende mit einem Gummi zusammenhalten wollte, was ihr auch gelang, bevor sie am Richtertisch angekommen war.

„Sie heißen Leonore Tismar, wohnhaft in Salzburg?", fragte der Richter. „Sie waren, wie aus den Unterlagen hervorgeht, in den 1950er Jahren als Lehrerin an einer Ostberliner Schule tätig?"

„So ist es."

„Was veranlasste Sie, den weiten Weg von Salzburg nach Berlin auf sich zu nehmen, um hier vor Gericht auszusagen?"

„Es mag sich merkwürdig anhören, aber mein Leben ist auf eine schicksalshafte Weise mit Rosa verbunden."

„Könnten Sie das dem Gericht genauer erklären?"

„Ja. Im Frühjahr 1953 starb bekanntlich Stalin. Ich war zu jener Zeit Deutschlehrerin an einer Ostberliner Schule und unterrichtete in Rosas Klasse. Neben meiner Tätigkeit als Lehrerin war ich dort auch stellvertretende Leiterin der Pionierorganisation „Ernst Thälmann", der Massenorganisation für Kinder in der DDR. Mir fiel die Aufgabe zu, umgehend eine Trauerfeier zu organisieren. Damals war ich eine glühende Stalinistin und zu tiefst erschüttert über Stalins Tod. Immer wieder brach ich in Tränen aus, wenn ich an den großen Verlust für die Menschheit dachte und konnte meine Tränen auch vor den Schülern nicht zurückhalten. In dieser Situation traf ich auf Rosa. Sie fragte mich in kindlicher Unschuld, warum ich denn weine. Ich sagte ihr unter noch mehr Tränen den Grund und fügte gedankenlos hinzu: „Und wir haben nicht einmal Blumen für unsere Feier. Überall sind sie ausverkauft."

Rosa meinte aber in etwa, das sei nicht so schlimm, und rannte weg. Bald nach unserem Gespräch kam sie strahlend zurück und reichte mir einen Strauß Schneeglöckchen. Ich war so verwirrt an diesem Tag, dass ich nicht einmal fragte, woher sie die Blumen habe. Erleichtert nahm ich die Schneeglöckchen, suchte im Lehrerzimmer eine Vase und stellte sie, bevor unsere Trauerfeier begann, links neben das große Stalinbild in der Schulaula.

Nachdem die Feier zu Ende war, wurde ich zum Schuldirektor gerufen. Neugierig fragte er, woher ich denn diese herrlichen Blumen hätte. In ganz Berlin seien sie seit den Morgenstunden ausverkauft. Er selbst habe es vergebens in fünf Blumenläden versucht. Ich war noch immer von den Ereignissen des Tages benommen und antwortete wieder gedankenlos: „Von Rosa Ka." „Und woher hat Rosa Ka die Blumen?", fragte der Direktor. Ich zuckte mit den Schultern. „Das weiß ich nicht. Wichtig war doch, dass wir so schöne Schneeglöckchen hatten zu diesem traurigen Ereignis."

Der Direktor machte eine lange Pause, dann bat er, Rosa aus dem Unterricht zu holen. Der Direktor fragte Rosa Ka. nach der Herkunft der Blumen. Rosa antwortete wahrheitsgemäß: „Von der anderen Seite!" und lachte verschmitzt.

„Von welcher anderen Seite?", fragte der Direktor.

„Na, von der Westberliner Seite der Straße, die gleich hinter unserer Schule beginnt. Da ist doch ein großer Blumenladen, nur 500 Meter neben dem Kaufhaus Bilka."

Da war wieder eine lange Pause. Dann bekam der Schuldirektor einen Tobsuchtsanfall und schrie erst Rosa an, dann mich. Wie ich hätte zulassen können, Blumen vom Klassenfeind für die Trauerfeier unseres geliebten Führers aufzustellen. Danach brüllte er wieder Rosa an und fragte sehr scharf, woher sie denn das Westgeld habe, mit dem sie die Blumen ja wohl bezahlt habe, wenn er das Ganze hier richtig verstehe?

Rosa nickte und erzählte, dass sie ab und zu bei Onkel Topias vom RIAS sänge und dafür auch Geld bekäme, wenn der Chor bei einer großen Veranstaltung gesungen habe. Wie neulich erst zur Eröffnung der Westberliner Funkausstellung am Kaiserdamm.

Der Direktor fragte sicherhalber nochmals nach. „Vom

RIAS, dem amerikanischen Sender im Westteil der Stadt?"
Rosa nickte.

„Beim RIAS, bei Onkel Tobias im amerikanischen Sektor gibt es Geld fürs Singen", wiederholte der Schuldirektor spöttisch. Dann tobte er los. Er sprach vom CIA und seinen Wühltätigkeiten in Berlin, von Kriegstreibern, von Sabotage und von Spionage durch den Hauptfeind des Sozialismus.

Das Resultat meines Fehlverhaltens war, dass ich aus dem Schuldienst entlassen wurde. Einige Monate später ging ich über die deutsch-deutsche Grenze zunächst nach Westberlin und dann nach Österreich, wo ich später in Salzburg wieder als Deutschlehrerin arbeitete.

Rosa bekam einen Tadel dafür, dass sie Westgeld mit in die Schule gebracht hatte. Ihre Eltern wurden einbestellt. Ihnen wurde mit sofortiger Wirkung verboten, ihrer Tochter weiterhin zu gestatten, bei einem Feindsender zu singen."

Leonore Tismar wandte sich zum Richter und sagte: „Ja, dieses Erlebnis aus meiner frühen Zeit in Ostberlin wollte ich hier berichten, um verständlich zu machen, in welch absurden Verhältnissen Kinder in der damaligen Zeit standen. Verhältnisse, in denen sie sie sich einzurichten hatten, wenn sie in diesem System bestehen wollten."

Der Richter dankte Leonore Tismar für ihren Bericht und entließ sie aus dem Zeugenstand.

Zu Rosa gewandt fragte er, ob sie zu dem hier Vorgetragenen noch etwas hinzufügen wolle?

Rosa stand auf und sagte: „Nein. Außer dass ich mich an das Verbot, nicht mehr zum Kinderchor zu gehen, nicht gehalten habe. Ich habe nämlich die Geschichte von der kranken Tante Hilde, einer alten Kommunistin in

Westberlin, erfunden. Die, so erzählte ich, nicht mehr laufen konnte, aber im 4. Stock eines Mietshauses wohnte und mich gebeten hatte, für sie zweimal in der Woche einzukaufen. Das fand selbst die neue Deutschlehrerin gut, dass ich kranken Menschen im Westteil der gespaltenen Stadt half, und sie verpetzte mich nicht beim Schuldirektor.

Zu Hause hat mich niemand gefragt, was ich tagsüber so mache. Und das Westgeld habe ich nicht mehr mitgenommen, wenn ich in die Ostberliner Schule ging."

24

Magda! Wie sehr freue ich mich auf ihren Besuch morgen. Trotz all dieser absurden Umstände, unter denen wir uns wiedersehen. Vor einer Woche bekam ich ihren Brief, dass sie auf eine Besuchsgenehmigung warte. Und heute nun hat mir Erna gesagt, dass für kommenden Sonnabend eine Frau aus Wien auf der Besucherliste stünde.

Magda! Wie sehr habe ich sie vermisst in all den Jahren, da wir uns nicht sehen konnten, weil sie als sogenannte Republikflüchtige nicht mehr einreisen durfte in den 1. Arbeiter-und Bauernstaat. Ohne Magdas Zuspruch und die Geduld ihrer Mutter hätte ich mir die Welt der Musik nicht erschließen können. Tatiana Sukkow lehrte mich das Hören und Magda die Ernsthaftigkeit und die Liebe für jedes noch so einfache Stück. Auch wenn es sich nur um eine Fingerübung handelte. Doch während die Musik für mich ein Versteck vor der Welt wurde, in dem ich mich einzurichten versuchte, wurde sie für Magda ein bewohnbarer Ort, von dem aus sie auf die Welt zuzugehen vermochte. Was für mich Fluchtpunkt war, war für Magda

Ausgangspunkt, um mittels ihrer außergewöhnlichen Musikalität für sich und für andere Menschen neue Dimensionen zu erschließen. Das lag nicht nur an ihrer großen Begabung, die ich in ihrem Maße nie besaß. Ich hatte Talent. Talent allein aber ist nicht genug. Das hatte Nora schon gesagt. Und wenn Magda und ich das gleiche Stück spielten, hörte ich das auch. Dennoch wohnte die Musik in uns beiden tief, ganz tief drin. Sie hat uns frühzeitig auf den gleichen Grundton gestimmt. Ihn konnten wir hören, egal, wie weit voneinander entfernt wir lebten.

Aber im Gegensatz zu mir hat Magda ihren natürlichen Klangraum nie verlassen. Nie verlassen müssen. Er schützte sie und sie schützte ihn. Eben diese Begabung hatte ich nicht. Mein Klangraum brach auf. Es stürzten Fragen ein, die hartnäckig auf sich bestanden und sich verdichteten bis hin zu der einen Frage: WARUM? Warum geschah all das, was geschah, so wie es geschehen war? An dieser Frage verlor ich mich. Jahrelang. Dabei lernte ich, die Wahrheiten in allen Lügen und die Lügen in allen Wahrheiten voneinander zu trennen. Es waren Jahre, in denen ich mich in transzendentalen Räumen aufhielt und mit Hilfe logischer Wissenschaften die Prämissen von zahllosen Lebenslügen in ihre Bestandteile zerlegte, um sie anschließend wieder zusammenzusetzten. Jahre, in denen ich endlich verstand, spielerisch mit den Werten und ihren Variablen umzugehen.

Eben dieses Wissen um die Wahrheiten in den Lügen und den Lügen in den Wahrheiten erwies sich für die Kreation meines weiteren Lebens als äußert hilfreich. Ging es doch darum, mein Versteck so auszubauen, dass genügend Raum entstehen konnte für mein Leben unter den Bedingungen, unter denen es hier stattfand. Raum also, in dem das noch zu Erzählende und dann zu Lebende seinen Platz finden konnte und vor allem auch noch durchhaltbar war. Jedenfalls für mich.

Während Magda also durch die Flucht mit ihrer Mutter aus dem 1. Arbeiter-und Bauernstaat in eine Welt hinaustrat und sie erobern konnte, während sie sich Schritt für Schritt nicht nur die musikalische Welt aneignen konnte, hatte ich mich auf der Demarkationslinie zur freien Welt da draußen einzurichten. Hatte zu lernen, auf der Grenze zwischen Dort und Hier, wenn überhaupt, für ein Irgendwann zu leben.

Während Magda mehr und mehr selbstbestimmte Erfahrungen machte und zu einer musikalischen Persönlichkeit werden konnte, die eins mit sich selbst wurde, kam es für mich darauf an, die Trennung zwischen mir und mir zu leben. Von mir als einem ICH mit eigenständigem Willen und meinem Leben im 1. Arbeiter-und Bauernstaat, in dem ich bald zur Staatsbürgerin der Deutschen Demokratischen Republik ernannt worden war.

Um in dieser Trennung zwischen mir und mir nicht durchzudrehen, spielte ich in jenen Jahren täglich meine Portion aus dem Wohltemperierten Klavier von Bach. Dabei war Magda immer anwesend. Sie erinnerte mich daran, mich auf die Mehrstimmigkeit zu konzentrieren und sie zu üben, immer wieder zu üben. So wie wir es gemeinsam schon damals auf dem Weg zur Musikschule getan hatten. Da summten wir die Präludien oder sangen sie gemeinsam. Manchmal nur jeder für sich, weil die S-Bahn zu voll war oder die Fahrgäste sich beschwerten über unseren Gesang. Dann summten wie sie eben in Gedanken. Notdürftig. Aber wir übten unsere Stücke, die wir mochten oder vorzuspielen hatten.

In den Jahren, nachdem Magda und Tatiana Sukkow dann fortgegangen waren, brauchte ich diese Vielstimmigkeit für mein Dasein mehr und mehr, wollte ich meine voneinander geschiedenen Leben nicht durcheinanderbringen.

Morgens nach dem Aufwachen horchte ich hinein in die Zeit und ihre Rhythmen. Ich stimmte mich ein in den Klang des Tages. Dadurch gelang es mir, meine voneinander getrennt-sein-müssenden Daseinsformen nicht ineinander zu mischen. Um mich bei diesem Tag-Spiel nicht ganz zu verlieren, holte ich mir vor dem Einschlafen alle Töne zurück in mein Klavier. Töne, die ich tagsüber beiseitegelegt hatte.

Ich hatte also Glück. Ich habe dieses absolute Gehör. Tatiana Sukkow hat es frühzeitig bemerkt. Indem sie mich zunächst die Kindergeige und später dann die große Geige stimmen ließ, hat sie mein Gehör trainiert, immer wieder trainiert. Die Mehrstimmigkeit, in der mein Leben später dann ablief, konnte ich mittels der geduldigen Gehörbildung durch Magdas Mutter bald mit zunehmender Leichtigkeit hören. Ich konnte die Stimmen einzeln nehmen und ihren Lauf noch während des Tagspiels korrigieren. Wenn notwendig, konnte ich einige auch improvisieren und sie als Stimme wieder dem Ganzen in seiner Mehrstimmigkeit zuführen.

Ich hatte also frühzeitig gelernt, das Viele in einem und das Eine in dem Vielen zu hören. Das half mir, mein Leben auf der Demarkationslinie des Kalten Krieges zu bestehen und wenn nötig, in Teilen zu improvisieren oder zu revidieren. Denn darauf kam es doch an: sich anzupassen. Sich nicht anzupassen. Sich im Nicht-Anpassen anzupassen. Die

Reihenfolge des Spiels zu verändern. Sich ein Versteck zu bauen, um es anschließend öffentlich zu machen. Also die Spielregeln zu ändern, um möglichen Verdächtigungen zuvorzukommen. Nicht zu fliehen und dennoch auf der Flucht zu sein. Die Zeit zu übersteigen, um auf ihrer Grenze zum Jetzt zu überdauern. Nicht abzustürzen und wenn doch, dann mit Vorsatz und möglichem Bedacht. Im Hier mit allem Opportunismus zu tun, was zu tun war. Die Forderungen der Landesregierung also scheinbar anzunehmen, um sie anschließend noch gründlicher verweigern zu können.

Unter dieser Maxime konnte der Kalte Krieg dauern, so lange er dauerte. Ich nahm nicht teil am Leben da draußen. Nahm zeitweilig nicht einmal teil an meinem eigenen. Ich sah zu. Und: Ich sah zu, wie ich mir zusah.

Während Magda die Mehrstimmigkeit, die wir so ernsthaft übten in unserer Kindheit, dazu nutze, sich die Welt zu erschließen und zu dem wurde, was sie geworden war, eine künstlerische Persönlichkeit, schottete ich mich ab. Versteckte mich in der Mehrstimmigkeit und verbarg meine Kreativität soweit als möglich hinter immer neuen Variationen, die mein Kopf und ich zu erfinden imstande waren.

Erst als ich Magda nach dem Fall der Berliner Mauer wiedersah, hörte ich in den Pausen, die unsere Gespräch dann auch hatten, was alles in mir verschüttet oder gar nicht mehr vorhanden war. Magda hörte es auch und half mir, eine Welt zu betreten, in der sie schon lange zu Hause war.

. . .

Und nun hatte es Magda also tatsächlich geschafft, zwischen ihren zwei Konzerten nach Berlin zu kommen. Sie werde bei ihrer Tante Hellen wohnen, schrieb sie, und hoffentlich auch noch Zeit finden, sich ein wenig in der Stadt umzusehen. Ihre Tante Hellen habe gesagt, dass sie staunen werde, wie sich die Stadt in so kurzer Zeit verändert habe. Mitunter habe selbst Hellen als alte Westberlinerin Schwierigkeiten, sich noch zurechtzufinden, schrieb Magda.

Ich kannte ihre Tante Hellen. In unserer Zeit, da mich Magda zum Üben mitgenommen hatte in die Musikschule, sind wir oft zu Hellen gegangen. Sie wohnte doch nur fünf Minuten von der Schule entfernt am Kudamm. Wann immer wir bei ihr auftauchten, freute sie sich über unser Kommen. Oft ging sie mit uns um die Ecke in Giovannis Eisdiele. Dort kaufte sie uns eine Kugel Milcheis, manchmal auch zwei, bevor sie uns zum S-Bahnhof Berlin-Charlottenburg brachte, um uns in den Zug nach Ostberlin zu setzen.

Irgendwann im Frühling 1960 bat uns Magdas Mutter, wenn wir die Absichten hatten, Tante Hellen zu besuchen, ihr doch ein Päckchen vorbeizubringen. Manchmal auch nur einen DIN A4-Brief. Was wir natürlich gern taten.

Irgendwann bat uns Tatiana Sukkow, mit niemandem darüber zu sprechen, dass wir dies und das zu Tante Hellen brachten. Auch nicht mit Herrn Bönner, Magdas Klavierlehrer, oder mit anderen Kindern der Musikschule. Es sollte unser Geheimnis bleiben, sagte Tatiana Sukkow und sah uns einen Augenblick lang ernst an. Dann lachte sie und meinte mit tiefer, verstellter Stimme: „Unser großes Geheimnis allein. Versteht ihr?" Das sollten wir ihr auch noch schwören.

Und dann irgendwann kamen die Sommerferien. Magdas Mutter musste zu einem Konzert nach Salzburg, war sie doch seit einiger Zeit Mitglied im Berliner Symphonie-Orchester. Dass Magda mitfahren sollte, war noch so ein Geheimnis zwischen Magda, Tante Hellen und Tatiana Sukkow, das mir Magda auf keinen Fall erzählen sollte. Woran sich Magda jedoch nicht hielt, auch weil wir beide uns geschworen hatten, niemals Geheimnisse voreinander zu haben. Und so erzählte mir Magda alles. Auch, dass ihre Tante für sie ein Flugticket gekauft hatte, mit dem Magda und Hellens Tochter zwei Tage früher von Berlin-Tegel nach Salzburg fliegen sollte. Was ja von Seiten des 1. Arbeiter-und Bauernstaates unter Gefängnisstrafe verboten war.

Irgendwann dann, kurz vor dem Ende der Sommerferien, stand ich vor dem Haus, in dem Magda mit ihrer Mutter wohnte. Das Schloss der Gartentür war mit einem Papierstreifen überklebt. Um ihn lesen zu können, ging ich näher heran. Es war ein Siegel des Präsidiums der Volkspolizei. Mehr konnte ich nicht entziffern, denn ein Mann in Zivil kam auf mich zu. Er herrschte mich an und fragte , was ich hier zu suchen hätte. Ich war so erschrocken, dass ich nichts sagen konnte. Nach einer Weile meinte er, ich sollte nur machen, dass ich hier wegkäme. Da stehe doch „Zutritt verboten!" Oder ich nicht lesen könnte?

Ich trollte mich. Zwei oder drei Straßen weiter fing ich bitterlich an zu weinen. Denn ich verstand, Tatiana Sukkow war mit Magda über Salzburg in den Westen gegangen. Wie lange ich geheult habe, weiß ich nicht mehr. Aber irgendwann stand ich, noch immer weinend, vor der Musikschule. Ich ging hoch in den 3. Stock. Dort hatte Magda ihr

Schließfach für Noten und für einige persönliche Dinge. Noch stand ihr Name auf der Tür zum Fach. Wahrscheinlich wusste hier noch niemand, dass Magda geflohen war – wie es damals hieß. Wie lange ich vor dem Schließfach stand, bis ich die Stimme von Herrn Bönner hinter mir hörte, weiß ich nicht mehr. Er sagte, Magda habe eine Nachricht für mich hinterlassen, die er mir sobald als möglich geben sollte, da ich bestimmt früher als sie nach dem Ferienende in die Schule käme und nach ihr fragen würde. Er bat mich, mitzukommen in sein Zimmer. Dort übergab er mir einen Brief von Magda.

In ihm stand, dass Magda mit ihrer Mutter momentan in Mariendorf, einem Durchgangslager für Ostflüchtlinge, sei. Ich solle sie dort möglichst schnell besuchen, da sie nicht wisse, wann sie beide nach Westdeutschland ausgeflogen würden. Doch bevor ich sie besuchte, solle ich zu Mischa gehen. Er habe von ihr drei Kompositionen für Violine und Klavier. Er wolle die Stücke über die Sommerferien lesen, um sie mit ihr nach den Ferien vielleicht zu spielen. Falls er möge, könne er sich die Sonaten schnell abschreiben. Sie würde die Kompositionen gern bei sich haben, wenn man sie mit ihrer Mutter nach Hannover ausfliegt. Dort kämen sie nämlich vorläufig in einem anderen Flüchtlingslager unter. Ich solle Mischa aber nicht sagen, dass sie in Mariendorf sei. Falls die Polizei ihn befrage, ob er von den Fluchtplänen der Familie Sukkow gewusst habe, wäre es besser für ihn, er wüsste tatsächlich nichts.

Der Brief von Magda war genau acht Tage alt.

Ich fuhr noch am selben Abend zu Mischa. Ich half ihm, die Noten abzuschreiben. Ich erzählte ihm, Magda sei in Brandenburg an der Havel. Dort wolle sie sich die Stücke noch einmal ansehen. Sie habe eine Idee, wie sie die Stücke noch besser aufeinander beziehen könnte. Und da ich sie in diesen nächsten Tagen dort besuchen wolle, habe sie mich gebeten, ihr die Kompositionen mitzubringen. Mischa nahm meine Erzählung ohne Arg auf. Und da ich ihm meine Hilfe beim Abschreiben angeboten hatte, teilten wir uns die Stücke auf. Dann saßen wir in seinem Zimmer und kopierten Noten. Genügend Notenpapier hatte ich aus der Musikschule mitgebracht. Herr Bönner hatte es mir gegeben.

Am nächsten Tag machte ich mich auf den Weg zu Magda. Wie ich am schnellsten nach Mariendorf kommen konnte, hatte mir Magdas Tante Hellen genaustens erklärt. War ich doch gleich, nachdem ich die Musikschule wieder verlassen hatte, zu ihr gegangen. Sie wusste von Magdas Brief und erklärte mir nicht nur den Weg nach Mariendorf, sondern auch noch den genauen Punkt, wo ich Magda treffen sollte. Außerdem sagte sie mir, ich sollte auf der Fahrt zu Magda meinen Schülerausweis mitnehmen. Ich verstand zwar nicht weshalb, nahm ich ihn doch ohnehin mit, weil er mir als Ostberlinerin als Freifahrtsschein auf allen Verkehrsmitteln in Westberlin galt.

Unser Treffpunkt, der Fruchthof, war schnell gefunden. Er lag unweit vom Durchgangslager, in dem Magda und ihre Mutter augenblicklich untergebracht waren. War doch das Notaufnahmelager in Marienfelde hoffnungslos mit Flüchtlingen aus Ostdeutschland überfüllt, wie mir Magdas Tante Hellen erzählt hatte. Die Abfallcontainer, vor denen Magda warten wollte, fand ich auch auf Anhieb.

Als Magda und ich uns vor dem Fruchthof sahen, rannten wir aufeinander zu und umarmten uns lange. Ich fing an zu heulen. Magda meinte, ihre Mutter habe gesagt, heulen gibt es jetzt nicht. Dabei wischte sie sich selbst Tränen aus dem Gesicht. Ich gab Magda die Noten. Sie umarmte mich wieder und erzählte mir, dass ihre Mutter und sie gerade eine Bescheinigung bekommen hätten, in der stand, dass sie nun keine Flüchtlinge mehr seien, sondern Zuwanderer. Diesen Schein zu bekommen, war die Voraussetzung dafür, dass sie aus Westberlin ausgeflogen werden konnten. Bei dem Wort Ausfliegen fing ich noch einmal an zu heulen.

Magda legte ihren Arm um mich und fragte, ob ich meinen Schülerausweis auch nicht vergessen hätte. Ihre Mutter und Tante Hellen wollten versuchen, mich nachzuholen. Die beiden hätten schon eine Idee. Aber dafür bräuchten sie meinen Ausweis als ein Dokument. In der Schule sollte ich sagen, dass ich den Ausweis verloren hätte. „Tante Hellen und meine Mutter meinten, sie würden dich nachholen. Vertrau ihnen", sagte Magda. „Sie werden das schaffen. Bestimmt. Das sollte ich dir unbedingt sagen." Mit fester Stimme meinte Magda dann: „Glaub mir! Wir werden bald wieder zusammenspielen, und zwar vierhändig. Du wirst es sehen!"

Wir umarmten uns lange. Aus den Abfallcontainern roch es nach Orangen. Kinder kamen vorbei. Sie kletterten auf einen der Container und holten Orangen aus ihm. Sie waren schon ein wenig angestoßen. Weil wir keinen Schritt beiseite gingen, während die Jungen auf dem Container hantierten, warfen sie uns je eine Apfelsine zu. Wir bedankten uns.

Die Männer, die den Fruchthof bewachen sollten, sagten nichts und ließen die Jungen ziehen.

. . .

Mit dem Herausholen wurde es dann bekanntlich nichts, da nicht nur in Berlin die Mauer bald gebaut wurde. Ich sah Magda und ihre Mutter erst wieder drei Wochen, nachdem der Eiserne Vorhang gefallen war. Sie hatten mich gleich nach dem Mauerfall zu sich nach Wien eingeladen, wo Magda und Tatiana Sukkow seit mehr als zehn Jahren lebten.

Was wird Magda morgen aussagen? Ich weiß es nicht. Aber ich freue mich riesig, sie morgen wiederzusehen. Selbst unter diesen bizarren Umständen. Und ich bin sicher, sie wird einen Augenblick lang schweigen, bevor sie dem Gericht Rede und Antwort steht. Und dieser Augenblick wird reichen, um uns auf unseren Grundton zu stimmen.

25

Auf dem Stuhl liegt das Päckchen. Es ist von Lisa. Erna, die Vollzugsbeamtin, hat es mir bis an die Tür gebracht. Ich öffne es noch nicht. Ich schaue das Päckchen vorerst nur an und stelle mir vor, was in ihm ist.

Vom Flur her vernehme ich Lärm, obwohl es erst Nachmittag ist: die Zeit der Hofspaziergänge also schon vorbei. Ich hole meinen einzig nicht kippeligen Stuhl, stelle ihn unter das Zellenfenster und steige auf ihn. Ich will die Wolken sehen, die vor dem vergitterten Fenster vorbeiziehen. Sie erinnern mich daran, dass außerhalb dieser Gefangenenunterkunft noch ein Mehr an Welt existiert: mein Aufenthalt hier also ein vorübergehender ist.

Gesättigt vom Nachmittagslicht ruht der Gefängnishof in sich. Der gegenüberliegende Gebäudetrack verliert bereits an Konturen, wodurch etwas ungewohnt Friedliches über diesem Ort liegt. Der Himmel über den Wolken träumt, ganz wie der Herr befohlen: von seiner Ewigkeit. Träumt von seinem großen Wurf, der alle Zeiten überdauern soll. Zu spät wird er bemerken, dass auch des Herren Himmel vergänglich ist, weil neue Himmel am Horizont nachrücken und auf sich bestehen werden. Orte aus Erinnerung und Zeit, die ihren Weg nehmen, nicht nur über die rotbraunen Ziegeldächer der Gefängnismauern. Erinnerungen, die davon erzählen, dass sich Zeit nicht einsperren lässt, auch nicht in einem geschlossenen Raum wie diesen hier.

Ich steige vom Stuhl und öffnete endlich das Päckchen. In ihm befinden sich die gesammelten Erzählungen von Franz Kafka, zwei Tafeln Bitterschokolade und ein Brief von Lisa. In diesem Brief bittet sie mich, Herrn Rosenstock, dem therapeutischen Beistand, den Lisa mit so viel Mühe ausfindig gemacht hat, doch eine zweite Chance zu geben.

Ich lege den Brief beiseite, breche eine Tafel Schokolade auf und beiße genüsslich in sie.

Alfred Rosenstock ist ein Mann von Ende fünfzig. Er hat dunkle Haare und tiefbraune Augen. Er kommt, wie Lisa erzählt hat, aus den Vereinigen Staaten Amerikas, wohin seine Eltern vor Ausbruch des Zweiten Weltkrieg emigriert sind. Dass er nach Deutschland, dem Land seiner Eltern, zurückging, haben weder Mutter noch Vater je wirklich verstanden, sagte Lisa.

Aber Alfred Rosenstock ist der Auffassung, dass vor allem meine Generation, wie er sagt, also die gegen Ende des Zweiten Weltkriegs geborenen Kriegs- und Nachkriegskinder, auch durch die Erlebnisse ihrer Eltern traumatisiert seien. Schließlich kamen ihre Väter traumatisiert aus dem Krieg zurück und übertrugen ihre Ängste auf ihre Kinder. Traumata, davon ist er überzeugt, vererben sich innerhalb von Familien. Um die durch den Krieg entstandenen psychischen Beschädigungen der Kinder zu überwinden, sei auch eine langwierige soziale Aufarbeitungsphase notwendig. An eben dieser Aufarbeitung wolle er, Herr Rosenstock, als Spezialist für Traumata mitwirken. Denn, das ist sein Credo: Rein psychologisch betrachtet ist ein Trauma ein Trauma, egal, was seine Ursachen sind. Aufgearbeitet werden muss ein jedes von ihnen, will man auf Dauer ein friedliches Zusammenleben der Menschen garantieren. Man könne den deutschen Kindern nicht die Schuld ihrer Eltern aufladen. Im Gegensatz zu einem Trauma ist Schuld nämlich nicht vererbbar. Er hält ganz und gar nichts von der christlichen Idee der Erbsünde, verriet mir Lisa.

Ich breche mir ein noch größeres Stück von der Schokolade ab und lege sie dann weit von mir weg.

Lisa meint es wie immer gut mit mir. Daher will ich sie auf keinen Fall enttäuschen. Dennoch wehrt sich etwas in mir, Herrn Rosenstock noch einmal in diesen Räumlichkeiten Rede und Antwort stehen zu sollen. Zudem machte mir seine Reaktion während unserer ersten Sitzung wenig Hoffnung, dass es sinnvoll ist, mit ihm über mich zu sprechen. Hat doch auch er etwas von jenem Stereotyp, das allen Analytikern eigen ist: Widerspricht man und erklärt ihnen, dass der von ihnen diagnostizierte Konflikt eigentlich kein Konflikt sei – jedenfalls nicht für einen persönlich – weisen sie ihre Patienten sanft oder penetrant darauf hin, dass sie als Patient den bestehenden Konflikt verdrängen. Dass gerade dieses Verhalten ein typisches Verhalten für diese Art der Konfliktkonstellation sei.

Je energischer der Patient dann gegen die Sichtweisen der Therapeuten streitet, um so energischer insistieren sie und sprechen von Unterbewusstsein, das über den Patienten bestimmt etc. Ihr therapeutisches Axiom ist also so konstruiert, dass der Patient gegen keinen der Analytiker ankommen kann, weil die von ihnen behaupteten Fakten im Unbewusstsein liegen, zu dem der Patient nur mit Hilfe der Analytiker Zugang finden kann.

Mit dieser Hypothese, um nicht zu sagen mit diesem Trick, sind sie in einer komfortablen Situation, denn sie allein können nun bestimmen, was das psychologische Problem ist, das der Patient nur durch ihre geduldige und gut bezahlte Arbeit zu erkennen in der Lage ist. Ist dies vollbracht, besteht die weitere Tätigkeit der Therapeuten darin, den von ihnen benannten Konflikt des Patienten nach ihrer therapeutischen Maßgabe so lange zu bearbeiten, bis der Patient ihn zu beherrschen gelernt hat. Im besten Fall den Konflikt sogar für sein künftiges Leben gelöst hat.

Mit ihrer Behauptung, die sie zu einem Therapie-Axiom aufgebauscht haben, indem sie sagen, dass der Patient im Gegensatz zu ihnen keinen wirklichen Zugang zu seinen Unterbewusstsein hat, haben sie eine Hierarchie mit klarer Aufgabenstellung konstruiert: Sie, die Therapeuten und Analytiker, sind dazu berufen, dem Patienten die Existenz seines Konflikts klarzumachen, weil er, der Patient, nicht genau weiß, was sich in seinem Kopf abspielt. In der psychotherapeutischen Praxis bedeutete das nicht selten, dem Patienten die Existenz seines Konfliktes so lange einzureden, bis er kapituliert oder zu der Vermutung kommt, dass die Therapeuten vielleicht doch Recht haben könnten. Dass nämlich er, der Patient als Patient, tatsächlich etwas verdrängt, von dem er nicht weiß, dass er es verdrängt.

Sind die Therapeuten während ihrer geduldigen, vom Patienten gut honorierten Tätigkeit mit dem Patienten so weit gekommen, dass der Patient an sich selbst zu zweifeln beginnt, haben die Therapeuten den beinahe wichtigsten Teil ihrer Arbeit am Patienten vollbracht. Denn indem der Patient an sich selbst zweifelt, greift er mit großer Wahrscheinlichkeit zunächst einmal die Denkfigur der Therapeuten auf, wodurch die Therapeuten ihren Patienten in ihre Hände bekommen haben. Ab da können die Therapeuten damit beginnen, die Ideen und das Verhalten ihrer Patienten zu manipulieren, zu korrigieren und den Bedingungen anzupassen, von denen sie meinen, dass sie ihren Patienten guttun. Guttun bedeutet hier, gemeinsam mit dem Patienten dessen Bedingungen so zu gestalten, dass er nicht wieder in Konflikte mit seiner Umwelt gerät und in friedlicher Übereinstimmung mit ihr lebt.

Um Lisa nicht zu enttäuschen, sollte ich Herrn Rosenstock vielleicht zunächst einmal einen Brief schreiben?

———

„Sehr geehrter Herr Professor Rosenstock,

nachdem mir durch längeres Nachdenken die Gründe klargeworden sind, weshalb unser erstes Gespräch so kläglich scheiterte, möchte ich meiner Freundin Lisa zuliebe einen zweiten Versuch wagen, mich Ihnen vielleicht in einem Brief doch verständlich zu machen.

Wenn Sie sich erinnern, versuchte ich Ihnen in unserem letzten Gespräch zu erzählen, wie ich geworden bin, was ich bin, und welch immensen Anteil mein Kopf an diesem Werden hatte und noch immer hat.

Insofern setze ich meinen Bericht, den ich ihnen bei unserer ersten Begegnung gab, in gewisser Weise fort.

Damals konnten Sie sich nicht vorstellen, wie kreativ und wider die Erwartungen mein Kopf und ich aneinander festhielten in einer Zeit, die zumindest ich, im Gegensatz zu meinem Kopf, nicht glaubte, überleben zu können. Denn an dem bisher tiefsten Punkt meines einstigen Daseins, sagte mir mein Kopf: „Steh auf und geh! Du lebst! Also werde von nun an, was du, du allein, werden kannst, indem du dein Leben nach deinem Willen und deinen Möglichkeiten erzählst."

Das waren nicht irgendwelche Stimmen, Herr Professor, von denen Sie in Ihren Lehrbüchern gelesen haben. Das war mein Kopf, der zu mir sprach! Er versprach, mir beizustehen. So gut er konnte. Denn er wusste, genau wie ich, dass ich raus musste aus jener Welt, die unter keinen Umständen die meine werden durfte. Dass ich sie hinter mir lassen musste.

Und ich hatte Glück. Denn ich hatte diese Töne. Sie waren immer da. Sie haben mich beschützt, und zwar von Anfang an. Insofern war ich ein glückliches Kind. Schon um ihretwegen also musste ich jene Welt verlassen. Denn ich durfte diese Töne nicht verlieren. Unter keinen Umständen. Doch da war dieser Vater. Er war zu laut, zu schrill, zu brutal. Und da er nicht von sich aus verschwand, musste ich ihn wegschaffen, indem ich ihn aussperrte. Zunächst aus meinem Kopf. Danach musste ich ihn eliminieren aus meiner Welt, und zwar für immer. War er doch schon dabei, mir meine Töne zu zerschreien.

Dem Rest der Familie zu entkommen, war nicht so schwer. Schließlich dachten alle, ich sei verrückt, weil ich diese Töne hatte, über die ich anfangs zu Hause auch sprach. So sehr ich mich zunächst dagegen wehrte, als Nicht-Normales-Kind abgestempelt zu werden: Ich kam nicht an gegen meine Schwester, meinen Bruder und schon gar nicht gegen meine Mutter. Sie hatten sich meinetwegen immer geschämt. Alle. Aber meiner Mutter war ich auch noch peinlich.

Nur langsam verstand ich, dass ein Verrücktes-Sein auch viele Möglichkeiten bot. Zunächst innerhalb der Familie und später im 1. Arbeiter- und Bauernstaat, in dem ich bald festsaß.

In dieser Zeit traf ich auf Alfonso. Das war noch so ein Glücksfall, von denen ich mehrere hatte. Erfuhr ich doch bald, dass er unheilbar krank war. Er hatte, wie Ann, meine Klavierlehrerin, mir erklärte, eine Geisteskrankheit. Das fand ich spannend. Ich beobachtete ihn daher mit großem Interesse. Ich wollte solch eine Geisteskrankheit als Möglichkeit zumindest einmal ausprobieren. Ich sah also genau hin bei den wenigen epileptischen Anfällen, die er in meiner Gegenwart bekam, und prägte mir ihren Bewegungsablauf ein. So lernte ich viel über diese Anfälle, noch bevor ich mich später in der Fachliteratur über sie informierte. Ich erarbeitete mir diese Krankheit durch genaues Hinsehen und durch Fleiß. Ich übte ihre Abläufe wieder und wieder. Ich spielte mich ein in meine Krankheit, bis ich sie einigermaßen beherrschte. Je besser ich mich in ihr zurechtfand und sie vor Publikum vorzuführen begann, desto mehr Freiheiten erarbeitete ich mir – und das nicht nur in der Familie. Ich verstand, dass Techniken für die

Erlangung von neuen Freiheiten enorm wichtig waren. Und Techniken konnte man durch endlos vieles Wiederholen lernen. Das wusste ich vom Klavierunterricht und von Magda. Also übte ich nicht nur Etüden zu spielen. Ich übte auch die Abläufe meiner Krankheit ordentlich, um sie zu perfektionieren. Das war wichtig, auch für später. Denn über die Jahre kam immer wieder der Verdacht auf, ich würde die Anfälle simulieren.

Die Aufführungen meiner Geisteskrankheit waren nicht nur hilfreich, um mich von meinem alten Leben und der Restfamilie zu verabschieden. Sie waren auch sehr nützlich, um mir später neue, ganz persönliche Freiheiten zu erobern, die mir halfen, den 1. Arbeiter- und Bauernstaat geistig zu überleben. Allerdings: Ohne die vielen praktischen Einfälle, die mein Kopf dazugab, hätte ich mein Vorhaben nicht bewältigt. Auch später, nachdem ich meine Familie schon hinter mir gelassen hatte, blieb es schwierig. Denn diese Krankheit sollte ja authentisch wirken. Daher redete mir mein Kopf geduldig zu, nicht aufzugeben. Denn das hätte auch ihm geschadet. Daher schenkte er mir immer neue Einfälle und Ideen, die uns letztlich beiden halfen, der Willkür und den autoritären Zumutungen zu entkommen

Aus meinem anfänglich nur versuchsweise begonnenen Spiel, eine Geisteskrankheit zu simulieren, schuf ich mir durch kontinuierliches Üben bald einen Rückzugsort aus einer Gesellschaft, in der es keine unkontrollierbaren Räume und Ideen geben durfte. Meine Freude am Spiel also war meine Chance, nicht krank zu werden in einem autoritären System, in dem jedes eigenmächtige Spiel verboten war. So wie alles verboten war, was sich der Kontrolle entziehen wollte.

Der Einfall meines Kopfes war also beinahe genial! Denn solch eine Epilepsie konnte nicht politisch ausgelegt werden. Sie war gewissermaßen ein Naturereignis und daher politisch unverdächtig. Doch mein Kopf gab dennoch keine Ruhe. Er dachte weiter und kam auf die Idee, diese Krankheit als eine unwiderruflich festschreiben zu lassen in den Unterlagen der Ärzte. Das war eine Sicherheitsmaßnahme, wie er meinte, auch, um den immer wieder aufkommenden Verdacht, dass ich vielleicht doch simulieren würde, endgültig aus der Welt zu schaffen. Die Idee, eine angeborene Epilepsie zu erschaffen, begeisterte ihn und , ließ ihn nicht mehr los. Sein Ziel war: die Diagnose ‚genuine Epilepsie' und damit eine unheilbare Krankheit zu kreieren! Sie sollte ich nächstens erarbeiten und beherrschen lernen, sagte er. Erneut hockte ich daher in Bibliotheken und las Texte, die ich nicht einmal halb verstand. Aber nachdem mein Kopf und ich es dennoch geschafft hatten, auf der Grundlage sogenannter wissenschaftlicher Kriterien von den Fachärzten eine angeborene Epilepsie bescheinigt zu bekommen, waren wir glücklich. Das war ein großer Sieg für uns beide und eine enorme Erleichterung. Endlich hatte ich eine Krankheit. Sie war unheilbar und durch medizinische oder politische Autoritäten ernsthaft nicht mehr anzuzweifeln. Ich brauchte daher keine Angst mehr zu haben, dass irgendeine dahergelaufene Respektsperson darüber entscheiden konnte, ob ich krank sei oder nicht. Ich war krank. Basta! Und damit galten für mich andere Bedingungen und Maßstäbe, staatsbürgerliche Pflichten zu erfüllen. Bzw. sie nicht erfüllen zu müssen.

Ich hatte mir also ein Stückchen Freiheit erarbeitet. Das war ein Glücksfall für die Jahre, die kommen sollten. Jahre, in denen ich festsaß hinter der Mauer mit ihren Minen, ihren Wachhunden und dem Stacheldraht, hatte ich einen Weg gefunden, zu überstehen. Zu einem Fluchtversuch hatte ich nämlich weder Mut noch Talent. Ich musste, um zu überleben, innerhalb des Systems meinen Weg finden. Krank zu sein war eine politisch unverdächtige Möglichkeit. Und: eine Geisteskrankheit zu haben, schon erst recht. War doch eines ihrer Merkmale, eben nicht nach den üblichen Regeln zu funktionieren. Nicht funktionieren zu können! Den Radius dieses Nicht- Funktionieren- Könnens schrittweise zu vergrößern, darauf kam es daher an in den nächsten Jahren.

Ich habe versucht, in einem autoritären System zu überleben. Was also wirft man mir eigentlich vor? Dass ich nicht aufgegeben habe? Dass ich meinen Weg gefunden habe, auf mich zu bestehen? Dass ich trotz der verordneten Epilepsietabletten, die ich blöder Weise tatsächlich geschluckt habe, einigermaßen bei Verstand geblieben bin?

Haben Sie, Herr Professor Rosenstock, eine Vorstellung davon, was für eine enorme Kraftanstrengung es ist, innerhalb eines autoritären Staates eine Gegenexistenz zu bauen und sie auf Dauer auch zu leben?

Es tut mir leid, erst heute komme ich wieder dazu, meinen Brief an Sie fortzusetzen. Stehengeblieben war ich bei der Frage: Weshalb also stehe ich nun am Pranger? Weil ich noch da bin? Weil ich meinen Verstand nicht verloren habe?

Wissen Sie eigentlich, wie schwer es war und noch immer ist, Geschichten so zu erfinden, dass sie sich ins reale Leben überführen lassen? Das heißt, Geschichten, die die Fähigkeit in sich tragen, inszeniert zu werden. Und das in der wirklichen Welt. Nicht nur im Theater. Ohne die Erfindung solcher Geschichten, die mein Leben werden konnten, wäre ich zugrunde gegangen. Haben Sie eine Ahnung, wieviel Energie, Konzentration und Gedächtnisarbeit es kostet, gegen die bestehenden Verhältnisse zu existieren?

Aber man kann lernen, das Gedächtnis zu trainieren, so wie man lernen kann, Geschichten zu erfinden. Dies habe ich glücklicherweise über die Jahre erfahren. Und diese Erfahrung war beruhigend, denn ich wurde von Jahr zu Jahr sicherer im Erfinden von Geschichten. Meine anfängliche Angst, mir könnten irgendwann keine Geschichten mehr einfallen, oder ich könnte meine Geschichten, je mehr es mit der Zeit wurden, durcheinanderbringen, entging ich, nachdem mein Kopf auf die so praktische Idee kam, dass ich die Geschichten aufschreiben sollte. Zunächst als Erzählungen. Später dann als Romane.

Das war noch so ein toller Einfall von meinem Kopf. Denn nun konnten wir gemeinsam einen Faden durch mein Leben spinnen, und das bald nicht mehr nur für mich. Je mehr mein kreiertes Sein dann an Öffentlichkeit gewann und ich mich eine Schriftstellerin nennen durfte, desto reichhaltiger und stimmiger wurde auch mein gelebtes Leben, an dem nun auch noch die Leser durch ihre Nachfragen mitschrieben. Dabei hatte Ich allerdings achtzugeben, mich nicht von der Fantasie der Leser verführen zu lassen und Dinge aufzugreifen, die zwar reizvoll waren, letztlich aber nicht in den Kontext der erzählten Gesamtheit meines Lebens passten.

Von Anfang an blieb es schwierig, ein durchs Erzählen erlebtes Leben konsistent zu halten und Teile nicht wieder zu verlieren. Das war und ist noch immer eine lebensgroße Anstrengung. Schließlich habe ich doch kein anderes Leben als das, das durch mein Erzählen auf mich zukam und noch immer kommt. Und es stimmt ja nicht, dass das Leben, das man erfindet, nicht da ist. Es existiert, nachdem es erst einmal erfunden worden ist, nicht nur im Kopf. Ich hatte also eigentlich allen Grund, diese Frau X vom Balkon zu stürzen. Aber ich tat es nicht. Punkt.

P. S.

Ich versichere Ihnen, Herr Professor: Alles, was ich erzählt habe, hat stattgefunden! Eben das war und ist doch die Leistung meines Kopfes und nicht irgendwelcher Stimmen, von denen Ihre Lehrbücher berichten. Es war die Leistung meines Kopfes, dass er lebbare Geschichten kreierte und alle in eine große Erzählung so vereint hat, dass sie hätten stattfinden können und später tatsächlich auch noch stattgefunden haben!

Denken Sie nur an Nora: Nachdem sie singend aus dem U-Bahn-Schacht auf mich zugekommen war, wuchsen meine Chancen immens, dem mir scheinbar vorbestimmten Leben zu entkommen. Jenem Leben, in dem ich auf keinen Fall Fuß fassen wollte.

Erst mit Nora an meiner Seite gelang mir eine Flucht, die jedes Zurück mir abschnitt. Nistete sich doch Nora nicht nur in meinen Kopf und in meinen Ohren ein. Sie wurde ein Teil meines Lebens. Und das jenseits aller

Täuschungen: Nora wurde mein Zuhause und ein Ort, auf den ich zurückkommen konnte. Und zwar: zu jeglicher Zeit! Es war also nur eine Frage der Jahre, dass sie im Westteil der Stadt ein Haus kaufte, in dem genügend Platz war, auch für mich. Das Haus am See, das ich so sehr liebte. Das Haus, auf das ich bestand. In das ich mich zurückziehen konnte, wann immer widrige Umstände danach verlangten. Ein Haus als Ort und als Schutzraum, in dem ich überdauern konnte, um mich nicht noch einmal aufgeben zu müssen.

Und das umso mehr, nachdem die Mauer zwischen Ost- und Westberlin hochgezogen worden war.

Denn was kam, ist bekannt: Die Schließung des Landes. Nicht nur in Berlin, wo der Eiserne Vorhang noch Schlupflöcher hatte und ich mit der S-Bahn für nur 20 Pfennige von einem Weltsystem ins andre fahren konnten, und zwar hin und zurück. Meiner Stadt, in der es mitunter auch hinreichte, nur die Straßenseite zu wechseln, um mit viel Spaß von der unfreien Welt in die freie zu kommen, und auch dies hin und zurück.

Was kam, war der jahrelang andauernde Befestigungswahn der Grenzanlagen des 1. Arbeiter- und Bauernstaats, in der Hoffnung, den äußeren Feind hinter dem antifaschistischen Schutzwall, wie sie ihre Grenze zynisch nannten, zu verbannen. Jener Demarkationslinie des Kalten Krieges, die bald durch Tretminen und eine Armee von Grenzsoldaten geschützt wurde. Soldaten, die in ihrer Ausbildung zu lernen hatten, auf den Mann und auf die Frau zu schießen. Falls der eine oder die andere versuchen sollten, den 1. Arbeiter- und Bauernstaat über die Mauer verlassen zu wollen. Da sich Mann oder Frau weigerten, zu den glücklichsten aller Menschen zu gehören, weil sie doch die Gewinner aller Zukunft von Geschichte seien. So jedenfalls wurde es ihnen von den Tribünen des Landes her verkündet. Menschen, die versuchten, über die Mauer zu fliehen, weil sie haderten mit dem ihnen von der Staatsmacht verordneten Himmel – endend vor Stacheldraht. Für jene Menschen war ein Schießbefehl auszuführen, den die Soldaten zu vollziehen hatten, sobald sich ein Glücksflüchtling der Grenzanlage und damit dem Todesstreifen näherte.

Was kam, waren die Jahre hinterm Eisernen Vorhang. Vor dem nun der äußere Feind mit Hilfe von Panzern und mit Kalaschnikows abgewehrt wurde. Was dann kam, waren Drähten, die unter Starkstrom standen. Denn da waren ja noch die inneren Feinde und Glücksverweigerer, die im Zaum gehalten werden mussten. Und eben auf diese inneren Feinde wollte sich die Staatsmacht nun voll und ganz konzentrieren. Schließlich konnten auch sie überall hocken. Nicht nur in dunklen Ecken. Nein. Der innere Feind konnte scheinbar harmlos und schamlos herumspazieren auf öffentlichen Plätzen. Er konnte allerorts und zu jeglicher Zeit aus einem Hinterhalt auftauchen. Tarnte er sich doch hinter Masken und lief in raffinierten Kostümen durch die Straßen. Daher kam es darauf an, auch diesen Feind zu stellen. Ihn zu entlarven, um ihm schließlich die Maske vom Gesicht zu reißen. So wurde Wachsamkeit zur ersten Bürgerpflicht. Denn: Der Feind schläft nie, tönte es aus allen Kanälen. Das galt allen Feinden, den inneren und den äußeren.

Was unter diesen Umständen entstehen musste, war eine Volkskrankheit. Sie hieß Paranoia. Ihr war nicht zu entkommen. Denn verdächtig war schließlich alles! Das, was sich bewegte und das, was tot war oder tot zu sein schien. Das Aufspüren. Enttarnen. Festsetzen. Das Gespensterjagen wurde somit zur zweiten Pflicht für alle, die in der zugemauerten Zone lebten.

Mein Schock über die Grenzschließung war groß. Auch weil vorerst nichts zu machen war. Um auszubrechen, fehlte mir Mut, aber auch Kraft. Also führte ich Krieg. Zunächst gegen mich. Ich verstummte und zog mich zurück. Ich übte das Entkommen und aß stur meine Pillen gegen Epilepsie. Sie versetzten mich in einen Halb-, nein, in einen Tagschlaf. So durchlebte ich die ersten Wochen und Monate wie in einer Trance. Ich stand neben mir und sah mir beim Leben zu. Mitunter sah ich mir auch zu, wie ich mir beim Leben zusah. Das war wohl der Beginn meiner Begeisterung für die transzendentalen Philosophie.

Bald verstand ich: Es kam darauf an, jeglichen eigenen Willen zu überspielen. Ich begriff, dass ich keinen anderen Willen haben sollte, keinen als den, den die Staatsmacht von mir wünschte. Nein! Den sie forderte. War es doch ihr Ziel: jedweden Ansatz, der zu etwas Eigenem hätte werden können, im Keim zu ersticken. Und wenn es aus Gründen mangelnder Wachsamkeit doch dazu kam, dass ein eigener Wille im Entstehen war, galt es, ihn auf der Stelle zu zertreten.

Nora tat in dieser Zeit, was sie konnte, sie übte mit mir das Fliehen, indem sie ihre Lieder sang. Vorsichtig zeigte sie mir, wie ich meine Schritte zwischen Ton und Ton zu setzen hatte. Die Töne nicht berühren, um ihren Klang nicht zu stören. Das war ihre Absicht. „Denn nur so kann die Klangfarbe der Töne an Raum und auch noch an Fläche gewinnen", sagte sie.

Manchmal schloss ich die Augen, um Noras Stimme besser zu hören. Dann setzte ich meine Schritte noch vorsichtiger. Insofern war es nicht übertrieben, zu sagen: Ich hörte den Weg, den ich gehen musste. Eben dies hat mich Nora gelehrt. Ihr Gesang und meine Sonaten waren die Garantie, nicht abzustürzen zwischen den Welten und ihren Rätseln, mit denen ich zu jonglieren hatte. Nicht wissend, wie dringend ich diese Übungen noch später brauchen würde, versuchte ich mit ihrer Hilfe, Hindernis um Hindernis zu übersteigen.

Nicht entdeckt zu werden, blieb das Ziel. Stundenlang trainierte sie mit mir, auf der Grenze zu balancieren. Damit ich den Freiraum zwischen den Grenzen richtig kalkulierte und endlich schwindelfrei jegliches Hindernis überwinde. Anders gesagt: Ich lernte, innerhalb meines Zimmers zu emigrieren, ohne mein Zimmer verlassen zu müssen. Ich lernte in den Zwischenräumen der Zeit und der Zeit zu leben.

Wurde ich dennoch entdeckt, half mir meine unheilbare Krankheit aus dem Tagesgeschehen zu fallen. Sie erlaubte mir, abzutauchen in Räume, die selbst für eine Diktatur nicht nachweisbar waren. Freiräume zwischen dort und hier, in denen ich abwarten oder überdauern konnte.

Allen Deformationen zum Trotz fand ich nach unzählig vielen Tabletten- und Schocktherapien stets wieder zurück zu mir und bin bis heute einigermaßen bei Verstand geblieben.

Die Weichen für meine Zukunft waren somit gestellt.

Für mich konnte der Kalte Krieg dauern, so lange er dauerte. In mir würde er keinen Platz finden. Ich hatte ihn überstiegen. Hatte seine zwei Welten ausgesperrt. Nicht nur aus meinem Zimmer.

Ich hatte meine Nische gefunden. Mein Kopf und ich hatten es geschafft! Diesmal war ich am Leben geblieben.In der Wirklichkeit des Kalten Krieges hatten wir, mein Kopf und ich, voneinander gelernt. Die Matrix für unser Vorgehen war der Krieges selbst. War sein ständiges Spiel mit dem Fiktiven und dem Realen. Dieses Muster samt seiner Logik wurde die Vorlage für unseres Vorgehens in jenen Jahren – was zumindest ich damals noch nicht verstand. Doch auch ohne zu verstehen, imitierte ich das Grundmuster dieses kriegerischen Vorgehens, das doch vornehmlich in der Einbildungskraft seiner Akteure stattfand. Denn in diesem Krieg bekämpften sich doch seine Akteure ohne Unterlass und überlebten dennoch ohne größere Störungen nebeneinander in einem kalten Frieden. Fiel aus einem Versehen dann tatsächlich doch mal ein Schuss, waren beide Seiten gleichermaßen bemüht, so bald als möglich wieder Frieden herzustellen. So gesehen fand der Kalte Krieg vornehmlich in der Imagination der Menschen statt. Er wurde nur selten auf realen Schlachtfeldern ausgetragen. Er war vielmehr die Simulation eines Krieges mit realen Truppenübungen auf beiden Seiten. Seine Grundvereinbarung blieb die fiktive Annahme der totalen Zerstörung des einen durch den anderen. Genannt: der Feind! Diese Simulation eines Krieges führte paradoxerweise zu dem friedlichen Nebeneinander auf beiden Seiten des Eisernen Vorhangs.

Das friedliche Wettrüsten mit Atomwaffen auf beiden

Seiten musste jedoch durch ständig erneute Truppenübungen vor und hinter dem Eisernen Vorhang vorgeführt werden. Hochgerüstete Armeen hatten im Drüben und Hier des Eisernen Vorhangs dafür zu garantieren, dass das Gleichgewicht der Bedrohung erhalten blieb.

Damit den Menschen vor und hinter dem Eisernen Vorhang diese ständige Bedrohung gegenwärtig und glaubwürdig blieb, musste die nur fiktive Bedrohung eines nuklearen Kriegs immer aufs Neue in den Köpfen der Menschen heraufbeschworen, vorgestellt und ausgemalt werden. In Theaterstücken, in Büchern, Filmen und in Liedern musste diese Fiktion vervielfältigt und wachgehalten werden. Das bedeutete, das Szenarium: „Ernstfall" musste immer aufs Neue erzählt und erlebt werden. Ohne die Einbildungskraft der Menschen, die sich von diesem fiktiven Krieg bedroht zu fühlen hatten, wäre der Kalte Krieg nicht das gewesen, was er war: Die große Erzählung meiner Kindheit vor und hinter dem Eisernen Vorhang! Diese Realität einer gedachten Bedrohung, ohne dass diese Bedrohung wirklich greifbar wurde, war das Szenarium, in das ich hineingeboren worden war. Und eben diese Matrix nahm ich als Kind meiner Zeit auf und wandte sie auf mich und mein Leben an.

Welch ein Glück war da gerade in dieser Zeit: Nora und dieses Haus für mich. Nora, auf die ich zugehen konnte, wann immer ich in Nöten war und das Haus als ein Ort, der mich davor bewahrte, mich im Irgendwo zu verlieren.

Welch eine Weitsicht von Nora: Vor uns wurde mit Eifer ab- hinter uns aufgerüstet. Und Nora bestand abseits von all dem darauf, mit mir an unserem Haus zu bauen. Dieses Haus am See, das mein Fixpunkt werden konnte. Und darüber hinaus existentiell: meine Rettung. Mein Sehnsuchts- und Zukunftsort. Zunächst für die Zeit, die doch kommen musste, worauf ich bestand. Und später als Erinnerungsort für eine Zeit hinter dem Eisernen Vorhang, die endlich vergangen war.

Und so bauten wir. Erschufen gemeinsam unser Haus und waren uns von Anfang an waren einig, es sollte zwei Stockwerke haben. Auch, damit wir über den ganzen See blicken konnten. Die Zimmer selbst wollten wir nach und nach einrichten. Das wichtigste von ihnen blieb natürlich das Musikzimmer. Zunächst standen nur ein Klavier, zwei Hocker und ein Notenständer in ihm. Später tauschten wir das Klavier gegen einen Flügel aus. Ihn hatte sich Nora so sehr gewünscht. Das Wichtigste in unserem Haus aber blieb seine Stimmung, die zu hören war. Blieben sein Klang und seine Schwingungen, die in den Räumen lagen, wenn wir es betraten.

In diesem Klangraum konnte ich schöpfen. Konnte Leben kreieren und es festmachen. Unter allen Umständen? Ja, unter allen. Selbst mit fragwürdigen Mitteln. Nur so gelang es mir, mein selbstbestimmtes Leben auch zu sichern. Lange bevor Selbstbestimmung und Selbstoptimierung gesellschaftlich in Mode kamen. Damit mir die Schritte meiner Selbstfindung nicht wieder verlorengehen konnte, verbreitete ich sie in aller Öffentlichkeit. Die Idee, meine Erfindungen aufschreiben, war eine glückliche Fügung, die ich ohne das ständige Insistieren meines Kopfes nicht durchgehalten hätte. Er verstand es, mich und meine Geschichten gegenüber der Welt zu beschützen. Jener Welt, in der ich zwar herumlief, in der ich mich aber nie wirklich befand, nachdem ich den Dreiklang zwischen meiner Gottverlassenheit, einem Klavier und Nora gefunden hatte. Mit diesem Dreiklang gelang es mir, Raum für Raum zu erschließen und immer neue Grenzen zu überwinden.

Natürlich galt es, stets aufs Neue eine Balance zu finden, mein erfundenes Leben ins reale zu überführen. Die eigentliche Anstrengung aber war es, beide Leben im Gleichgewicht zu halten. Was hieß, gegen die Tatsachen zu leben und dabei zu bestehen. Mehr noch: Tag für Tag gegen die Tatsachen anzugehen. Da blieb oft nur, die Augen zu verschließen und darauf zu beharren, dass nichts geschehen ist, obwohl doch schon alles geschehen war. Ich aber noch immer da war. Und nun auf Teufel komm raus den Radius meiner Lebenswelt um immer neue Geschichten zu erweitern hatte. Denn allein von mir und meinen erzählten Geschichten hing der Fortgang meines Lebens nun ab. Je größer die Anzahl der Menschen, die von meinem kreierten Leben erfuhren, desto mehr konnte der Radius meiner Lebenswelt vergrößert werden. Doch erst, nachdem die Menschen um die von mir erzählten Geschichten erfuhren und sie als lebendig gewordenen Geschichten zu mir zurückgebracht hatten, konnte sich der Kreis schließen. Wenn also Freunde oder Bekannte mich nach längerer Zeit in Gesprächen fragten: „Erinnerst du dich? Wie war denn das damals eigentlich?", also eine von mir kreierte Geschichte nachfragten, fühlte ich: Ich hatte es geschafft. Ich war am Leben geblieben.

Sehr geehrter Herr Professor, vielleicht ist es mir ja diesmal gelungen, Ihnen verständlich zu machen, wie mein Kopf und ich die Jahre des Kalten Krieges überstanden haben. Glauben Sie mir, das sind keine Stimmen, die irgendetwas zu sagen haben. Es ist ein kreatives Spiel zwischen meinem Kopf und mir, in dem mal er und mal ich die Führung übernommen haben und in diesem Wechsel noch immer übernehmen."

26

Ach ja, Jojo, der Barkeeper! Ich habe ihn über 20 Jahre nicht gesehen. Er hat noch immer eine Dauerwelle in seinem ansonsten so glatten Haar. Jojo kann glatte Haare nicht ertragen. Jedenfalls nicht bei sich. Sie werden ihm zu schnell fettig. Daher ist er alle 8 Wochen zum Friseur gegangen, um sich – wie er sagte – eine Krause legen zu lassen. Doch nun sind seine Haare auch noch rotbraun gefärbt.

Auf dem Weg in den Zeugenstand zupft er, wie früher auch, an seiner Weste herum. Jojo trägt immer eine Weste, nicht nur an der Bar. Er ist der Ansicht, mit einer Wester sähe er seriös aus.

Ohne viele Einleitungsworte begann der Richter, seine Fragen zu stellen: „Ihr Name ist Jojo Meister? Wohnhaft in Leipzig? Sie waren bis zu Ihrer Berentung als Investmentbanker tätig? Sie sind jetzt im Ruhestand?"

Der Richter schien es heute aus irgendeinem Grund eilig zu haben. Jedenfalls war in seiner Stimme etwas Hastiges, ja Getriebenes.

„Nicht ganz im Ruhestand," antwortete Jojo mit seiner

noch immer basstiefen Stimme. „Ab und zu berate ich auch noch einige meiner ehemaligen Kunden, wie sie ihr Geld am besten anlegen sollten. Außerdem mache ich für Freunde manchmal, wenn ihnen größere Feierlichkeiten ins Haus stehen, ein Catering und spiele dann auch ab und zu den Barkeeper."

„Können Sie dem Gericht sagen, in welcher Beziehung Sie zu der Angeklagten Rosa Ka. stehen?"

„Rosa jobbte als Studentin in Leipzig häufig im Interhotel ‚Deutschland', in dem auch ich vor dem Fall der Mauer tätig war. Vor allem während der Leipziger Messen arbeitete Rosa oft als Bardame in dem Bereich, der mir unterstand. Ich war damals gewissermaßen ihr nächster Chef."

Jojo sah zu Rosa hinüber und lachte.

„Da sich Rosa in der Vielzahl von Spirituosen westlicher Herkunft auskannte, konnte ich sie für Stunden an der Bar auch allein arbeiten lassen. Das entlastete mich sehr. Hatte ich doch als Bereichschef viel Papierkram zu erledigen und musste auch noch Informationen über unsere Gäste an die Hotelleitung weitergeben.

Die Klientel in diesem Hotel waren nämlich nicht nur während der Messen vornehmlich Gäste aus westlichen Ländern. Die hatten ausschließlich mit Devisen, also in Westgeld zu zahlen. Dieses Geld benötigte der Staat bekanntlich sehr, um wirtschaftlich nicht bankrott zu gehen. Aber auch bei den DDR-Bürgern war Westgeld sehr begehrt.

Ein Kumpel und ich machten damals Geschäfte mit Devisen aller Art. Wir hatten nach und nach einen regelrechten Tauschhandel mit Geschäftsleuten aus der sogenannten kapitalistischen Welt aufgebaut. Dieser Handel war perfekt organisiert und ging so weit, dass wir hausinterne Wechselkurse hatten. Sie orientierten sich an den schwankenden Kursen der Frankfurter Börse, mit der wir unsere hausinternen Kurse abglichen. Heute würde man sagen, wir betrieben Geldwäsche im großen Stil. Rosa half uns dabei. Irgendwann flog das Ganze jedoch auf. Ich ging für zwei Jahre ins Gefängnis. Mein Kumpel sogar für vier Jahre.

Rosa konnten wir während der Verhandlungen als Mitwisserin heraushalten, indem wir bei unseren Aussagen blieben, dass Rosa nichts von unseren Geschäften gewusst habe. Mein Partner und ich waren überzeugt, Rosa würde nicht gegen uns aussagen. Hatten wir doch noch einiges Geld gebunkert, das bis dahin nicht in die Hände der staatlichen Behörden gelangt war. Rosa wusste davon und kannte auch den Ort, wo wir das restliche Geld aufbewahrten. Da wir ziemlich sicher waren, Rosa würde dichthalten, haben wir sie geschützt. Und letztlich konnte man ihr auch eine Beteiligung an unseren Geschäften nicht nachweisen. Geschweige denn, dass sie wusste, wo ein Teil des bis dahin nicht auffindbaren Westgelds abgeblieben war.

Rosa war clever. Sie spielte auf einer großen Tastatur. Wenn es eng wurde für sie, fiel sie ohnmächtig in sich zusammen und machte auf Epileptikerin. Nachdem ein vom Gericht bestelltes Gutachten einer bekannten psychiatrischen Klinik bestätigte, dass Rosa nicht simulierte, sondern tatsächlich ein Anfallsleiden hatte, war sie raus aus dem Strafprozess.

Als dann mein Partner und ich wieder auf freiem Fuß waren, was immer das hieß in der ersten Deutschen

Demokratischen Republik, hat Rosa wegen ihrer möglichen Beobachtung durch die Stasi uns Monate später unseren Anteil an Westgeld gegeben. Auf unsere Frage, wie es ihr gelungen war, das Geld über die Jahre zu bringen, grinste sie stets geheimnisvoll und legte ihren Zeigefinger auf den Mund. Irgendwann haben wir dann aufgehört zu fragen und unsere zurückgewonnene Freiheit mit dem Westgeld etwas aufgebessert.

Ja, Rosa konnte schweigen. Das war eine der überlebenswichtigen Eigenschaften, auf die es ankam auf der Ostseite des Eisernen Vorhangs.

Außerdem", Jojo machte eine Pause, dann sagte er: „Rosa war ein Kumpel. Wenn notwendig, stellte sie sich taub und ließ das ganze sozialistische Gedöns an sich abtropfen. Sie hat selten wirklich etwas an sich rankommen lassen. Das war eines ihrer Markenzeichen. In kritischen Situationen hat Rosa zunächst gelacht, dann hat sie sich geschüttelt. Wenn das nicht reichte, ist sie ohnmächtig geworden. Basta! Nachdem sie wieder zu sich gekommen war, hat sie sich die Augen gerieben, sich umgesehen und wieder gewürfelt: „Neues Spiel! Neues Glück", hat sie oft gesagt. Damit kannte sie sich aus. Rosa hatte etwas von dem, was man Lebenskünstler nennt. So hat sie die DDR überlebt. Ich glaube, Rosa war nie wirklich da, wo sie war. Sie war stets nur mit einem Bein auf dem Boden. Mit dem anderen hat sie bereits die Sprungweite bemessen, die sie brauchte, um, wenn notwendig, zu entkommen. In den Jahren, da ich Rosa gut kannte, war sie immer auf der Flucht.

Ich glaube fest, Rosa würde in jedem System überleben. Wenn sie denn wollte. Falls es so etwas gäbe, würde ich sagen, Rosa ist eine Systemkünstlerin. Auf diese Weise schreibt sie wohl auch ihre Romane."

Jojo sah zu Rosa.

Der Richter dankte Jojo Meister für seine Aussage. Dann wandte er sich an die Verteidigerin, Frau Schultz: „Haben Sie noch Fragen an den Zeugen?"

Frau Schultz erhob sich. „Ja. Herr Meister, was war Ihre Motivation, nach Berlin zu kommen, um hier in diesem Prozess ihre Aussage zu machen?"

„Nachdem ich davon hörte, dass Rosa des eventuellen Totschlags oder gar Mordes angeklagt sei, habe ich nur den Kopf geschüttelt. Ohne irgendeinen Prozess abwarten zu müssen, wusste ich, Rosa ist unschuldig. Weil", Jojo sah zum Richter, dann zur Verteidigerin und letztlich zu Rosa und lachte, „weil sich Rosa etwas anderes ausgedacht hätte, hätte sie die Absicht gehabt, ihre Psychotherapeutin loswerden zu wollen. Mord oder Totschlag wäre für Rosa zu einfach gewesen. Das war nie ihre Art, um nicht zu sagen ihr Stil. Rosa hätte etwas feinsinniger gestrickt, hätte sie diese Therapeutin zum Schweigen bringen wollen. Ich weiß nicht, was, aber auf jeden Fall wäre es etwas komplizierter und fantasievoller ausgefallen, als jemanden einfach aus dem Fenster zu schmeißen.

Rosa hat fast 30 Jahre in einem System überlebt, das voll war von Spitzeln, Spitzelzuträgern und deren Controllern bzw. Kontrollkommissionen. Um da zu bestehen und mental zu überleben, brauchte es raffinierte Strategien, wollte man seinen Willen durchsetzen und unter den Lebenden bleiben. Schließlich war das gesamte Landessystem auf Denunziationen und Spitzeln aufgebaut. Mit einer Strategie von bumm, bumm und ab aus dem

Fenster hätte Rosa nicht einmal ihren Studienabschluss bekommen. Aber sie hat ihn gemacht.

Rosa schaffte es, sich innerhalb eines autoritären Systems ihre Gegenwelt – wie sie es ausdrückte – zu bauen und in ihr zu überleben. Um ihre Therapeutin aus dem Weg zu räumen, hätte sie eine andere Strategie gewählt. Eine, die nicht auf so direkte, einfache Weise zum Ziel geführt hätte. Sie hätte sich etwas ausgedacht, das ihr nicht auf Anhieb nachweisbar gewesen wäre.

Ja, das wollte ich hier zu bedenken geben."

Jojo sah zur Verteidigerin.

Der Richter dankte dem Zeugen und schloss die Verhandlung, nicht ohne noch einen Hinweis auf den nächsten Termin zu geben.

27

Die Verhandlung begann erst nach der Mittagspause. Der Richter rief den Zeugen der Anklage auf. Er ging langsam auf den Richtertisch zu. Offensichtlich hatte Peter, wie die Studenten ihn genannt hatten, Schwierigkeiten beim Laufen.

Von Magda hatte Rosa gehört, er habe vor zwei Jahren einen Schlaganfall gehabt. Von dem er sich körperlich nicht wirklich wieder erholt habe. Im Gegensatz zu seiner körperlichen Gebrechlichkeit arbeitete sein Kopf aber noch immer hochtourig. Erst vor Kurzem hatte er, wie Rosa gelesen hatte, ein neues Buch veröffentlich. Es trug den reißerischen Titel: „Widerstand und Widerspruch im dorischen Tonsystem".

Nachdem Peter vor dem Richtertisch zum Stehen kam, wurde die Zeugenbefragung eröffnet.

„Ihr Name ist Peter Numerus, wohnhaft in Berlin?"

„Ja."

„Sie waren bis zu Ihrer Pensionierung Ordentlicher Professor an der Hochschule der Künste?"

„Ja."

„Woher kennen Sie die Angeklagte?"

„Rosa Ka. hat an unserer Hochschule auch zwei Jahre Kompositionslehre studiert. Im zweiten Jahr ihres Aufenthaltes an unserer Schule war ich Seminarleiter ihres Studienjahres. Wie alle zweiten Studienjahre musste sich Rosas Jahrgang am Ende des Grundstudiums acht Wochen zur vormilitärischen Ausbildung einfinden. Der erfolgreiche Abschluss dieses Lehrgangs war die Voraussetzung dafür, dass die Studenten mit dem Fachstudium beginnen durften. Zu dieser wehrsportlichen Ausbildung gehörten auch praktische Kenntnisse im Schießen mit Kleinkalibergewehren. Dieses Training konnte später mit der Erlangung des Kleinen Waffenscheins bei der Gesellschaft für Sport und Technik abgeschlossen werden. Zur vormilitärischen Ausbildung gehörten außerdem das Erlernen des ordnungsgemäßen Umgangs mit den Gasmasken verschiedener Typen sowie die Erlangung von Grundkenntnissen der militärischen Hilfsdienste, etwa die Ausbildung zum Sanitäter.

Da ich Offizier der Reserve bei der Nationalen Volksarmee war, hatte ich in jenem Jahr den Lehrgang, an dem auch Rosa Ka. teilnahm, zu leiten.

Im Gegensatz zu ihrem ansonsten recht lebhaften Temperament war Rosa Ka. im Lager für vormilitärische Ausbildung sehr zurückhaltend. Erstaunlicherweise endete für sie die Zeit im Lager schon nach sieben Tagen, und zwar nach einem nächtlichen Geländemarsch. Die von mir geführte Truppe war bereits zwei Stunden unterwegs, als Rosa in Ohnmacht fiel und vorerst nicht wieder zu sich kam. Das bedeutete für die Truppe, dass wir umkehren und Rosa in Zweiertrupps durch das nächtliche Waldgelände zurück ins Quartier tragen mussten. Dort wurde sie von einem Rettungswagen ins nächste Krankenhaus gebracht und anschließend für die vormilitärische Ausbildung als untauglich ausgemustert.

Warum trage ich das hier vor? Als ich von dem bevorstehenden Prozess gegen Rosa Ka. erfuhr, fiel mir ein Roman von ihr ein, den ich vor Jahren gelesen hatte. In ihm fand ich das Erlebnis mit Rosa Ka. als niedergeschriebene Geschichte wieder. Lebhaft erinnerte ich mich daran, wieviel Mühe die Kompanie und ich damals hatten, Rosa Ka. im Dunklen durch das Gelände zu tragen. Und: dass wir jenen Tagesbefehl, nämlich 15 km durch das nächtliche Gelände zu laufen, nicht erfüllt hatten. Die Folge war, dass wir einen Tag später bei strömendem Regen nachts den Geländemarsch nachholen mussten.

Erst nach dem Lesen ihres Romans wurde mir klar, dass Rosa damals die gesamte Truppe zum Narren gehalten hatte. Dass sie ihre Show schon vor der Abfahrt aus Berlin minutiös geplant hatte, um sich für immer und ewig einer vormilitärischen Ausbildung zu entziehen. Dass sie uns, freundlich gesprochen, reingelegt hat. Oder nüchtern gesprochen: uns arglistig benutzt hat.

Ich weiß bis heute noch nicht, soll ich diese Rücksichtslosigkeit und Hinterlist, mit der Rosa Ka. vorging, um ihre persönlichen Interessen durchzusetzen, verurteilen? Soll ich auf Rosa wütend sein? Sie wog immerhin etwa einen Zentner, den wir abwechselnd durch den Wald zu tragen hatten? Oder soll ich ihr strategisches Talent loben, das mir zwar im Kurs für Kompositionslehre auffiel, das ich damals jedoch nur auf mein Fach bezog und nicht auf die ganze Person der Rosa Ka.?

Auf jeden Fall war sie die Einzige an der Hochschule, die es geschafft hat, eine Untauglichkeitsbescheinigung für die vormilitärische Ausbildung zu bekommen. Und ich war immerhin 15 Jahre dort tätig.

Im nächsten Studienjahr verlor ich Rosa aus den Augen, da sie die Hochschule verließ."

Peter Numerus schaute zum Richter und schwieg.

Der Richter dankte dem Zeugen und blickte fragend zur Verteidigerin. Bevor die jedoch zu Wort kam, sprang Rosa auf und wandte sich an den Zeugen.

„Verehrter Peter, zumindest im Nachhinein könnten Sie doch zugegeben, was für ein ungeheurer Blödsinn diese Veranstaltungen waren. Wie sollte das nächtliche Latschen durch den Brandenburger Sand der Landesverteidigung dienen? Diese Übungen waren nicht weniger sinnfrei als die einmal im Monat stattfindende Rennerei in den ehemaligen Luftschutzkeller der Schule, der sich noch immer als solcher unterhalb der Turnhalle befand. Getrieben von der wahnwitzigen Idee, wir könnten uns durch das Herumkrabbeln im staubigen Keller vor einem möglichen Atomschlag schützen. Erinnern Sie sich? Gleich zweimal an einem heißen Julitag haben Sie mich für tot erklärt, weil ich die Norm nicht geschafft hatte, innerhalb von 20 Sekunden meine Gasmaske ordentlich aufzusetzen. Die Stoppuhr von VEB Ruhla haben Sie mir unter die Nase gehalten, für den faktischen Beweis meines Ablebens. Und keinen Ton haben Sie gesagt, als ich die unordentlich aufgesetzte Maske absetzte und lebend den Keller verließ.

Herr Professor Numerus, das war doch alles absurd. Aber es hätte keinen Sinn gemacht, mit Ihnen zu diskutieren. Wir hätten Sie gegenüber der Schule nur in

Verlegenheit gebracht. Mit der vormilitärischen Ausbildung, ihren Geländemärschen und dem ganzen Krimskrams verhielt es sich doch nicht anders. Nur dass dieser Irrsinn im Gegensatz zu den Übungen in der Schule nicht zwei Stunden im Monat dauerte, sondern auf acht Wochen angesetzt war."

Rosa setzte sich so ungefragt, wie sie aufgestanden war, und sah zu ihrer Verteidigerin. Wohl zum ersten Mal während des gesamten bisherigen Prozesses hoffte sie auf ihre Zustimmung. Und sie wurde nicht enttäuscht.

Frau Schultz meinte, sie könne dem Argument ihrer Mandantin nicht wirklich widersprechen. „Wenn eine kollektive demokratische Aussprache über den Sinn einer vormilitärischen Ausbildung nicht möglich war, eine Ausbildung, die dazu auch noch als eine Zwangsveranstaltung angekündigt wurde, weil die Studenten ohne deren Bestehen faktisch ihr Studium nicht fortsetzen konnten, blieb ja doch nur eine individuelle Lösung. Zugegebenermaßen war die im Falle meiner Mandantin unkollegial. Aber das ist eine moralische Sicht auf ihr Verhalten. Hätte sie eine Aussprache über den Sinn dieser Ausbildung begonnen, wäre sie von der Schule geflogen."

Frau Schultz sah zum Richter. „Danke, mehr habe ich nicht anzumerken."

Der Richter nickte und beendete die Zeugenbefragung.

28

Die nächste, nicht von der Verteidigerin geladene Zeugin war Frau Inge Quaasmüller. Festen Schritts betrat sie den Saal und würdigte Rosa keines Blickes. Angestrengt sah sie an ihr vorbei und blieb kerzengerade vor dem Richtertisch stehen. Nach einem kurzen Moment der Ruhe im Saal bat sie der Richter in den Zeugenstand. Im Gegensatz zu anderen Zeugen wurde sie vorerst nicht vereidigt.

„Sie heißen Inge Quaasmüller? Sie waren Russischlehrerin an einem Gymnasium in Ostberlin?"

Klar und deutlich antwortete die Zeugin mit: „Ja, das ist richtig. "

„War die Angeklagte eine Schülerin von Ihnen?"

„Nein, ich lernte Rosa Ka. durch die Tätigkeit meines verstorbenen Mannes kennen. Das heißt, ich sah sie persönlich nur zwei- dreimal flüchtig. Aber mein verstorbener Ehemann hatte viel mit der Angeklagten zu tun. Er erzählte mir von der unsäglichen Geschichte, die – so glaube nicht nur ich – mit Schuld war an seinem ersten Herzinfarkt und seinem bald darauffolgenden Tod."

„Was zu beweisen wäre," platzte Rosa dazwischen.

Der Richter rief die Angeklagte zur Ordnung.

An Frau Quaasmüller gewandt fragte er: „Wie meinen Sie das?

„Ich meine, die Niedertracht und Verlogenheit der Rosa Ka. haben meinen Ehemann Lebensjahre gekostet. Würde er noch unter uns sein, könnte er hier als Nebenkläger auftreten. Denn im Grunde ist auch er ein Opfer der Angeklagten. Darüber hinaus hat sie ihn damals beinahe um seine berufliche Existenz gebracht."

„Würden Sie das dem Gericht genauer erklären?"

„Mein verstorbener Mann war zur Zeit, da Rosa Ka. an der Universität studierte, Prorektor für Erziehung und Ausbildung. Da die Angeklagte auch an der Universität durch ihre egoistische und kleinbürgerliche Verhaltensweise auffiel, hatte die Universitätsleitung beschlossen, dass es für Rosa Ka.s künftige Entwicklung förderlich wäre, wenn sie nicht sofort eine wissenschaftliche Laufbahn einschlagen würde. Man war übereingekommen, die Angeklagte solle zunächst einmal im Lehrbetrieb einer Fachschule für Verkehrswesen künftigen Transportarbeitern Gesellschaftskunde vermitteln. Dadurch könnte sie Einblick in das Fühlen und Denken von Menschen gewinnen, die mit beiden Beinen auf der Erde stünden, was das erzieherische Ziel dieser Maßnahme sein sollte. Doch diese Maßnahme hat die Angeklagte torpediert, indem sie sich, ich würde sagen, auf heimtückische Weise während der Abschlussfeier ihres Studienjahrs eine Unterschrift meines verstorbenen Mannes erschlichen hat."

„Was heißt hier heimtückisch? Hätte er auf der Feier

nicht derart viel getrunken, dass ihm nicht mehr klar war, was er tat, hätte er also meinen Vorvertrag nicht im Suff unterschrieben, hätte er auch keinen Stress wegen der Erziehungsmaßnahme für die Studentin Rosa Ka. bekommen."

Der Richter verwarnte Rosa Ka. zum zweiten Mal

Zu Frau Quaasmüller gewandt, sagte er: „Sprechen Sie weiter."

„Wie mir mein verstorbener Mann damals erzählte, hatte sich die Angeklagte auf der Abschlussfeier meinem Mann aufgedrängt und ihn wieder und wieder animiert, mit ihr Wodka zu trinken, den sie, das wurde ihm erst im Nachhinein klar, extra von zu Hause mitgebracht hatte."

„Was auch zu beweisen wäre", platze Rosa nochmals dazwischen, stoppte sich aber gleich und entschuldigte sich beim Richter.

„Ich bin ja schon ruhig."

Der Richter sah zur Zeugin und bat sie weiterzureden.

„Vorsätzlich hat die Angeklagte meinen verstorbenen Mann nach einer reichlichen Gabe Wodka ganz nebenbei gebeten, etwas zu unterschreiben, was er sich leider nicht genau angesehen hat. Auch, weil er mit so viel Hinterlist nicht gerechnet hat. Das Resultat war, dass die Angeklagte ihren Willen, gleich nach dem Examen an einer wissenschaftlichen Einrichtung zu arbeiten, durchgesetzt hat. Nachdem meinem Mann an einem der nächsten Tage bewusst wurde, was er getan hatte, forderte er sie auf, ihren Vorvertrag als ungültig zu betrachten. Die Unterschrift sei durch ein Missverständnis zustande gekommen. Doch die Angeklagte lachte nur höhnisch und sagte, sie denke nicht daran. Im Übrigen habe sie den Vertrag schon an das Institut abgeschickt. Falls mein verstorbener Mann dagegen Einwände habe, könne er der Universitätsleitung ja berichten, wie und wo seine Unterschrift auf dem Vorvertrag zustande gekommen sei. Gegen diese Erpressung der Angeklagten hätte sich mein verstorbener Mann nur wehren können, indem er gegenüber seiner Institutsleitung eingestanden hätte, dass er an jenem Abend seiner erzieherischen und politischen Verantwortung gegenüber Rosa Ka. nicht gerecht geworden war. Durch dieses Eingeständnis jedoch wäre er höchstwahrscheinlich als Prorektor für Erziehung und Ausbildung abgelöst worden. Zusätzlich hätte er ein Disziplinarverfahren bekommen. Das wusste auch die Angeklagte. Daher hat mein verstorbener Mann die Demütigung, die ihm die Angeklagte zugefügt hatte, ertragen. Denn die beruflichen Konsequenzen, die dieses Geständnis nach sich gezogen hätte, wären für ihn und letztlich für unsere ganze Familie nicht überschaubar gewesen. Also begründete er nach diesem Vorfall vor der Leitung der Universität, warum er seine Auffassung bezüglich der Rosa Ka. geändert habe und er es nun doch für vertretbar hielte, dass Rosa Ka. als Assistentin an einer wissenschaftlichen Institution tätig werden könne. Seine Meinungsänderung begründete er damit, dass solch ein Vertrauensvorschuss eine positive Wirkung auf die künftige Entwicklung der Rosa Ka. haben könnte. Die Leitung stimmte dem Vorschlag meines Mannes zu und hatte nicht die geringste Ahnung von der Demütigung, die mein verstorbener Mann in diesem Moment auf sich genommen hat."

Frau Quaasmüller machte eine Pause. Dann sagte sie:

„Ja, diese Erpressung hat meinen Mann Jahre seines Lebens gekostet. Nicht nur deshalb sah ich es als meine Pflicht an, diese Ungeheuerlichkeit hier vorzutragen. Ich wollte sagen, dass sich die Niedertracht und Verlogenheit der Rosa Ka. wie ein roter Faden durch ihr ganzes Leben ziehen.

Natürlich wussten mein verstorbener Mann und ich, dass sein Verschweigen der Tatsache, wie die Unterschrift auf dem Vorvertrag zustande kam, moralisch nicht korrekt war. Aber wir waren uns in der Familie und auch unter Freunden darüber einig, dass wir unsere berufliche Zukunft nicht in die Hände einer so niederträchtigen und heimtückischen Person legen durften. Schließlich hatte mein verstorbener Mann auch politisch eine Verantwortung gegenüber den anderen Studenten und letztlich gegenüber unserem Land."

Frau Quaasmüller sah zum Richter und meinte: „Ja, das wollte ich hier vortragen."

Der Richter sah zur Verteidigerin: „Frau Schultz, haben Sie noch Fragen an die Zeugin?"

„Eigentlich nicht. Nur soviel vielleicht, können Sie erklären: Worin sehen Sie den moralischen Unterschied im Verhalten Ihres Ehemanns und dem Verhalten meiner Mandantin? Ihr Mann hat mit fragwürdigen Mitteln versucht, seine berufliche Zukunft nicht durch das Handeln meiner Mandantin aufs Spiel zu setzen. Meine Mandantin hat versucht, mit fragwürdigen Mitteln ihre berufliche Zukunft überhaupt erst zu starten. Beide haben ihr Ziel erreicht. Was ist verwerflicher, eine fragwürdige Karriere zu starten oder eine fragwürdige Karriere fortzuführen?"

Frau Quaasmüller sah die Verteidigerin fest an. Dann

meinte sie mit klarer Stimme: „Das können Sie sich ja wohl selbst beantworten."

„Danke," sagte Frau Schultz.

Sie sah zum Richter. „Weitere Fragen habe ich nicht."

Der Richter schloss die Zeugenbefragung.

29

Dagmar, die dem Gericht schon bekannt ist, weil sie als Zeugin ausgesagt hat, hat nun bei der Gefängnisleitung angefragt, ob sie mit mir im Besucherraum ein Manuskript zu ihrem neuen Dokumentarfilm diskutieren könne. In ihrer Reportage spiele nämlich mein Besuch in Prag 1968 eine Rolle. Daher würde sie zu eben diesem Teil des Films gern meine Meinung hören. Sie könne der Gefängnisleitung selbstverständlich das Filmmaterial vorher zur Verfügung stellen. Erstaunlicherweise hat die Gefängnisleitung ihren Antrag ohne größeren bürokratischen Aufwand genehmigt. Und so werde ich Dagmar morgen wiedersehen, worauf ich mich sehr freue.

Dagmar war damals vom Prager Frühling 1968 begeistert. Sie war beinahe besessen von der Idee, einen Film über die Ereignisse zu drehen. Von den Behörden bekam sie, für uns alle überraschend, eine Genehmigung für ihr Vorhaben. So konnte Dagmar für sich und ihr Filmteam eine große Wohnung in Prag anmieten. In ihr wäre bestimmt auch noch ein Plätzchen für mich, meinte sie. Falls ich Lust hätte, könnte ich sie dort besuchen.

Die Idee klang gut, auch wenn ich nicht – wie Dagmar – an die Verwirklichung der Idee eines Sozialismus mit menschlichem Antlitz glaubte. Dafür lebte ich zu dicht und zu lange an der Berliner Mauer und hörte nachts die Schüsse auf Menschen, die dem sozialistischen Glück entfliehen wollten. Aber Dagmar und ich hatten genügend Toleranz und stritten nicht über den Erfolg oder Nichterfolg eines neuen, eines alten oder gar wahren Sozialismus.

Und so fuhr ich nach Prag, wo wir, jeder für sich, aber auch gemeinsam, eine gute Zeit hatten. An einigen Tagen sahen und hörten Dagmar und ich die Aufnahmen ab, die sie mit Prager Bürgern gemacht hatte. An anderen Tagen zog ich alleine los und verbrachte mehr als zwei Tage auf der Prager Burg zwischen Veitsdom und Altstadt. Natürlich war ich auch auf dem Altem Jüdischen Friedhof.

Von der Wucht der über mehrere Jahrhunderte ineinander gestapelten Grabsteine, auf denen ich da plötzlich stand, war ich zunächst erschlagen. Sprachlos lief ich zwischen und auf den Gräbern. Die holprigen Trampelpfade führten zu immer weiteren kleinen Anhöhen, auf denen Grabsteine, halbzerfallen, schief und quer standen.

Plötzlich zog ein Gewitter auf. Ich hatte zwar meinen kleinen Stadtregenschirm in der Tasche und spannte ihn auch noch völlig sinnloserweise auf. Denn da prasselten bereits dicke Hagelkörner auf meinen netten Stadtschirm nieder. Es war ein Hagelschauer, der allmählich überging in Starkregen. Ich war in kürzester Zeit klitschnass. Da es etwa 30 Grad im Schatten sein mussten, wurde mir glücklicherweise nicht kalt. Und so hockte ich mich hinter einen erstaunlich großen Grabstein, der mir die Illusion von Schutz vermitteln sollte, um abzuwarten, dass das Gewitter vorbeizog. Den Friedhof zu verlassen, war unmöglich. Selbst wenn ich meine rutschigen Sandalen ausgezogen hätte. Der Untergrund des Bodens zwischen den Trampelpfaden war zu glitschig, um nicht hinzufallen.

Also blieb ich, wo ich gerade hockte, und hatte noch immer den Regenschirm hinter dem wuchtigen Grabstein aufgespannt, schaute dem Regenwasser nach, das bergabwärts floss, als ein großer, schlaksig wirkender Mann auf mich zukam und auf Englisch sagte: „Bitte recht freundlich", um dann auf den Auslöser seines Fotoapparates zu drücken. Lachend kam er auf mich zu, reichte mir die Hand, um dann weiter auf Englisch zu sagen, dass er Jonathan heiße. Verwirrt wie ich war, antwortete ich auf Deutsch, woraufhin auch er deutsch weitersprach. Beide mussten wir heftig lachen über die groteske Situation, in der wir uns hier befanden. Hatte ich doch noch immer mein Regenschirmchen aufgespannt. Völlig durchnässt warteten wir, bis sich das Gewitter verzogen hatte.

Während ich nun endlich mein Schirmchen zumachte, meinte Jonathan, dass er jetzt noch mehr als eine Stunde fahren müsse, um dann die Straßenbahn zu nehmen und endlich in sein Quartier zu kommen. Er werde daher versuchen, ein Taxi zu kriegen. Spontan schlug ich ihm vor, in mein Quartier mitzukommen, und erzählte ihm, dass meine Freundin etwa fünf Minuten von der Burg eine Wohnung angemietet hatte. Dort könnte er sich etwas trockenmachen und sich anschließend ein Taxi bestellen. Denn rund um die Burg ein Taxi zu bekommen, sei so gut wie aussichtslos. Ein T-Shirt für seine Heimfahrt hätten die Männer vom Team bestimmt auch noch übrig, versicherte ich ihm. Dankend nahm Jonathan meinen Vorschlag an, und so stiegen wir die Burg abwärts.

Dagmar grinste vielsagend und hatte natürlich nichts dagegen, dass ich mit Jonathan ankam. Handtücher seien im Bad, sagte sie. Im weißen Regal, unten rechts. Bevor Jonathan wieder ging, verabredeten wir uns für den nächsten Tag. Kaum hatte Jonathan die Tür hinter sich zugeschlagen, feixte Dagmar und meinte: „Also als Paar kämt ihr gut rüber in einem Vorabendfilm. Ich jedenfalls würde euch auf der Stelle in einem Familienfilm besetzen." Das sagte sie erstaunlicherweise fast ohne jeden ironischen Unterton, der ihr sonst eigen ist.

Erst im Nachherein registierte ich, dass ich Dagmar nicht widersprochen hatte. Kam es doch, wie sie gesagt hatte. Wenn auch nicht im Film, sondern im wirklichen Leben. Denn da war von Anfang an eine wundersame Übereinstimmung zwischen Jonathan und mir. Sie brauchte wenig Worte. Bald zog ich es in Berlin vor, anstatt in meiner kleinen, etwas heruntergekommenen Studentenbude in seiner Drei-Zimmer-Altbauwohnung zu übernachten. Es dauerte nicht lange, da übernachtete ich nicht nur bei ihm, sondern brachte auch Buch um Buch zu ihm, um meine Semesterarbeiten bei ihm zu schreiben. Tagelang breitete ich meine Zettel und Seiten auf seinem Teppich aus und bat ihn eindringlich, sie zu umgehen, damit nichts durcheinanderkäme. Stundenlang hockte ich in seinem großen Zimmer auf dem Fußboden und besetzte ihn mehr und mehr. Dann, eines Tages, stand Jonathan mit einem Schreibtisch in seiner Wohnungstür und bat mich, ihm zu helfen, den Tisch ins kleine Zimmer zu tragen. Da passe er am ehesten hinein, meinte er. Er habe schließlich alle Zimmer genauestens ausgemessen, bevor er losgezogen sei, einen passenden Tisch zu bekommen. Zu meinem Glück ginge das Zimmer auch noch nach Westen, sagte er. Ich könne also, wenn mir mal nichts einfiele, entspannt dem Sonnenuntergang zusehen, spöttelte er.

An diesem Schreibtisch schrieb ich meine Abschlussarbeit für die Uni. An seinem Schreibtisch nebenan schrieb er an seiner Doktorarbeit. Die Tische standen Wand an Wand. Ich konnte ihn sich räuspern hören, wenn er mal wieder zu viel geraucht hatte.

Eines Abends kam er in mein Zimmer und fragte etwas verlegen, ob wir nicht heiraten wollten. Ich stand auf, umarmte ihn und schob ihn auf die viel zu kleine Couch, die wir vor Kurzem im Second-Hand gekauft hatten. Dann besorgten wir alle Unterlagen, die für eine Heirat notwendig waren und gingen zum Standesamt. Dagmar war die Einzige, die wir eingeweiht hatten, worauf sie darauf bestand, unsere Trauzeugin sein zu dürfen.

Einen Tag später fuhren wir nach Prag, gingen in den Veitsdom, hörten ein Orgelkonzert und schworen uns ein „Für Immer". Dann fuhren wir zurück nach Berlin, gingen jeder an seinen Schreibtisch zurück, um weiter an unseren Arbeiten zu schreiben.

Es war mir nie aufgefallen, dass Jonathan bisher mit keinem Wort von seiner Familie gesprochen hatte. Womit ich einverstanden war, da ich Familie aus meinem Leben bekanntlich gestrichen hatte. Als er nun vorsichtig von ihr zu sprechen begann, dass eben seine Familie mich gern kennen lernen würde, zuckte ich erst einmal zusammen. Aber dann war ich neugierig.

Arglos machte ich mich mit ihm an einem Freitagabend auf den Weg. Noch wunderte ich mich nicht, dass unsere Fahrt in ein Ostberliner Villenviertel führte. Erst als Jonathan vor einer Villa aus den zwanziger Jahren des letzten Jahrhunderts stehenblieb, einen Schlüsselbund aus der Hosentasche holte und klingelte, bevor er aufschließen wollte, verstand ich, dass das wohl das Haus seiner Eltern sein musste. Ich schluckte und wollte protestieren, als ein hochgewachsener Mann mit weißem Haaren uns entgegenkam. Seine Körpersprache war der Jonathans verblüffend ähnlich.

„Na, da seid ihr ja endlich, meine Lieben. Mami ist noch unten in der Küche."

Jonathan war sichtlich erfreut, seinen Vater wiederzusehen, nahm mich an die Hand, um mit mir die Treppe hinunterzugehen. Ich war von der Situation überrumpelt, nein, dermaßen überfordert, dass es mir die Sprache verschlagen hatte. Das große Haus, ein auf den ersten Blick gütig wirkender Vater, das war zuviel.

Ich trat in eine geräumige Küche, an deren Herd eine zierliche Person stand und, wie sich schnell herausstellte, eine Fischsoße abschmeckte. Unweit von ihr war eine korpulente Frau zu sehen, die beinahe doppelt so groß schien wie diese zierliche Frau. Sie hatte die Jonathan und mich zwar schon wahrgenommen, wandte sich uns aber erst zu, nachdem sie ein zweites Mal von der Soße gekostet hatte und nun der neben ihr stehenden Person Anweisungen gab, sie möge doch bitte aus der Vorratskammer getrocknetes Zitronengras holen. Nachdem sie den Holzlöffel auf einen dafür bereitstehenden Teller abgelegt hatte, wandte sie sich uns zu.

„Guten Tag, ihr Guten."

Worauf sich Jonathan zu ihr hinunterbeugte, seiner Mutter erst links und dann rechts auf die Wange einen Kuss gab. Danach kam sie auf mich zu und begrüßte mich, indem sie mir die Hand reichte.

„Ich bin ehrlich gesagt sehr froh, dich nun auch kennenlernen zu können. Ich heiße Sarah und habe diesen langen Lümmel auf die Welt gebracht." Während sie das sagte, sah sie mir geradewegs ins Gesicht. „Geht schon mal hoch zu Papi. Ich komme gleich nach."

Ein wenig benommen folgte ich Jonathan die Treppe hoch in ein Zimmer, von dem ich bald erfuhr, dass es auch als Empfangszimmer für Gäste genutzt wurde, obgleich seine Wände bis hoch an die Decke mit Bücherregalen vollgestellt waren. Jonathans Vater wartete dort bereits auf uns.

„Bedient euch, meine Lieben", sagte er und wies auf einen offenstehenden Schrank, in dem allerlei Liköre, Weinbrände und solch Zeug standen. Zu Jonathan meinte er, er wisse ja, was ich möge, und lächelte mich mit viel Charme an.

Bald darauf wurden wir ins Esszimmer gebeten, in dem ein großer Tisch voll von duftenden Speisen stand. In der Mitte dieses Tisches war, auf einem Teller drapiert, ein riesengroßer Fisch zu sehen. Wie ich später erfuhr, handelte es sich um einen Hecht. Er war, wie ich bald bemerkte, glücklicherweise schon filetiert.

Ich durchlebte diesen Abend wie in einer Trance. Behielt aber in Erinnerung, dass das Essen vorzüglich schmeckte und der Wein wohl edel war. Darüber hinaus erinnere ich mich noch, dass mir wiederholt Dagmars Satz in den Sinn kam, den sie in Prag gesagt hatte, nachdem Jonathan und ich in ihrer Wohnung angekommen waren. Nämlich, dass sie uns auf der Stelle für einen Familenfilm besetzten würde. Unterdessen tat Jonathan sein Bestes. Er versuchte, mir Sicherheit zu geben, indem er mich zuversichtlich anlächelte und darauf achtete, dass ich mir reichlich von dem Fisch nahm und auch von der köstlichen Soße. Denn er wusste, wann es mir schmeckte.

Ich begriff erst allmählich, dass ich an diesem Abend in einer sozialen Schicht gelandet war, die ich bis dahin nur vom Hörensagen und aus Gesellschaftsromanen von Thomas Mann kannte. Und ich staunte, dass ich nicht sofort protestierte. Dass ich stattdessen schon bei diesem ersten Essen intuitiv das Haus nach einem neuen Versteck absuchte. Denn trotz der Trance, in der ich mich befand, verstand ich während dieses Essens, ich hatte mit Jonathan in eine der mächtigsten Familien des Landes eingeheiratet. Ob es mir passte oder nicht. Und ich begriff die Chance, die damit auf mich zukam, in guten wie in schlechten Zeiten.

Beinahe ohne mein Zutun war ich also in eine andere gesellschaftlichen Schicht geraten. Von höherer Gewalt will ich nicht sprechen, da ich dem HERRN abgeschworen hatte. Fakt aber war: Ich lebte nun bei Hofe, bekam gesundes Essen und einen Hausarzt. Man brachte mir gute Manieren bei und gab mir den Auftrag, mir die Welt anzu-eignen. Dazu stand mir die Literatur aus aller Herren Länder und die Hauptwerke der Sozialwissenschaften zur Verfügung – natürlich in vielen Sprachen. Gehörte

Jonathans Familie doch, wie ich bald lernte, zu der intellektuellen Crème de la Crème, die weit über den 1. Arbeiter- und Bauernstaat hinausragte. Auch, weil sie weder Arbeiter noch Bauern waren. Denn sie waren freiwillig hinter den Eisernen Vorhang gegangen, da sie die Illusion hegten, mit Vernunft und Wissen eine neue, eine bessere Welt aufzubauen. Diese neue Welt verdiente, wie sie mir bald geduldig erklärten, schon weil sie neu war, eine Chance. Denn diese neue Welt versprach Gerechtigkeit für alle, indem der Reichtum der Wenigen so verteilt werden sollte, dass kein Mensch mehr hungern müsse. Und eben diese Idee in die Wirklichkeit umzusetzen, daran wollten sie mithelfen, so gut sie konnten.

Jonathan verstand meine anfängliche Verwirrung, mich in diesem neuen Milieu zurechtzufinden. Er tat, was er am besten konnte. Er ließ mir Freiraum. In ihm konnte ich zeitweilig vergessen, dass ich nun in einem komfortablen Gefängnis lebte, allerlei Privilegien hatte und ein bescheidener Wohlstand in mein Dasein einzog. Einen Luxus, um den mich die Menschen, die jenseits des Hofes lebten, beneideten und mich auch hassten. Denn mein neues Leben in den Kreisen der Mächtigen erleichterte mir vieles. Ich musste nicht mehr anstehen nach Obst und Gemüse. Ich stand nun an nach Argumenten mit illusionären Schlussfiguren, die mein privilegiertes Leben rechtfertigen sollten. Ich stand an nach Ausreden, die die Privilegien meines neuesten Lebens entschuldigen sollten. Dabei verhedderte ich mich mehrfach.

Jonathan tat alles, damit ich, wie er sagte, das Vergessen von Zeiten lernte und meinte damit die Zeiten, in denen ich lebte, bevor wir uns begegnet waren. Täglich brachte er mir neue Bücher und Berichte von der Welt jenseits des Eisernen Vorhangs. Sie sollten mir zeigen, was eines Tages möglich sein könnte, auch für mich. Seine Glaube an die kreativen Fähigkeiten der Menschheit war grenzenlos. Ob diesseits oder jenseits des Eisernen Vorhangs. So erfuhr ich durch ihn, dass Apple in den USA seinen ersten PC vorgestellt hatte. Jonathan war nicht begeistert, er war ergriffen von dieser Nachricht. Ahnte er doch, welche neuen Chancen sich für alle, nicht nur für die Forschung, auftaten. Und damit letztlich auch für Jonathan, der seine Statistiken noch immer im Kopf rechnen musste.

Draußen ging derweil der Kalte Krieg weiter. Er dauerte, so lange er dauerte.

Seit einiger Zeit schrien die Menschen außerhalb meiner Luxuszelle nach Bürgerrechten und forderten demokratische Mitsprache im 1. Arbeiter-und Bauernstaat. Das fand ich naiv.

Ich wollte von Freiheit nichts wissen, ich hatte mich eingerichtet in meiner geräumigen Zelle. Die Bewachung war diskret. Das Essen gesund und schmackhaft. Mein Zimmer war funktionell eingerichtet: mit Regalen, einem Schreibtisch, sogar ein Sofa zum Ausruhen gehörten zu seinem Mobiliar. Von meinem bewachten Raum aus beobachtete ich ohne große Neugier, was da draußen vor meinem Fenster ablief. Von Forderungen nach Menschenrechten war die Rede. Sie interessierten mich nicht. Ich hatte mit viel Kraft und Disziplin über die Jahre gelernt, mich im Kopf einzurichten. Hatte gelernt, eine Gegenwelt zu bauen und in ihr zu überleben. Dazu standen mir neben Jonathan, familiärer Fürsorge und gesundem Essen nun auch noch eine endlos große Bibliothek mit

Büchern aus aller Herren Länder zur Verfügung. Mehr Freiheit brauchte ich nicht, nachdem Jonathan eines Tages auch noch mit einem Klavier in der Tür stand und meinte, es passe genau an die linke Wand im großen Zimmer. Mein Interesse galt einem Roman, den ich zu schreiben begonnen hatte.

Von Forderungen nach Menschenrechten war draußen vor meiner gut gelüfteten Zelle die Rede. Solche Ansinnen interessierten mich nicht. Menschenrechte waren in meinen Augen Illusionen. Heroische Illusionen. Sie gehörten ins 18. und 19. Jahrhundert. Sie gehörten zu Beethoven, Lessing und Goethe. Meinetwegen auch zu Voltaire und Rousseau. Menschenrechte hatten ihre Chance mit dem Holocaust, Hiroshima, Nagasaki und dem Genozid Pol Pots in Kambodscha verwirkt. Das Ansinnen, für die Verwirklichung von Menschenrechten auf die Straße zu gehen, um sie tatsächlich einzufordern, fand ich töricht. Also schrieb ich weiter.

Doch dann stockte der Kalte Krieg draußen vor der Tür.

Die Mauer fiel! Ich ahnte, dass ich meine gemütliche Zelle bald aufgeben musste.

Jonathan war zutiefst erschüttert und besorgt um die Welt, wie er sie kannte, und um die Weltrevolution, die nun wohl ins Stocken geraten war. Denn als Befreiung konnte er das, was da auf ihn zukam, nicht verstehen. Auch ich war erschüttert und aufgewühlt. War sprachlos. Denn ich fand keine Worte für Jonathan, die ihm Zuspruch und Trost hätten sein können. Für ihn war seine bisherige Welt zusammengebrochen. Die neue, die bessere Welt, an der er mitbauen wollte und für die er stand. Trotz aller Schwächen und Missstände, die er durchaus sah.

Und so wurde wieder andere Zeit, auch für Jonathan und mich. Denn wir konnten uns nicht mehr trösten. Konnten uns nicht mehr beistehen. Wir waren ohne Hoffnung und konnten keinen Halt mehr aneinander finden. Es kam, was unter diesen neuen Umständen kommen musste: unsere Trennung! Sie war schmerzhaft. Für uns beide. Jonathan versuchte, die Weltrevolution zu retten, an die ich nicht glauben konnte, und so hatten wir keine gemeinsame Zuversicht mehr, in der auch unsere Liebe weiterhin hätte ihren Platz finden können. Wir liefen auseinander. Jeder für sich.

Ich machte erste Gehversuche. Ich wollte verstehen, wo ich gelandet war in meinen Tag- und Nachtspielen vom Sich-Anpassen und Sich-Nicht-Anpassen, sich im Nicht-Anpassen anpassen, um anschließend die Logik des Spiels zu ändern. Mit dem Ziel die Trennung zwischen mir und mir zu überstehen. Denn das war doch letztlich die Absicht, die hinter all meinen Tag- und Nachtspielen stand: innerhalb eines autoritären Systems auch mental zu überleben. Einem System, in dem jeder eigenständige Gedanke verdächtig war, eben weil er eigenständig und somit von der herrschenden Orthodoxie nicht vorgegeben und kontrollierbar war.

Eben dieses Ziel, auch im Kopf zu überleben, hatte ich durch viel Glück und mit großem Dank an Jonathan einigermaßen erreicht. Ich hatte zum Zeitpunkt unserer Trennung einen fast fertigen Roman in den Händen. In ihm konnte ich nachlesen, was mein bisheriges Leben geworden war. Mittels dieses Buches konnte ich mir mein selbstkreiertes Leben einprägen. Konnte in ihm nachlesen, falls ich zweifelte an mir und damit an meinem durchs Erzählen gelebten Leben.

Durch die Schöpfung meiner selbst und in meinen erzählten Geschichten war ich überdies zu einer professionellen Geschichtenerzählerin, einer Autorin geworden. Manche sagen auch Schriftstellerin.

Bevor das Buch aus dieser nun wieder vergangenen Zeit ein Jahr später in den Druck ging, schrieb ich auf seine erste Seite meinen Dank an Jonathan, wissend, dass unsere Trennung endgültig war.

Wenn Dagmar morgen Nachmittag kommt, um mit mir über die Passagen ihres Films zu sprechen, werde ich sie noch einmal löchern mit der Frage, die sie mir bisher nicht beantworten konnte: Warum sie damals in Prag auf den ersten Blick die Idee hatte, Jonathan und mich in einem Familienfilm zu besetzen?

30

Die nächste Zeugin wird Renata sein. Frau Schultz, die Verteidigerin, hat es mir gesagt. Renata lebt heute in Frankfurt am Main, wo wir uns mindestens einmal im Jahr treffen. Nach einem gemeinsamen Gang über die Buchmesse gehen wir großspurig in den Frankfurter Hof, bestellen uns ein Kännchen Kaffee und ein Stück Sahnetorte. Dann plaudern wir über alte Zeiten.

Renata und ich waren in einem Studienjahr. Zeitweilig sogar in einer Studiengruppe, weil wir einen Faible für klassische Philosophie hatten. Renata kam aus Leipzig und hatte bald nach Beginn des Studiums in einem heruntergekommenen Haus eine große Wohnung besetzt. Sich illegal eine Wohnung anzueignen, war in Berlin nicht unüblich, da es hier viele leerstehende und heruntergekommene Häuser gab.

Die von Renata gekaperte Wohnung befand sich unweit der Universität in Berlin-Mitte. Die Kommunale Wohnungsverwaltung protestierte zwar obligatorisch bei solch einem unerlaubten Einzug, traute sich in den meisten Fällen jedoch nicht, die Besetzer auf die Straße zu setzten.

Denn laut Dekret durfte es im 1. Arbeiter- und Bauernstaat keine Obdachlosen geben. Somit blieb auch die Räumung der Wohnung, die sich Renata angeeignet hatte, aus. Und da Renata gemeinsam mit anderen Studenten, die bald eines der fünf Zimmer bezogen, monatlich sogar noch eine bescheidene Miete zahlte, sozusagen als Freundschaftsangebot an die Kommunale Wohnungsverwaltung, ließ die Verwaltungsbehörde Renata in Ruhe. Zumal die Wohngemeinschaft auch noch das Treppenhaus fegte, wischte und notfalls die Ratten in Schach hielt. Hatten sie doch ebenfalls das Ansinnen, das leerstehende Haus zu besetzen. Aber durch regelmäßiges Auslegen von Rattengift wurden sie von der Wohngemeinschaft daran gehindert. Das wusste die Wohnungsbehörde zu schätzen.

Neben der Tatsache, dass wir dort wirklich studierten, Semesterarbeiten schrieben und für Prüfungen lernten, war bei Renata stets viel Party. Wir alle hatten dort eine gute Zeit.

Dass Renata nun meinetwegen nach Berlin kam, war ein großer Freundschaftsdienst mir gegenüber. Hatte sie sich doch geschworen, diese Stadt nie wieder zu betreten. Zu traumatisch waren ihre Erinnerungen an Berlin.

Aber nun kommt sie doch und sie kommt sogar pünktlich, was nicht wirklich ihre Stärke ist. Und: Sie ist gut drauf! Das heißt, Renata ist nicht, wie häufig, aggressiv gestimmt, wenn sie mit Behörden zu tun hat. Insbesondere wenn ihre Vertreter auch noch eine Uniform tragen. Wahrscheinlich sieht sie die Talare und Uniformen, die die Gerichtsdiener hier tragen, nicht als vollwertige Uniformen, sondern eher als Kostüme an.

Auf die üblichen Abfragespielchen vonseiten des Gerichts: „Sie heißen Renata Hollbein, sind wohnhaft in Frankfurt am Main; sie waren zuletzt als Sozialarbeiterin in der Zentralen Flüchtlingshilfe der Stadt Frankfurt am Main tätig und leiteten das Ressort „Einbürgerung von Zuwanderer"?", antwortet Renata ruhig und konzentriert.

Dann spricht sie über unsere Zeit in ihrer sich illegal angeeigneten Wohnung, die über das Studienjahr hinaus bekannt, wenn nicht gar berüchtigt war, wie sie sagte. Sie sieht zu mir und lacht. „Mittendrin war immer Rosa. Sie achtete darauf, dass stets Bier und bulgarischer Rotwein in größeren Mengen vorhanden war. Sie organisierte die Lieferungen, achtete sogar auf die Pfandflaschen und brachte, weiß der Teufel woher, stets die aktuellste Rockmusik mit. Damit sorgte Rosa rundum für gute Laune.

Irgendwann kurz vor den Semesterferien gab ich Rosa einen verschlossenen Brief, mit der Bitte, ihn für mich zu verstecken. Man müsse ja nicht alles in der eigenen Wohnung aufbewahren. Hatte ich doch vor, für vier Wochen nach Ungarn zu fahren. Da hätten die Jungs von der Stasi in meiner Abwesenheit durchaus Zeit gehabt, mal bei mir vorbeizuschauen, erklärte ich Rosa. Denn beobachtet wurde das Haus schon seit einiger Zeit, nicht nur, weil es hier oft hoch herging.

Rosa nahm das Päckchen an sich ohne zu fragen, wieso, weshalb, warum: jetzt! Sie versteckte es zwischen ihren Mitschriften zur Hauptvorlesung Geschichte der Philosophie, wie sie mir später erzählte.

Als ich einige Zeit später verhaftet wurde, wurden viele Kommilitonen, also auch Rosa, verhört. Glücklicherweise war sie nicht neugierig und hatte den Brief nicht geöffnet.

Sie wusste also wirklich nicht, was da zwischen ihren Vorlesungsmanuskripten lagerte, wie sie mir später schrieb.

Die Stasi tobte, schrie, und erklärte ihr, sie werde dafür sorgen, dass sie, Rosa, von der Universität fliegen würde, wenn sie nicht endlich sagte, was sie über mein Fluchtvorhaben in den Westen Deutschlands und deren Hintermänner wisse. Die Stasi drohte ihr, indem sie sie wissen ließ, sie habe Mittel und Methoden, auch Rosa zum Sprechen zu bringen. Man habe schon ganz andere Leute zum Sprechen gebracht. Als ein Stasioffizier sie dann anbrüllte, die Staatsorgane nicht für dumm zu verkaufen, ihr werde ihr arrogantes Grinsen schon noch vergehen, fand Rosa, es reichte – so schrieb sie es mir jedenfalls. Sie holte tief Luft und zog sich mit einem ihrer großen Krampfanfälle aus der Affäre. Die Kunst, sich aus einer für sie misslichen oder gefährliche Situationen durch ein rechtzeitiges Umkippen herauszuziehen, beherrschte sie schon während des Studiums. Der Stasi blieb nichts weiter übrig, als die Verhöre einzustellen. Allerdings nicht ohne sich zuvor bei dem sie behandelnden Psychiater zu erkundigen, ob sie tatsächlich an Epilepsie litte. „Das habe ich in meinen Stasiakten gelesen", sagte Renata."

Renata macht eine Pause und fasst sich so in ihre kurzgeschnittenen Haare, sodass der Eindruck entsteht, sie wolle sich an ihnen festhalten. Dann fährt sie fort. „Ich saß derweil 18 Monte im Frauengefängnis Hohenstein, bevor ich endlich von der Bundesrepublik freigekauft wurde.

Zwei Jahre später, ich wohnte schon in Frankfurt am Main, rief mich Rosas Freundin Dagmar an. Sie war inzwischen eine schon bekannte Regisseurin und durfte als DDR-Bürgerin in den Westen reisen. Sie sagte mir, sie habe einen

Brief von Rosa für mich. Den sollte sie mir unbedingt persönlich geben.

Inzwischen hatte Rosa den Brief natürlich geöffnet und gelesen. Bevor sie ihn letztlich wieder zugeklebt hat, hatte sie einen Zettel hineingelegt, auf dem stand: „Liebe Grüße, Rosa."

Der Inhalt waren die Kopien meiner Geburtsurkunde, meines Abiturzeugnisses und meines Sozialversicherungsausweises auf Thermofaxpapier. Die Faxseiten waren zum Teil kaum oder nur mit Mühe zu entziffern, weil das Thermopapier ausgeblichen war. Aber die Bundesbehörde, der ich die Papiere später übergab, hatte ja inzwischen Methoden, den Aufdruck auf dem Faxpapier wieder sichtbar zu machen, indem sie das Papier erwärmte, wie sie mir erklärte.

Als ich den Brief samt Kopien erstmals in den Händen hielt, war ich berührt und zugleich ein wenig beschämt. Hatte ich Rosa doch als Freundin längst abgeschrieben. Hatte ich angenommen, Rosa hätte meinen Brief mit den Kopien der Dokumente längst entsorgt. War ich doch zu enttäuscht von ihr, dass sie ihren Jonathan tatsächlich geheiratet hatte. Denn damit war sie in der Nomenklatura gelandet. Für mich war das Verrat. So weit hätte sie nicht gehen dürfen. Dass sie Jonathan liebte, schien mir eine Ausrede zu sein. Die ließ ich nicht gelten. Denn wie konnte sie sich in einen Mann verlieben, der letztlich Mitschuld an ihrem ganz persönlichen Schicksal trug? Zum Beispiel der Trennung von ihrer Nora, die sie nach 1961 an den Eisernen Vorhang verloren hatte? Darüber hinaus war sie durch ihre Heirat ein Mitglied der herrschenden Orthodoxie geworden – ob sie wollte oder nicht wollte. Sie speiste am Tisch der

Mächtigen. Sie stand unter deren Schutz, solange sie politisch nicht aufmüpfig wurde. Und das wurde sie bekanntlich nicht.

Als mir dann Jahre später ihre Freundin Dagmar den Brief brachte, hatte ich schon lange nicht mehr an Rosa gedacht. Mein Zorn und meine Enttäuschung hatten sich längst gelegt. Ich hatte anderes zu tun. Ich war mit meiner Gegenwart befasst. Ich machte eine Ausbildung zur Sozialarbeiterin und hatte daher genügend Distanz, um noch einmal über Rosas Entscheidung bezüglich Jonathan nachzudenken.

Wir begannen einen Briefwechsel. Da die Briefe über den normalen Postweg nicht angekommen wären, fragte Rosa vorsichtig bei einem finnischen Diplomaten an. Sie hatte ihn bei einem der Essen in ihrer hochherrschaftlichen Familie kennengelernt. Er hatte ein Herz für unsere armen Seelen und ließ sich als Briefträger zwischen beiden Weltsystemen von uns ausbeuten.

Rosa erzählte mir von ihrem Leben mit Jonathan. Wie sie zurechtkam in diesen Kreisen. Erst über die Jahre verstand ich, dass das „Dasein in ihrem Glashaus", wie sie ihre Existenz blumig umschrieb, auch seine Tücken hatte, da sie auf ihrem individuellen, ihrem persönlichen Kern unbedingt bestehen wollte. Diese ihre Widerständigkeit, die ich an Rosa schon während unserer Studienzeit beobachtet hatte, hatte sie also nicht bei der erstbesten Gelegenheit abgestreift, sondern sich bewahrt. Das bewies mir der Brief mit den vergilbten Kopien meiner Urkunden, die sie bei ihrem Umzug ins Glashaus nicht entsorgt hatte, sondern sie nutzte die erste Gelegenheit, um sie mir zukommenzulassen.

Als Freundin war auf Rosa also Verlass und das ist ja

keineswegs der Standard menschlichen Verhaltens, wie mir nicht nur bei der Lektüre meiner Stasiakten deutlich wurde. Rosa jedenfalls gehörte nicht zu denen, die bereitwillig Informationen über mich weitergegeben hatten. Sie gehörte nicht zu jenen, die für die Stasi zu arbeiten begannen. Die sich auf einen Deal mit der Stasi-Behörde einließen, mit mir auch weiterhin befreundet zu bleiben, um der Behörde Informationen über mich und meinen neuen Freundeskreis zuzuspielen und dafür auch noch Geld oder eine lukrative Forschungsstelle in Aussicht gestellt zu bekommen. Rosa hat sich auf nichts eingelassen. Das rechne ich ihr hoch an."

Renata sieht zum Richter und sagt: „Und was den mutmaßlichen Mord an ihrer Therapeutin angeht: Rosa bringt niemanden um. Rosa hat andere Methoden, sich zu entziehen, wenn ihr etwas an die Existenz oder einfach nur auf die Nerven geht.

Das wollte ich hier vor diesem Gericht aussagen."

Der Richter dankt Renata und entlässt sie aus dem Zeugenstand.

31

„Ich heiße Carola Weidemann. Ich kenne Rosa Ka. aus dem „Institut für wahre Sätze". Dort hat sie mehr als fünf Jahre mit Worten jongliert. Sie sollte in den Büchern der großen Philosophen des letzten Jahrhunderts die absolut wahren Sätze auffinden. Ich war zu dieser Zeit ihre Mentorin und leitete auch die Abteilung, der Rosa zugeteilt war.

Irgendwann bekam Rosa von ganz oben die Arbeitsaufgabe, über einen der bekanntesten Philosophen eine Biografie zu schreiben. Das war eine große Auszeichnung für sie. Eigentlich war es eine Bevorzugung gegenüber anderen Mitarbeitern. War sie doch erst knapp 30 Jahre alt und hatte keinerlei Erfahrungen, wie man ein Buch zu schreiben hatte. Aber Rosa hatte eine Sonderstellung im Institut. Gehörte sie doch einer honorigen Familie an, deren Ratschläge nicht ohne Einfluss auf politische Entscheidungen des Landes waren.

Rosa und ich hatten zu allen Zeiten ein gutes Arbeitsverhältnis miteinander. Auch später, nachdem es zu Spannungen mit ihr im Institut kam. Ab und zu fragte ich sie, wie sie mit dem Sammeln von Quellen und Fakten für das Buch vorankäme und gab ihr Tipps für ihre Recherchen. Rosa arbeitete –dafür war sie bekannt – intensiv und konzentriert. Irgendwann begann sie, ihr erstes Kapitel zu schreiben. Anfangs erzählte sie mir noch, was sie schrieb. Doch nach und nach wurden ihre Berichte spärlicher und irgendwann stellte sie sie völlig ein. Ich ließ Rosa in Ruhe und vermied es, mit ihr über den Fortgang ihrer Arbeit zu sprechen. Ich spürte aber, dass sie mir etwas verheimlichte.

Dann, eines Abends, klingelte sie bei mir zu Hause. Rosa war sehr erregt und breitete ihre Manuskriptseiten auf meinem Esstisch aus, nachdem sie meinen Abendbrotteller zur Seite gestellt hatte. Dann zog sie aus ihrer Tasche ein blaues DIN A4-Heft, blätterte es auf und holte nummerierte Zettel aus ihm. Diese legte sie zwischen die noch handgeschriebenen Manuskriptseiten und begann, mir ihr Kapitel vorzulesen. Dabei war sie sehr aufgeregt und lief vor meinem Tisch hin und her. Sie konnte ihren Text bereits auswendig. Nachdem sie geendet hatte, sah sie mich strahlend an und fragte, ob das nicht toll sei. Ohne eine Antwort abzuwarten, erzählte sie mir, dass sie schon seit einigen Jahren die besten Geschichten, die sie über die Jahre erfunden hatte, in ihr blaues Heft schrieb. Sie wollte die Geschichten nicht vergessen, auch um sie in einem anderen Zusammenhang noch einmal nutzen zu können, oder einfach, um sie detailgenau wiedererzählen zu können. Doch nun, fragte sie, wobei sie mich anstrahlte, nun sehe sie, dass sie richtig vermutet hatte. Denn einige Passagen ihrer Geschichten fügten sich beinahe nahtlos in ihren Text über den Philosophen ein.

Sie zeigte auf das blaue Heft und verriet mir, dass sie es

immer mit sich herumschleppe. Es sei kein Tagebuch. Das Heft sei ein Geschichtenbuch. Über die Jahre habe sie nämlich die Erfahrung gemacht, dass sich manche dieser Geschichten von alleine weitergeschrieben hätten. Denn wenn sie eine der Geschichten zu einem späteren Zeitpunkt wieder gelesen habe, seien viele Details ohne ihr Zutun dazugekommen. Sie seien einfach da gewesen und warteten darauf, erzählt und aufgeschrieben zu werden. Meist seien die ursprünglichen Geschichten dadurch spannender geworden. Mitunter habe sich auch ihr Inhalt derartig geändert, dass sie zu ganz anderen Geschichten geworden seien, was Rosa – wie sie wiederholt sagte – sehr erstaunte. Sie war fasziniert, zu welchen Metamorphosen eine einmal festgeschriebene Geschichte beim Wiederlesen fähig war. Allmählich aber gewöhnte sie sich daran, dass eine einmal aufgeschriebene Geschichte ihr Eigenleben hatte und sich in ihrem Kopf weiterschrieb, ohne dass sie, Rosa, selbst an ihre Geschichte gedacht hätte. Dennoch notierte sie all diese Metamorphosen sorgfältig in ihrem blauen DIN A4-Heft, nun wissend, dass die Geschichten wandelbar sein könnten.

Und jetzt hatte sie die Entdeckung gemacht, dass Teile dieser Geschichten auch noch für ihre Monografie nützlich sein könnten. Denn indem man nämlich das Leben und Werk eines Philosophen auch in Geschichten erzählen könnte, würde dieses Leben für den Leser nicht nur verständlicher. Es würde auch erlebbarer. „Verstehst Du, was ich meine?", fragte sie.

Natürlich verstand ich. Und um ehrlich zu sein, gefiel mir Rosas Idee, denn indem sie sachliche Passagen mit phantastischen mischte, konnte der Text nicht nur interessanter werden, sondern einem breiteren Leserkreis auch verständlicher als ein nur sachlich- faktischer Text es sein kann.

Aber ich wusste: Im „Institut der wahren Sätze" hatte ein solches Herangehen an ein zu schreibendes Buch keine Chance. Das wäre nicht hinnehmbar gewesen! Schließlich sind nur wahre Sätze sichere Sätze, und um die ging es doch letztlich in diesem Institut. Nur für das Festschreiben solcher Sätze wurde Rosa bezahlt.

Rosa tat mir in diesem Moment leid. Denn ich wusste, eine solch originelle Herangehensweise würde in diesem Institut nicht geduldet werden. Und als ihre Abteilungschefin hatte ich ihr ihre Idee auszutreiben. War ich doch schließlich für sie und für das zu schreibende Buch verantwortlich. Irgendwann musste ich ihr erklären: An diesem Institut geht es nicht um kreatives Schreiben, liebe Rosa, sondern um sichere, das heißt eindeutig formulierte Sätze. Also um Sätze, die von hinten nach vorn und von vorn nach hinten, wenn möglich auch noch von oben nach unten, wahr zu sein haben. Ein kreatives Herangehen an eine Biografie würde dort nicht geduldet werden!

An jenem Abend jedoch holte ich erst einmal eine Flasche Rotwein aus dem Keller und stoppte Rosas Euphorie nicht, die sich während des Erzählens noch gesteigert hatte.

Da Rosa in den Wochen danach nicht davon zu überzeugen war, ihre Idee aufzugeben, kam es im Institut zu Konflikten mit ihr. Doch niemand der Direktoren wollten es zu einer Konfrontation mit Rosas Familie kommen lassen. Daher verschwand Rosa nach einiger Zeit der Abwesenheit still und unauffällig aus dem Institut. Im geschützten Raum der Familie schrieb sie dann ihre Biografie tatsächlich als einen literarischen Essay, den man sich noch heute in einigen Bibliotheken ausleihen kann.

Warum erzähle ich das alles? Weil ich zu Rosas Verteidigung hier verdeutlichen möchte: Rosa kann oft gar nichts dafür. Die Geschichten sprudeln häufig einfach so aus ihr heraus. Meine Beobachtung über die Jahre, da sie in meiner Abteilung arbeitete, war: Je geborgener und entspannter sich Rosa fühlte, umso mehr Geschichten erfand sie aus dem Stegreif. Bei manchen ihrer Geschichten tat es ihr anschließend leid, sie erzählt zu haben. Von anderen war sie häufig selbst so fasziniert, dass sie von einem zum anderen Mal, da sie sie wiedererzählte, noch etwas dazusponn. Wieder andere Geschichten brachten sie nicht selten in heftige Bredouillen und Konflikte.

Dass Rosa eine Therapeutin vorsätzlich aus dem Fenster gestoßen haben soll, halte ich für sehr unwahrscheinlich. So wie ich Rosa kennengelernt habe, hätte sie den Konflikt mit ihrer Therapeutin eher in eine Geschichte verwandelt. Dabei hätte sie die Schwächen ihrer Therapeutin bloßgestellt. Denn dafür hatte Rosa einen Blick: präzis und schnell die Schwächen eines Menschen zu erfassen, um sie dann auch für ihre Zwecke zu benutzen. Das konnte ich während der Zeit, da sie im Institut arbeitete, wieder und wieder beobachten. Sie hatte sehr schnell gelernt, wie man in diesem Institut überstehen konnte. Lebte doch dieses Institut mit und durch die Intrige. Mehr noch: Dieser Ort war landesweit die hohe Schule der Intrige. Wer dort überleben wollte, hatte mitzuspielen oder zu gehen. Rosa spielte mit und hatte nach meinen Beobachtungen ihren ganz eigenen Stil. Sie ging nie laut und nie aggressiv vor, sondern leise. Mit einer Hinterlist, die mich nicht selten erstaunte. Sie scheute die direkte Konfrontation wie der Teufel das Weihwasser und sie schaffte es immer, ihr rechtzeitig zu entkommen.

Ich kann mir nach all meinen Erfahrungen mit Rosa nicht vorstellen, dass sie zu solch einem aggressiven Akt fähig ist. Rosa spinnt sich solch eine Tat aus, aber sie führt sie nicht aus. Oder anders gesagt: Indem sich Rosa solch eine Tat ausdenkt und meinetwegen auch noch herumer-zählen kann, hat sie für ihr Temperament genug gehandelt."

Carola Weidemann sah zum Richter. „Ja, das wollte ich hier aussagen."

Nach einer kurzen Pause dankte der Richter der Zeugin. „Wenn es Fragen an die Zeugin gibt, bitte ich, sie jetzt zu stellen."

Da sich niemand meldete, schloss der Richter die Zeugenvernehmung ab und dankte Carola Weidemann für ihr Erscheinen.

3²

„Sie heißen Annelie Bringmann? Sie leben im Oderbruch?"

Die Zeugin nickte, bevor sie „Ja" sagte.

„Sie waren vor dem Fall der Berliner Mauer Lektorin im Verlag „Der Aufbruch"?"

„Ja, leider hat mein damaliger Verlag den Mauerfall nicht überlebt und ging schon Ende 1990 in die Insolvenz."

„Was haben Sie beruflich danach gemacht?", fragte der Richter.

„Ich war zunächst arbeitslos. Dann habe ich mich freiberuflich mit Gelegenheitsarbeiten durchgeschlagen und vor allem Buchmanuskripte für ihre Endfassungen lektoriert. Später bin ich nach Brandenburg in den Oderbruch gezogen und habe Gemüse angebaut. In dieser Zeit begann ich zu malen."

„Woher kennen Sie Rosa Ka.?"

„Ich lernte Rosa durch meine Tätigkeit als Lektorin im Verlag „Der Aufbruch" kennen. Sie wurde dort als Very Importen Person angekündigt. Gehörte sie doch in jenen Jahren bereits zum sozialistischen Establishment, da sie in eine der bekanntesten Familien innerhalb der Landesorthodoxie eingeheiratet hatte. Durch diesen sozialen Aufstieg hatte sie mehr Freiheiten als andere Autoren. Das heißt, mein Verlagsleiter traute sich politisch weniger in ihre Text einzugreifen, als das bei den meisten Schriftstellern üblich war. Hatte er doch zuallererst die politische und ideologische Verantwortung für die Texte, die in seinem Verlag zustande kamen. Die literarische Qualität der Bücher war dieser Aufgabenstellung nachgeordnet.

Meine Funktion als Lektorin für Rosas Ka.s Buch bestand darin, freundlich und möglichst kumpelhaft ihren Roman mit ihr inhaltlich zu diskutieren. Sie dabei so zu lenken, dass der Verlag mit dem Buch nicht bei der Partei- und Staatsführung aneckte. Was bedeutete, Rosa hie und da Vorschläge zur Handlungsführung zu machen, damit ihre Figuren politisch nicht entgleisten. Natürlich sollte Rosa von meinen Eingriffen so wenig wie möglich wahrnehmen. Kurz: Ich hatte die freundliche Zensorin des Verlages zu sein. Meine Aufgabe war es, dafür zu sorgen, dass Rosas Roman die staatliche Zensurbehörde passieren konnte und der Verlagsleiter möglichst wenig Stress mit Rosa Ka. und dem Ministerium für Kultur bekam. Schließlich brauchte jedes Buch eine Druckgenehmigung von dieser Behörde. Das galt trotz aller Extras, die Rosa hatte, letztlich auch für sie. Hinzukam, dass zumindest mein damaliger Verlagsleiter hoffte, dass Rosa ihre Privilegien auch dafür nutzen würde, einige kritische Passagen und Dialoge in ihrem Roman einzubringen, die nur sie einbringen konnte. Das würde dem Image seines Verlages nützen und den Verkaufserfolg des Buches steigern.

In den knapp zwei Jahren, in denen Rosa und ich

miteinander zu tun hatten, lernte ich sie ziemlich gut kennen. Die schöpferische Arbeit und die Diskussionen brachten es mit sich, dass wir uns zeitweilig recht nahe waren. Das hieß, Rosa erzählte vieles. Auch Privates, sodass wir ziemlich vertraut miteinander umgingen. Mitunter schlief ich auch bei ihr, wodurch wir uns am nächsten Morgen gleich nach dem Frühstück wieder an den Text machen konnten. Oder zunächst einfach nur quatschten. Rosa erzählte gerade morgens häufig auch Privates.

Ich glaubte ihr, wenn sie in diesen morgendlichen Stunden davon sprach, dass sie jahrelang trainiert hatte, die Augen vor dem Realgeschehen zu verschließen. Wiederholt schilderte sie, wieviel Konzentration diese Übungen ihr abverlangten und wie anstrengend es für sie war zu lernen, nur das wahrzunehmen, was ihr notwendig schien. Das andere, sie Überfordernde einfach wegzulassen.

Aber das betonte sie häufig: Man kann es lernen, Teile der Realität zu ignorieren.

„Weißt du, du darfst das Erlebte schlicht nicht zulassen", insistierte sie häufig. „Du musst es überlisten. Musst es ausschließen aus deiner Welt. Verstehst du, was ich meine? Wenn es nervt: Sperre es einfach weg."

Manchmal schnipste sie beim Erzählen dann noch mit den Fingern oder machte eine Pause, in der sie mich erwartungsvoll ansah und fragte: „Ist dir das verständlich?" Ohne meine Antwort abzuwarten, schob sie noch einen Satz nach: „Du musst es trainieren, immer wieder trainieren …" Dabei sah sie in eine Ferne, zu der nur sie Zugang hatte.

Ja", sagte Annelie Bringmann und sah zum Richter, „über ihre Erfahrung, fertigzuwerden mit dem Leben, sprach sie gern vor der ersten Tasse Kaffee am Morgen.

Dabei war in ihrer Stimme stets ein Klang, in dem Stolz mitschwang. Stolz, der davon sprach: Ich, Rosa Ka., habe meinen Weg gefunden. Ich habe ihn verstanden, diesen Satz: „Wirklich ist nur das, was wirkt!" Das sagte sie des Öfteren und sah mich dabei stets staunend an.

In der Zeit, da wir am Buch arbeiteten, beobachtete ich mehrmals, wie fließend für sie der Übergang vom Finden zum Erfinden geworden war. Da war oft nur ein leichtes Wippen mit den Zehenspitzen oder die Verlagerung ihres Köpergewichts von einem Fuß auf den anderen, durch dessen Bewegung sie reale Erlebnisse ins Fantastische verschob. Sie hatte dieses Talent, dem Vergangenen Leben einzuhauchen, indem sie es im Augenblick des Erzählens noch einmal erfand. Angekommen in ihrem fiktiven Raum, verschob sie dann das durchs Erzählen gerade Geschöpfte fast ohne Zutun an einen Platz in ihrer, in Rosas, Welt. Das heißt, sie erfand nicht wahllos. Ihr Ziel war, das Kontinuum ihrer Welt zu erweitern, um ihren Handlungsspielraum zu vergrößern. Ihr Streben war, den Radius ihres fiktiven Kosmos Stück um Stück zu auszudehnen. Und darin wurde sie über die Jahre eine Meisterin, denn sie lernte, mit ihren Kreationen spielerisch umzugehen.

Doch bei allem Fantastischen, das Rosa Ka. in die Welt setzte, bewahrte sie ihr Überlebenswille davor, das autoritäre System ganz zu ignorieren.

Schließlich war auch sie ihm ausgeliefert. Die Hinterlist, mit der sie gelernt hatte, ihr Leben zu bestehen, half ihr dabei. Hatte sie doch jahrelang geübt, auf mehreren Ebenen zu leben. Hatte gelernt, auf ihnen zu balancieren. Wenn notwendig, auch von einer zu anderen Ebene zu springen. Denn nie wieder wollte sie abstürzen und noch einmal so ohnmächtig sein, wie sie es gewesen war, damals, als ihre Kindheit so abrupt endete. Das sagte sie mit einer fast beschwörenden Stimme – wieder und wieder. Dabei sah sie mich fest an und suchte Zustimmung von mir.

Nachdem sie dann die Verbindung Jonathan Ka. einging, wandte sie ihre Fähigkeit und List „Welt auszublenden" nicht zum letzten Mal auf sich an. Hätte sie nämlich die Information über den sozialen Status von Jonathan Ka. zugelassen, wäre sie unfähig gewesen, eine vorurteilsfreie Bindung mit ihm einzugehen. Daher verschob sie nicht nur unbewusst mögliche Hintergrundinformationen über Jonathan Ka. Denn natürlich hätte sie bei allem Misstrauen, das sie gegenüber den Herrschenden im Mauerland entwickelt hatte, herausfinden können, was das soziale Umfeld ihres baldigen Ehemannes war. Aber sie sparte sich dieses Wissen für ein Später, für einen Zeitpunkt auf, an dem sie diese Information emotional auch verkraften konnte, ohne Jonathan Ka. und ihre Beziehung zu ihm zu beschädigen.

Ironischerweise könnte man rückblickend sagen: Und so trug es sich zu, dass Rosa Ka. es schaffte, unter dem Schutz der im Lande Herrschenden ihr abseitiges und fiktives Leben fortzusetzen. Was bedeutete, sie konnte sich weiter in einen Kokon einspinnen. Konnte ihre sogenannte Gegenwelt – wie sie zu sagen pflegte – vor den Augen der herrschenden Orthodoxie ausbauen und die Jahre, die da kamen, paradoxer Weise in aller Öffentlichkeit überstehen.

Nachdem es dann aber einmal passiert war, Jonathan Ka. und sie geheiratet hatten und sie langsam begriff, wo sie gelandet war, nahm sie ihr fiktives Leben unter dem von ihr oft zitierten Motto: „Neues Spiel, neues Glück!" wieder auf. Und zwar mit allen Freiheiten, die sie im Gegensatz zu anderen Menschen in dieser Diktatur nun hatte. Denn unabhängig von ihrem Willen und Wollen war sie jetzt selbst Teil der Macht. Sie war eine Ka. Das verschaffte ihr die Möglichkeit, auch Macht auszuüben. Und sie nutzte diese Macht, um sich Bedingungen zu schaffen, die ihr erlaubten, nicht nur ihrer literarischen Tätigkeit möglichst ungestört nachgehen zu können.

Sie nutzte ihre erheirateten Privilegien auch, um allem politischen Irrwitz aus dem Weg zu gehen. Sie gebrauchte ihren Status, um abgeschirmt durch ihr privilegiertes Dasein ihr Leben nun auch als Intellektuelle zu realisieren. So wehrte sie sich beständig und mit Erfolg innerhalb des autoritären Machtgefüges, eine politische Rolle spielen zu müssen. Sie verwendete ihre Sonderrechte als Angehörige der Nomenklatura dafür, selbst keine politische Macht übernehmen zu müssen. Insofern schaffte es Rosa Ka. paradoxerweise, beschützt durch die herrschende Kaste und deren Waffen, in ihrer Gegenwelt weiterzuleben. Einer Welt, die nun irgendwo im Wolkenkuckucksheim der Nomenklatura ihren Standort hatte.

Rosa war somit ihrem Bestreben treu geblieben, mit den Widrigkeiten des diktatorisch regierten Landes nichts zu tun haben zu wollen. Und absurderweise halfen ihr nun die autoritären Machthaber dabei. Aber damit nicht genug: Denn sie heiratete ja nicht in irgendeine Familie des sozialistischen Establishments. Sie heiratete in eine großbürgerliche Familie, die Rosas lebensweltlichen Horizont entscheidend erweiterten sollte. Sie war nun Partnerin und Ehefrau des jüngsten Sohnes dieser Familie, in den man große Hoffnungen setzte. Ihm sollte Rosa als Familienmitglied intellektuell und kulturell auf Augenhöhe begegnen können.

Und das auch deshalb, weil diese großbürgerliche und auch jüdische Familie häufig Künstler und Wissenschaftler zu Besuch hatten, wie sie mir erzählte. Zu solchen Besuchen aus Neuseeland, England, den USA oder Moskau wurden nicht selten die beiden als Kinder des Hauses eingeladen. Dadurch lernte Rosa wie nebenbei Sitten, Bräuche und Kultur von bürgerlichen Intellektuellen aus vielen Ländern kennen. Sie lernte, sich international zu verständigen, indem sie auf Druck der Familie auch noch Sprachen büffeln musste.

Somit bot ihr die neue Familie, die Rosa nach einigem Zögern auch emotionell annahm, viele Möglichkeiten, ihren kulturellen Horizont zu vergrößern und ihre Sicht auf die Welt zu weiten. Und nicht nur Jonathan Ka. bemühte sich liebevoll um diesen Lernprozess. Beinahe die gesamte Familie wirkte nach ihrem Erzählen an der intellektuellen und kulturellen Erziehung von Rosa mit viel Empathie und Geduld mit.

Mit der von viel Sympathie getragenen intellektuellen Erziehung erschlossen sich Rosa natürlich auch immense Möglichkeiten, ihre Gegenwelt noch raffinierter zu konstruieren. Hatte sie doch durch den Umgang mit Wissenschaftlern, Künstlern und Persönlichkeiten des öffentlichen Lebens aus vielen Ländern das vermittelt bekommen, was man gemeinhin als „Welt" bezeichnet. Begriff sie durch diesen Umgang mit bürgerlichen Intellektuellen aus den verschiedenen Erdteilen nach und nach, dass in dem autoritären Staat, in dem sie festsaß, nicht nur Kleinbürger die politische Macht in den Händen hielten, sondern Kleinbürger mit ausgeprägter Liebe zur Denunziation. Sprich: deutsche Spießer! Somit lernte Rosa, die Welt mit anderen Augen zu sehen, die über die Mentalität des „Klein und Mein" hinausging.

Dieser Lernprozess sollte sich für ihr Leben nach dem Fall des Eisernen Vorhangs als Vorteil erweisen. Und damit als ein neues Privileg, das Rosa die Anpassung an die neue, dann westliche Welt erleichterte. Denn die Erfahrungen mit Kunst und Kultur, die Rosa über fast zwei Jahrzehnte in diesem großbürgerlichen Milieu gemacht hatte, erschlossen nicht nur ihr neue, vordem ungeahnte Möglichkeiten, mit noch mehr Vielfalt Leben zu schöpfen und zu inszenieren, sondern auch dem Leben ihrer Nora zuvor ungeahnte Wendungen geben zu können.

Ich habe in Rosas nummerierten Geschichtenbüchern über Nora lesen dürfen und dabei verfolgen können, wie Nora nach Rosas Verbindung mit Jonathan Ka. von einer bescheidenen, einfachen und liebevollen Frau, die Rosa beschützte, zu einer mehr und mehr weltoffenen Künstlerin mutierte, die Rosa lehrte, die Welt zu betrachten und zu verstehen. Ich habe anhand von Rosas Notizen lesen können, wie sie Nora durch ihre Erzählungen in das Milieu der bürgerlichen Familie integrierte.

Da Nora jenseits der Eisernen Vorhangs lebte, waren Rosas Erzählungen nicht überprüfbar. Das hatte den Vorteil, dass ihre neue Familie keinen persönlichen Kontakt mit Nora aufnehmen konnte. War es doch von Staats wegen nicht erlaubt, in Feindesland zu reisen, und auf die Idee, Nora einzuladen, war niemand in der Familie gekommen. Ihr war es hinreichend, dass Rosa zumindest eine Verwandte hatte, von der sie liebevoll sprach, selbst wenn diese Nora hinter dem Eisernen Vorhang lebte.

Der Vorteil dieser Konstellation für Rosa bestand darin,

dass sie in ihren Erzählungen über Nora frei war. Anders gesagt: Was Rosa über Nora der Familie erzählte, war zu jener Zeit nicht überprüfbar und blieb somit allein in der Hand von Rosa.

Doch ich greife vor.

Die Verteidigerin bat mich ja, hier über meine Beobachtungen und Erfahrungen zu sprechen, die ich mit Rosa Ka. gemacht habe, während ich mit ihr ihren Roman lektorierte. Und ich war der Ansicht, meine Beobachtungen könnten tatsächlich zum Verständnis beitragen, wie Rosa mit ihrer neuen Situation, plötzlich zum Establishment zu gehören, fertig wurde, ohne willige Vollstreckerin des Systems werden zu müssen. Und damit meine ich: Ohne Rosas Gabe, um nicht zu sagen, Talent, Wirklichkeit zu ignorieren, um Wirklichkeit zu kreieren, hätte sich Rosa nicht treubleiben und weiter auf sich bestehen können. Erzählend Wirklichkeit erfinden und sie dann gegen alle Widrigkeiten, die sich ihr entgegenstellen sollten, auch noch zu leben. Das war und ist ihre Fähigkeit, ist ihre Form der Selbstverwirklichung. Von dieser Strategie konnte sie auch Jonathan Ka. nicht abbringen. Dabei half ihr der schmale Grat zwischen Finden und Erfinden, auf dem sie gelernt hatte, zu balancieren, mitunter auch nur herumzutänzeln. Insofern hat sie unter den neuen Umständen fortgesetzt, was sie lange zuvor begonnen hatte. Nämlich, ihre fiktive Wirklichkeit zu leben. Sie auszubauen und dichtzumachen gegen mögliche Dammbrüche, die sie hätten zum Einsturz bringen können."

Annelie Bringmann sah zum Richter und dankte ihm

für die Möglichkeit, hier so ausführlich über ihre Erfahrungen mit Rosa Ka. berichten zu dürfen. Sie trügen vielleicht zum besseren Verstehen der Lebenswelt einer Frau bei, die auf selbst unter allen Umständen, auch unter diktatorischen, zu bestehen versuchte.

Bevor der Richter die Zeugin aus dem Zeugenstand entließ, fragte er noch die Verteidigerin Frau Schultz, ob sie Fragen an die Zeugin hätte.

„Nein. Nur so viel, ich möchte Annelie Bringmann danken, dass sie mit viel Verständnis über die Bedingungen zur Anpassung einer Frau innerhalb eines autoritären Staates berichtete, einer Frau, die auf sich bestehen wollte, und dass sie diese ihre Beobachtungen und persönlichen Erfahrungen, die sie mit ihrer Autorin machte, mit uns teilte."

Der Richter schloss die Zeugenvernehmung.

Bevor Annelie Bringmann den Zeugenstand verließ, winkte sie Rosa Ka. zu und sagte ziemlich laut zu ihr: „Schreib einen Roman über all das hier, Rosa. Ich werde ihn für dich lektorieren. Ich verspreche es. Wir sehen uns wieder. Schreib!"

33

Die nächste Zeugenvernehmung fand diesmal nachmittags statt, was bedeutete, Rosa musste auf ihren Hofspaziergang verzichten.

Die Frau, die in den Zeugenstand trat, war eine kleine Person. Sie hatte sich Stocklocken gedreht oder drehen lassen, die nicht nach hinten zusammengebunden waren, sondern geradewegs von einem Mittelscheitel her fielen. Das schien Rosa ziemlich deplatziert, denn es sah ein wenig albern aus, war diese kleine Frau namens Gabriele inzwischen doch auch schon über 60 Jahre alt.

Während Rosa noch darüber rätselte, ob diese Locken echt waren oder ob Gabriele vielleicht zu einer Perücke gegriffen hatte, begann sie in ihrem noch immer breiten Sächsisch zu sagen: „Ich heiße Gabriele Äckerli und lebe heute wieder im Vogtland. Dort arbeite ich im Museum für Musikinstrumente an der Geschichte des Jagdhorns. Außerdem schreibe ich Heimatgedichte, für die ich letztens den Dichterpreis des Erzgebirges bekommen habe.“

Der Richter unterbrach die Zeugin freundlich und

fragte, in welchem Zusammenhang ihr Erscheinen hier vor Gericht mit der Angeklagten Rosa Ka. stünde.

In ihrem nicht nachzumachenden Sächsisch sagte sie: „Ich kenne Rosa aus meinen wilden Jahren in Berlin. Wir sangen im gleichen Chor. Da Rosa, wie auch ich, in Ostberlin wohnte, fuhren wir des Öfteren gemeinsam nach Hause.

Sehr viel später, die Berliner Mauer stand schon, traf ich Rosa wieder, und zwar in einem der vielen „Gästehäuser der Regierung". In ihnen bekam man unbeschreiblich leckeres Essen", sagte Gabriele in schwärmerisch sächsischem Tonfall. „Alles, was man ansonsten in der DDR nicht zu essen fand!

Alles, wovon der Rest der Menschen im Land nur träumen konnte oder was er nur im Westfernsehen zu sehen bekam." Sie machte eine Pause und sah zum Richter. „Was ja zu sehen eigentlich verboten war", fügte sie erklärend hinzu, „weil es ja der Feindsender war. Also dort im Regierungs-Restaurant konnte man zum Beispiel original bayrische Weißwürstle essen, die übrigens vorzüglich waren. Aber natürlich auch russische Spezialitäten aus Sibirien, wobei der Kaviar vom Baikalsee der beste war."

Der Richter unterbrach Gabriele wieder und bat sie, sich auf ihre Aussagen zur Angeklagten zu konzentrieren.

„Ja, natürlich. Entschuldigung. Nur dass sowohl die Weißwürstli und erst recht der russische Kaviar in gewisser Weise zu meiner Aussage gehören. War es doch eben dieses leckere Essen, das es nur in diesen Restaurants für die Nomenklatura gab, zu denen auch deren Angehörige oder die von der Orthodoxie gehätschelten Personen zählten, wie einige Künstler oder linientreue Wissenschaftler, also die sogenannte High Society des Landes. Mit solchen Privilegien wurde ihnen im wörtlichen Sinne der Mund gestopft. Und – damit komme ich zum Kern meiner Aussage: Wann immer ich Rosa dort mit ihrer noblen Familie speisen sah, war unschwer zu erkennen, dass sich Rosa in dieser Atmosphäre, entschuldigen Sie bitte den Ausdruck, sauwohl fühlte. Sie genoss dieses Ambiente, sie genoss es, neben dem berühmten Vater von Jonathan zu sitzen, den ich übrigens auch einmal kennengelernt habe. Das war auf einer seiner vielen Lesungen im Haus der Deutsch-Sowjetischen Freundschaft. Der Saal war wie immer proppenvoll."

„Zeugin Äckerli, bitte, noch einmal, könnten Sie zu Sie zur Aussage über die Angeklagte zurückkommen?"

„Ja, selbstverständlich. Also, ein wenig schien es Rosa peinlich, dass wir uns in diesem Gästehaus unweit der Berliner Mauer begegneten. Um ehrlich zu sein, das war es mir auch. Denn ich kam ja in Begleitung des damaligen Kultusministers, dessen Geliebte ich schon seit mehr als zwei Jahre war. Was bedeutete, dass unsere Beziehung weit mehr war als eine einfache Affäre." Gabriele stockte einen Augenblick lang und sah vor dem Fenster in den noch blauen Nachmittagshimmel hinaus. „Wie dem auch sei", fuhr sie dann fort. „Auf jeden Fall sahen Rosa und ich uns in dieser Zeit des Öfteren, da mein Harald und ich etwa zur gleichen Zeit mittags eintrafen wie auch Rosa mit ihrer Familie. Das war zumeist gegen 13 Uhr.

Da ich Rosa aus den Tagen unserer gemeinsamen Zeit des Chors gut kannte, entging mir nicht, mit wie viel Stolz sie mit ihrem Jonathan in diesem Gästehaus der Regierung herumstolzierte. Manchmal speisten die beiden auch ohne die Restfamilie dort. Mitunter saßen sie stundenlang in dem Restaurant und ließen sich bei gutem Rotwein ein Menü nach dem anderen servieren. Die Gäste, die an ihrem Tisch vorbeigingen, begrüßten das Paar freundlich, mitunter herzlich, aber immer auch mit Respekt. Andere winkten ihnen zumindest von Weitem zu. Für die vorbeidefilierenden Gäste war nicht zu übersehen, wie zufrieden und glücklich Jonathan mit seiner Rosa war. Er vergötterte sie geradezu!

Später dann, nachdem die Liebe mit meinem Harald zu Ende war, fiel ich bei den Herrschenden in Ungnade, weil ich einen Essay über die Privilegien der herrschenden Kaste geschrieben hatte. Schließlich habe ich das Leben ja über die Jahre mit meinem Kultusminister nicht nur kennengelernt, sondern, um ehrlich zu sein, es auch genossen. Doch wen wundert es heute: Mein Essay bekam von der Zensurbehörde keine Druckgenehmigung. Freunde von mir verfassten daraufhin eine Protestnote gegen die Zensur im Lande und sammelten Unterschriften, um mich zu unterstützen, meine Meinung frei äußern zu können. Rosa, die man auch gebeten hatte zu unterschreiben, lehnte ab.

Als ich sie selbst nach den Gründen fragte, meinte sie, das könnte sie Jonathan und der Familie nicht antun. Familie sei schließlich Familie. Das sagte sie mir ohne jede Scham direkt ins Gesicht. Wie gefühllos und zynisch das war, kann nur ermessen, wer Rosa wie ich noch aus den Kindertagen kannte und wusste, dass sie schon damals das Wort Familie nur mit Spott und Verachtung aussprach. Aber Rosa war schon immer allein auf ihren eigenen Vorteil bedacht. Da könnte ich Ihnen Geschichten erzählen, die sind so haarsträubend, dass …"

Rosas sprang auf und unterbrach Gabriele: „Und wieder

einmal spielt die liebe Gabriele das Opfer. Wenn dich dein Minister nicht hätte sitzenlassen, würdest du dir noch heute in diesen Regierungskneipen Wachteleier mit Kaviar in den Mund schieben. Vorausgesetzt, die Mauer stünde noch. Was du damals mit deiner sogenannten Protestnote inszeniert hast, war allein ein sentimentales Zurschaustellen deines Selbstmitleids, vorgetragen von einer verstoßenen und gekränkten Geliebten. Deine sogenannten Enthüllungen über die Privilegien der Herrschenden waren doch ein offenes Geheimnis, das bereits die Spatzen vom Dach pfiffen. Wenn auch nicht in deinen auf Sächsisch gestelzten Hexametern. Das war doch alles höchst peinlich, was du da von dir gegeben hast. Als heldenhafte Whistleblowerin wolltest du dich inszenieren, wolltest es der Welt mal so richtig zeigen: Ich, Gabriele Äckerli, die mutige Kämpferin. Ich, Gabriele die große Dichterin. Ich kämpfe für die Pressefreiheit, wenn es um meine, allein meine Texte geht. Dabei hast du vor allem damit gehadert, nicht mehr mitfuttern zu können am Tisch der Privilegierten und Mächtigen. Kaum wurde dir der Mund nicht mehr mit Delikatessen gestopft, hast du herumgenörgelt und geblökt: „Nun seht mal, die da oben, sie leben tatsächlich in Saus und Braus, sie teilen nichts, vor allem nicht mit ihrem Volk." Das ist würdelos. So etwas nennt man Nestbeschmutzung, liebste Gabriele."

Der Richter forderte Rosa Ka. auf, sich augenblicklich zu setzen. Ansonsten müsste sie den Gerichtssaal verlassen.

Rosa setzte sich, nicht ohne noch zu sagen: „Ist doch wahr. Dieses sitzengelassene Jungmädel mit dem Charme eines sächsischen Napfkuchens."

Der Richter wandte sich der Zeugin zu und fragte, ob

sie ihren Ausführungen noch etwas hinzuzufügen hätte. Gabriele Äckerli schüttelte den Kopf und sagte: „Nein, Sie haben ja eben selbst gesehen, wie hemmungslos und ungerecht Rosa sein kann, wenn sie sich moralisch in die Enge getrieben fühlt."

Rosa sprang wieder auf und lachte: „Ausgerechnet Gabriele Äckerli kommt mir mit Moral. Das ist typisch für unsere Heimatdichterin."

Der Richter unterbrach Rosa und verwies des Saales.

34

Ich habe also recht behalten. Die nächste Zeugin, die aussagen wird, ist Jutta Ka. Lisa meinte zwar noch vor einer Woche, dass sich Jutta nicht trauen würde, hier zu erscheinen. War sie doch vor dem Mauerfall eine der einflussreichsten Bürokratinnen innerhalb des Landes. Fast alle Eltern mit schulpflichtigen Kindern konnten sich noch an ihr Gesicht und an ihr militantes Erziehungsprogramm erinnern. Mit ihm hat sie nicht nur Schüler und Schülerinnen in der Schule, sondern bereits Kinder im Kindergarten traktiert.

Doch ich kenne Jutta besser. Ich weiß, sie wird ihre wahrscheinlich letzte Möglichkeit, mir eine Moralpredigt zu halten, keinesfalls ungenutzt lassen. Schon weil ich mich ihr räumlich nicht entziehen kann. Sie wird meine Charakterlosigkeit – die auch einen Mord nicht ausschließt – öffentlich anprangern. Bin ich doch für sie immer ein aufsässiges Element nicht nur innerhalb der Familie, in die ich mich ihrer Ansicht nach allein meiner Vorteile wegen durch die Heirat eingeschlichen habe. Jutta wird es als ihre

Pflicht ansehen, ihren Erziehungsauftrag, den sie vor Jahren mir gegenüber ungefragt übernommen hat, zu Ende zu bringen.

Ich bin daher sicher, dass sie sich diese Chance nicht nehmen lassen wird. Denn in den mehr als 20 Jahren, in denen Jutta und ich durch Jonathan in einem Verwandtschaftsverhältnis standen, habe ich sie besser kennengelernt, als ich es je gewollte hatte. Ich schlug Lisa sogar vor, eine Wette einzugehen, dass Jutta kommen würde. Aber Lisa lehnte lachend ab.

Als Jutta dann in einem dunkelblauen Kostüm vor den Richter tritt, strahlt sie noch immer jene Unberührbarkeit und Kälte aus, vor der ich mich – um ehrlich zu sein – stets gefürchtet habe. Unter dem Kostüm trägt sie – wie früher auch – eine hellblaue Bluse, die sie vor dem Mauerfall gleich dutzendweise in den Exquisitläden des Landes kaufte, nachdem sie eine Bügelfrau gefunden hatte, die ihren Ansprüchen für ordentlich gebügelte Blusen genügte.

Von Geburt aus kurzsichtig, legte sie damals auf den Stil ihrer Brillen viel Wert und war der Ansicht, wenn schon Brille, dann sollte es eine sein, die man nicht übersehen konnte. Diese Auffassung hat sie jetzt wohl geändert, trägt sie doch nun eine Brille, die so unauffällig, also randlos ist, dass man sie auf dem ersten Blick kaum wahrnimmt. Die Brille, so scheint mir, soll keinesfalls mehr das Prägende sein, das ihr Gesicht bestimmt.

Der Richter beginnt, seine Standardfragen zu stellen, noch bevor Frau Schultz ihre Papiere sorgfältig auf ihrem Tisch geordnet hat.

„Sie heißen Jutta Ka., wohnhaft in Wandlitz bei Berlin?"
„Ja."

„Ihr erlernter Beruf ist Lehrerin?"

„Ja, Fachlehrerin für Deutsch und Staatsbürgerkunde. Letzteres firmiert in der Bundesrepublik wohl unter Sozial- oder Gemeinschaftskunde."

„Wo und bis zu welchem Jahr Sie Ihren Beruf ausgeübt haben, wird aus dem Antrag zur Bewilligung ihrer Zeugenaussage nicht ersichtlich."

„Ich arbeitete von 1975 an im Ministerium für Volksbildung der Deutschen Demokratischen Republik und das bis zu dem Jahr, da das Ministerium durch die bundesdeutschen Behörden zerschlagen wurde. Das war im Herbst 1990. Danach ging ich die Frühpensionierung, wie man heutzutage zu sagen pflegt."

Der Richter überhört die provokative Äußerung und fragt weiter:

"Was ist der Grund Ihres Erscheinens?"

„Ich wollte zur Klärung des Falls Rosa Ka. von einigen Beobachtungen berichten, die ich in der Zeit machen konnte, in der Rosa und ich verwandtschaftlich verbandelt waren. Dies waren immerhin mehr als 20 Jahre, da Rosa und ich, wie man im Volksmund sagt, Schwippschwägerinnen waren.

In diesen Jahren lernte ich Rosa kennen als ein Gemisch aus Angst und Aggression. Angst davor, in ihren Lügengespinsten die Orientierung zu verlieren. Aggressionen gegenüber den Menschen, die versuchten, ihr auf die Schliche zu kommen. Also ihre Lügenmärchen durch Fakten zu widerlegen. Dabei hat es Rosa bis zur Meisterschaft verstanden, sich nicht festzulegen, beziehungsweise sich nicht festlegen zu lassen."

Jutta Ka. sieht bedeutungsvoll zum Richter.

„Sie hatte – so meine ich – gar eine Kunstform kreiert, die ich das „Spitzentrippeln" genannt habe."

Jutta macht eine Pause, bevor sie fortfährt.

„Was meine ich damit?

Rosa trainierte, mit einem von Jahr zu Jahr größer werdenden Ehrgeiz, so schnell wie möglich von der einen Fußspitze auf die anderen zu treten, mit dem Ziel, den Boden so wenig wie möglich berühren zu müssen. Die Absicht hinter diesen Übungen war es, keinen noch so kleinen Fußabdruck zu hinterlassen, der bildlich gesprochen als ihr Standpunkt hätte bestimmt werden können und somit eine Richtung ihres Denkens oder Handelns hätte abzeichnen können. Denn niemand – auch nicht ein geübter Beobachter – sollte herausfinden, welchen Weg Rosa einzuschlagen beabsichtigte. Niemand sollte ihrer habhaft werden können."

Jutta macht eine Pause und sieht vorwurfsvoll hinüber zu mir.

„Ja, man brauchte Zeit, um ihre Fluchtmethoden zu durchschauen", fährt sie fort. „Zeit, die ich bei unseren Familientreffen reichlich hatte. Aber auch Zeit, die ich mit ihr aus Neugierde bereitwillig verbrachte, unter anderem, weil ich ihre Methoden und Spielchen durchschauen wollte, mit denen sie uns alle manipulierte und hinters Licht zu führen beabsichtigte.

Da Rosa in unregelmäßigen Abständen Tanzunterricht und auch Ballettstunden nahm, fragte ich sie irgendwann, ob ich sie nicht begleiten könnte, wogegen sie nichts einzuwenden hatte.

Es brauchte Tage, bis ich verstand, was ich dort im Trainingsraum gesehen hatte: Rosa bat die Ballettlehrerin in jener Stunde, noch einmal die Sprünge zu üben, die sie schon in der vorletzten Stunde geübt hatten. Sprünge, die nach Rosas selbstkritischer Meinung ihr nicht wirklich gelungen waren. Rosa nannte diese Sprünge Wechselsprünge, bei denen es zunächst auf die Sprunghöhe und dann auf die Sprungweite ankam. Rosa begann mit den Sprüngen, bei denen es ihr darum ging, höher und höher zu springen. Danach folgten Sprünge, die der Ballettlehrerin wichtiger schienen. Bei ihnen ging es um die Sprunggenauigkeit. Dafür legte die Lehrerin in regelmäßigen Abständen quadratische Kissen im Saal zu einem Kreis. In den ersten drei oder vier Runden musste Rosa diese Kissen einfach so hoch wie möglich überspringen, und zwar ohne die Balance zu verlieren. Erst nachdem Rosa mehrmals einen sicheren Stand nach dem Sprung gefunden hatte, erhöhte die Lehrerin das Tempo, indem Rosa über die Kissen an der Peripherie des Kreises zu springen hatte. Von Runde zu Runde zog die Lehrerin die Geschwindigkeit an, mit der die Hindernisse zu überspringen waren. Dann öffnete sie den Kreis, indem sie mehrere der quadratischen Kissen scheinbar wahllos in den Ballettsaal warf und Rosa aufforderte, diese Hürden ebenfalls zu überspringen. Dabei kam es ihr darauf an, dass Rosa während des Sprunges nicht die Balance verlor, um zu einem sicheren Stand zu gelangen. Denn daran haperte es Rosa noch, wie die Ballettlehrerin meinte.

Nach einer Pause, die der physischen Erholung diente, ging die Stunde damit weiter, dass Rosa an der sauberen Ausführung ihrer Pirouetten zu arbeiten hatte. Es ging um Übungen, sich um die eigene Körperachse zu drehen. Bei eben diesen Drehungen fehlte es Rosa nach Auffassung der

Lehrerin noch an Eleganz und vor allem an Ruhe in der Bewegung."

Jutta Ka. macht eine Pause.

„Wie schon gesagt, fand ich erst nach und nach heraus, was ich da gesehen hatte. Denn hinter all diesen Übungen stand Rosas Absicht, die Beherrschung ihrer Körperbewegungen zu perfektionieren. Die Aufgabe ihrer Ballettlehrerin war es, an der Anmut und Grazie der Bewegungen ihrer Schülerin zu arbeiten. Ging es Rosa doch allein um die immer vollkommenere Darbietung ihrer Lebensstrategie als einem Dahin-Schweben! Mit dem Ziel für nichts oder irgendetwas Verantwortung übernehmen zu müssen."

Jutta Ka. macht wieder eine Pause, um das Gesagte im Publikum wirken zu lassen.

„Da-hin-Schwe-ben," wiederholt sie langsam, jede Silbe betonend, „um sich nicht festzulegen oder festlegen zu lassen. Denn das hätte ja geheißen, dass auch Rosa einen Standpunkt hätte beziehen müssen, der sie zu etwas hätte verpflichten können. Von einem Verpflichtet-Sein-Müssen ganz zu schweigen. Diese ihre Taktik, sich durch nichts und niemanden dingfest machen zu lassen, war eine besonders hinterhältige Form der Flucht aus jeglicher konkreten Verantwortung, die sie bemüht war, von Jahr zu Jahr zu vervollkommnen. Das Training der von ihr kreierten Kunstform des Spitzentrippelns diente allein dem Ziel ihrer permanenten Flucht, ohne sich von der Stelle fortbewegen zu müssen. Der Part, den die Ballettlehrerin hatte, bestand darin, mit Rosa an der Geschmeidigkeit ihrer Fluchtbewegungen zu arbeiten, ohne dass Rosas Bewegungen an Genauigkeit verloren. Denn je genauer und eleganter die Bewegungen wurden, desto geringer waren die Chancen, dass man Rosa auf die Schliche kam und sie während ihrer Flucht hätte stellen können."

Jutta unterbricht ihren Bericht und sieht mit einem Blick voller Verachtung zu mir, bevor sie weiterspricht.

„Auf dem Weg, wie Rosa durch Täuschungen und Täuschungsversuche andere Menschen, auch ihr nahestehende, manipulierte, hatte ich das Privileg, sie über Jahre begleiten zu dürfen. Dabei blieb es nicht aus, dass ich auch beobachten konnte, wie sich Rosa schon in jener Zeit durch all ihre Täuschungsmanöver mehr und mehr in ihren Selbsttäuschungen verheddere und auch damals schon ab und zu die Orientierung verlor.

Ja, Rosa war nie dort, wo sie uns vorspielte zu sein. Sie war unablässig auf der Flucht aus der Welt, in der sie herumlief. Ihr Ziel war es, dass man ihrer nicht handhabbar werden sollte.

Ich habe mit Rosa Situationen erlebt, in denen sie vor lauter Tänzelei nicht mehr wusste, ob sie gerade angekommen oder gerade abgefahren war. Anders ausgedrückt gab es Situationen, in denen Rosa unklar war, ob sie vielleicht abgefahrener Weise gerade angekommen war."

Jutta Ka. holt tief Luft.

Doch bevor sie weiterreden kann, springe ich auf und falle ihr ins Wort. „Du falsche Schlange", tobe ich los. „Du hast doch bis heute nicht verwunden, dass du für deinen Führungsoffizier aus mir keine Informationen herauspressen konntest. Dass du weder von meinen Freunden noch von Jonathan oder von mir Nachrichten für die Stasi abschöpfen konntest. Der Super-Geheimdienst war doch von Jahr zu Jahr mit deinen Berichten unzufriedener. Ich habe meine Akte gelesen. Mehr als Blabla und Falschinformationen, die ich eigens für dich erfunden hatte, hast du nicht zu berichten gehabt. Sieht man von den Informationen ab, die du frei erfunden hast, damit du überhaupt etwas zu berichten konntest, weil du unter Erfolgsdruck standest.

Hast du wirklich geglaubt, ich hätte Dein Interesse an mir als Empathie hingenommen? Wie blöd bist du eigentlich …"

Der Richter unterbricht mich, die ich mich immer mehr in Rage geredet habe mit dem Hinweis, wenn ich mich nicht sofort wieder setze, werde er anordnen, dass ich wieder einmal den Saal zu verlassen habe.

Ich setze mich. Nicht ohne noch zu sagen: „Ist doch wahr!"

Unbeeindruckt von meinem Wutanfall fährt Jutta Ka. fort.

„Zur genaueren Einschätzung von Rosas Charakter gehören meines Erachtens auch die immer wieder zu beobachtenden Übertreibungen ihrer Bewegungen, die bis hin zu gewaltsamen Überdehnungen und Verrenkungen reichen. Ihretwegen landete Rosa häufig beim Chiropraktiker. Der korrigierte dann durch manuelle Kunstgriffe die Auswirkungen ihrer überzogenen Bewegungen und bescheinigte ihr die Diagnose einer fortschreitenden Hypermobilität. Um diese aufzuhalten, verordnete er ihr in unregelmäßigen Abständen Physiotherapie.

Manchmal, wenn all ihr Talent zur Flucht nicht funktionierte, weil sie den nächsten notwendigen Schritt zu einem Ausweichmanöver verpasst hatte, wurde Rosa auf der Stelle ohnmächtig. Was in ihrem Fall bedeutete, sie war ohne

Macht und Einfluss auf die Richtung ihres weiteren Fluchtweges.

Aus ihrer gespielten Ohnmacht kam sie erst wieder zu sich, wenn sie einen Weg gefunden hatte, der ihr versprach, vor der nächsten Entscheidung ausweichen zu können.

Mit dem ihr eigenen Charme erwachte Rosa dann, indem sie sich die Augen rieb und sich mit viel Sanftmut für ihre Unpässlichkeit entschuldigte. Durch dieses raffiniert choreografierte Spiel war sie sich der Anteilnahme aller Familienmitglieder sicher. Niemand der Anwesenden durchschaute ihre perfide Manipulation, mit der sie es schaffte, in all der gespielten Hilflosigkeit irgendwo einen eigenen Standpunkt beziehen zu müssen.

Und dennoch habe ich sie immer um ihr gnadenloses Gedächtnis beneidet. Konnte sie doch in jeder x-beliebigen Situation, ob bei Tag oder bei Nacht, ihre Lügengeschichten abrufen, ohne sich je zu widersprechen."

Ich springe noch einmal auf und sage: „Nicht um mein Gedächtnis hast du mich beneidet. Sondern um meine Fantasie. Denn dein Kopf ist absolut frei von jeglicher Einbildungskraft und Kreativität. Deshalb hast du auch stets getan, was die oberen Autoritäten von dir verlangt haben. Bis zu einer eigenen Idee hast du es nie gebracht."

Der Richter ermahnt mich erneut und fordert mich auf, mich zu setzen, um die Zeugenanhörung nicht länger zu stören.

Ich reagiere nicht, sondern fahre mit meinen Anschuldigungen fort.

„Du hast immer getan, was die gerade Regierenden von dir verlangt haben. Du hast mit keiner Silbe gegen den orthodoxen Schwachsinn protestiert. Deine politische

Macht, die du als sogenannte Volkskammerabgeordnete hattest, hast du allein ausgenutzt, um deine kleine beschmissene Karriere voranzutreiben. Dafür hast du jede politische Hirnrissigkeit propagiert und verkündet, die man dir vorgekaut hat. Als sogenannte Volksvertreterin hast du versucht, schon den Ansatz eines Protestes von Lehrern und von Schülern gegen die Erziehungsdoktrinen zu ersticken.

Und als der Staat dann bankrott ging und alles in sich zusammenbrach, hast du dich auf deine Datscha verkrochen. Hast geschaut, wohin sich der Wind drehte, und dir danach ein warmes Plätzchen im gemütlichen Garten der Literaturgeschichte gesucht, um dich dort zu verkriechen – sicherheitshalber weit weg, im 17. Jahrhundert."

Der Richter ordnet an, mich aus dem Gerichtssaal zu führen. Danach bittet er die Zeugin, mit ihren Ausführungen fortzufahren.

Jutta Ka. sagt mit einem Ton der Genugtuung: „Ich habe der Vorführung, die Rosa gerade gegeben hat, nichts weiter hinzuzufügen. Was ich über zu berichten hatte, habe ich getan. Den Restbericht hat die Angeklagte soeben selbst vorgetragen."

Der Richter dankt der Zeugin und beendet die Anhörung.

35

Morgen also werde ich Jonathan nach mehr als 20 Jahren wiedersehen. Seit unserer Scheidung sind wir uns erfolgreich aus dem Weg gegangen. Das war wohl eine unserer letzten stillen Vereinbarungen, die wir getroffen haben. Wir kannten uns zu gut, um zu wissen, dass wir uns vor weiteren Verletzungen so am besten gegenseitig schützen würden.

Nun wird er vor dem Hohen Gericht als Zeuge über mein vergangenes Leben seine Aussagen machen. Ein wenig neugierig bin ich schon. Zwar habe ich mich über ihn bei Google hin und wieder informiert. Habe geschaut, ob und was er publiziert hat. Auch die Themen seiner Vorträge habe ich verfolgt. So wusste ich von den Fotos her in etwa noch, wie er heute aussieht. An seinen politischen Ansichten hat sich nicht viel geändert, soweit ich in seine Texte flüchtig hineingelesen habe. Die Differenzen zwischen seinen und meinen Ansichten sind eher größer geworden. Auffassungen, deretwegen wir schon vor dem Mauerfall und erst recht nach der deutschen Wiedervereinigung 1989 immer heftiger aneinandergerieten. Ansichten, die uns immer weiter auseinander getrieben haben.

Ich bin sicher, er hat sich zumindest bei Google auch über mich informiert. Hat geschaut, ob ich weiterhin Bücher publiziere. Meine politischen Auffassungen konnte er den Tageszeitungen entnehmen. Sofern er wollte. Und ab zu wollte er, da bin ich sicher. Schon um sich zu vergewissern, dass die Entscheidung der Trennung richtig war. Darüber hinaus haben ihm bestimmt auch Bekannte dies und das über mich zugetragen. Selbst wenn er es eigentlich gar nicht wissen wollte. Ich denke, da ging es ihm nicht anders als mir. Die Neugierde des gemeinsamen Namens lud zu Fragerein ein: Ob, und wenn ja, welche Verbindung zwischen ihm und mir …. Die Fragerei hörte auch nicht auf, nachdem der aktuelle Stand unsere Beziehungen auf Google und in der Wikipedia festgeschrieben wurde. Und ganz bestimmt war auch er manchmal von diesen Nachfragen genervt.

Doch trotz aller Unstimmigkeiten, die nach unserer Trennung noch zunahmen, bin ich ziemlich sicher, dass er vor Gericht nicht irgendwelche Schmutzwäsche waschen würde. Dazu ist er viel zu souverän und auch zu stolz. Ich jedenfalls habe all die Jahre nichts dergleichen an Klatsch und Tratsch von ihm vernommen. Und ich bin sicher, ihm ist auch nichts derlei von mir zu Ohren gekommen. Falls doch, hat er es als Getratsche beiseite gelegt.

Ich habe schlecht geschlafen. Und ich ärgere mich darüber. Ich wollte mir nicht eingestehen, dass mein mieser Schlaf etwas mit Jonathan zu tun haben könnte. Habe ich doch über die Jahre mit viel Energie und Disziplin an meiner Souveränität gegenüber der Trennung von ihm und damit noch einmal an der Trennung von einer Familie gearbeitet. Einer Familie, in der ich mich im Gegensatz zu ersten sicher und geborgen fühlte.

Ich stehe auf – mit einem Ruck. Ich nehme mir vor, nicht sentimental zu werden. Ich schütte mir eine reichliche Menge kaltes Wasser ins Gesicht und wasche mich über dem viel zu kleinem Waschbecken. Insassen vor mir haben versucht, ihre Initialen auf der Innenseite des ohnehin schon zerschrammten Beckens zu hinterlassen. Was ihnen nicht gelungen ist.

Mir fehlt die Zeit, um noch in Ruhe zu frühstücken. Zu lange habe ich getrödelt. Konnte mich nicht entscheiden, welche der drei Blusen, die im Spind hingen, ich zu den Jeans anziehen sollte. Dabei registrierte ich, dass es mir noch immer nicht egal war, wie ich aussehen wollte, wenn ich Jonathan nach so langer Zeit wiedersah.

Auf dem Weg zum Gerichtssaal suche ich nach dem richtigen Schritt und damit nach einem ordnenden Prinzip, mit dessen Hilfe ich die heutige Gerichtsverhandlung locker wirkend durchzustehen vermag.

„Die Beweisaufnahme wird nun fortgesetzt," sagte der Richter mit seiner immer gleichen sonoren Stimme. „Ich bitte Herrn Jonathan Ka., in den Zeugenstand zu treten."

Ein hochgewachsener Mann wird in den Gerichtssaal geführt. Gemächlich durchquert er den Raum, den Kopf ein wenig gesenkt. Die Schultern nach vorn gebeugt, als wolle er sich für seine zwei Meter zwanzig, die er groß war, entschuldigen. Als wollte sich kleiner machen, als er war. Diese Angewohnheit hatte er also beibehalten und, wie Rosa schien, noch verstärkt.

Nachdem er vor dem Richtertisch zum Stehen gekommen war, entstand eine kurze Pause. Dann begann der Richter mit seiner Fragerei.

„Ihr vollständiger Name ist Jonathan Ka.?"

„Ja."

„Sie sind studierter Volkswirt und arbeiten als Krisenmanager am Internationalen Institut für Währungsfragen?"

„Ja, so ist es."

„Sie waren 25 Jahre mit der Angeklagten verheiratet?"

„Eigentlich waren es 26 Jahre, denn es fehlten zum vollen Jahr nur vier Tage."

Der Richter nickte.

„Die Verteidigerin Frau Schultz hat Sie in den Zeugenstand gebeten, weil sich das Gericht einen Einblick über das Ausmaß und den Umfang verschaffen möchte, in dem die Angeklagte Rosa Ka. anderen Menschen nicht nur durch die Manipulation ihrer fingierten Geisteskrankheit geschadet hat. Personen, die wie Sie Opfer arglistiger Täuschungen der Rosa Ka. wurden.

Wann haben Sie herausgefunden, dass Sie von Ihrer Ehefrau durch die Vortäuschung einer unheilbaren Krankheit massiv in die Irre geführt wurden?"

„Ich habe gar nichts herausgefunden. Rosa hat mir den Umstand erzählt. Das heißt, zuerst hat sie meiner Mutter davon erzählt, als die beide Schlange standen auf dem Bauernmarkt nah bei Berlin, um eine Weihnachtsgans für die christlichen Feiertage – die wir auch feierten – zu kaufen. Sie können sich nicht vorstellen, was für ein herrliches Weihnachtsgeschenk Rosa uns allen mit dieser Offenbarung gemacht hat. Meine Mutter begann gleich nach den Festtagen mit dem Versuch, diese Angelegenheit mit der Diagnose aus der Welt zu schaffen. Sie bat meinen Vater, die prominentesten Psychiater des Landes anzuschreiben, und sie um Rat zu fragen, wie diese Diagnose der Geisteskrankheit wieder rückgängig gemacht werden könnte."

An den Richter gewandt meinte Jonathan: „Sie müssen bedenken, es war ja ein autoritärer Staat damals, in dem diese Krankheit diagnostiziert worden war. Doch letztlich waren diese Umstände des Landes auch wiederum Rosas Glück. Denn da Rosa nun Mitglied unserer Familie war, nutzten ihr die Privilegien, die wir damals halt hatten. Und so konnte die unter anderen Umständen von Rosa so schwer erkämpfte Diagnose kurioserweise mittels der Privilegien, die sie als Angehörige der Nomenklatura hatte, recht unspektakulär wieder aus der Welt geschafft werden. Es genügte, dass ein dazu autorisiertes Ärztekollegium zusammentrat und Rosa bescheinigte, dass die zuvor diagnostizierte Geisteskrankheit eine bedauerliche Fehldiagnose gewesen war. Gegen solch ein Urteil von führenden Fachkollegen innerhalb der Ärztekammer war unter den damaligen Verhältnissen nicht anzukommen. Rosa bekam die ganze Sache dann auch noch schriftlich. Mein Vater ließ sich einen Durchschlag von diesem Schriftstück zukommen. Der wurde von unserem Hausnotar sicherheitshalber bestätigt, um anschließend als Schriftstück in unserem Familientresor hinterlegt zu werden. Dort lagerte diese Erklärung des Ärztekonzils bis zum Niedergang des Landes.

Die Bitte, die wir als Familie nach der Bereinigung dieser Angelegenheit an Rosa herantrugen, bestand darin, eine psychotherapeutische Behandlung zu beginnen. Dieser Bitte kam Rosa ohne Murren nach. Woraufhin sich meine Mutter um einen geeigneten Therapeuten kümmerte."

Der Richter unterbrach Jonathan.

„Herr Zeuge, Sie wollen doch nicht behaupten, dass Rosa Ka. Ihnen durch die Simulation ihrer Krankheit nicht auch Leid zugefügt hat?"

„Das kann ich so nicht bestätigen. Zuallererst hat sich Rosa selbst Leid zugefügt. Glaubte sie doch, diese Krankheit sei eine Chance für sie, nachdem sie sie zufällig bei dem Lebensgefährten ihrer Klavierlehrerin erlebt hatte. So trat die Epilepsie in Rosas Leben und bekam eine existentielle Bedeutung für sie. Mit viel Eifer und Fleiß las sie in Büchern und in Lexika über die Krankheit nach. Studierte die Symptome. Schrieb sich den Ablauf eines Anfalls auf, um den Hergang eines epileptischen Anfalls so lange zu üben, bis er ihr perfekt schien. Was er dann wohl auch wohl war. Ansonsten hätten die damaligen Ärzte die Diagnose einer genuinen Epilepsie ja nicht gefällt. Bedauerlicherweise blieb die von Rosa so schwer erkämpfte Diagnose für ihre Gesundheit in realita nicht ohne Folgen. Hatte sie doch die ihr von den Psychiatern verschriebenen Tabletten bedauerlicherweise auch noch eingenommen. Anstatt sie zu entsorgen!"

Jonathan Ka. sah hinüber zu Rosa Ka. und schüttelte den Kopf.

„Wenn man von zugefügtem Leid in diesem Zusammenhang sprechen will, so hat sich wohl zuallererst Rosa selbst Leid zugefügt."

„Aber Herr Ka., Sie wollen doch nicht allen Ernstes sagen, dass Sie durch die arglistigen Täuschungen Ihre Ehefrau nicht auch zu einem Opfer wurden?"

„Also das ist doch wenig zu dramatisch formuliert. Sehen Sie, wenn Rosa ihre Anfälle bekam, habe ich zugesehen, dass sie sich während ihrer Krämpfe nicht wehtat. Zum Glück krampfte sie zumeist recht kurz. Nach ihren Zuckungen hat Rosa dann häufig eine Weile geschlafen. In dieser Zeit habe ich mich zu ihr gesetzt und ein Buch gelesen oder mir die Seminararbeiten der Studenten angesehen. Das war keine so anspruchsvolle Arbeit, aber eine, die zeitaufwendig war. Dass ich in diesem Zusammenhang ein Opfer gewesen sein soll, kann ich nicht bestätigen. Wie schon gesagt, unter den Anfällen gelitten hat eher Rosa. Sie war das Opfer ihrer prekären Umstände. Aber irgendwann ist sie ja auch wieder zu sich gekommen und dann hatte sie zumeist einen unbändigen Hunger."

Jonathan Ka. sah zum Richter.

Es entstand eine Pause, bevor der Richter zu Jonathan Ka. nun etwas ungeduldig sagte: „Bei aller Loyalität gegenüber Ihrer geschiedenen Frau werden Sie doch zugeben, dass Rosa Ka. Sie getäuscht und in einem Ausmaß belogen hat, das Sie mitunter schockiert haben muss. Schließlich hat sie Ihnen Lügengeschichten um Lügengeschichten erzählt. Hat Ihnen, um es mal leger zu sagen, die Hucke vollgesponnen. Das muss Sie als Wissenschaftler doch schockiert haben?"

„Schockiert, Herr Richter, war ich nie. Aber oft erstaunt. Denn Rosa war wirklich grandios darin, sich Welt einzureden. Verstehen Sie, als Statistiker lebe ich in einer Welt, in der nur harte Zahlen gelten. Da kann ich mir nichts einreden oder gar Fakten erfinden. Könnte das doch möglicherweise fatale Auswirkungen haben. Rosa hatte andere Möglichkeiten, und zwar ohne Folgen für das Realgeschehen. Dafür habe ich sie manchmal beneidet. Denn sie war wirklich großartig darin, Geschichten zu kreieren. Und das Erstaunlichste für mich war, dass Rosa schon in dem Moment, da sie ihre Kreation kundtat, fest an sie glaubte. Ich weiß, wovon ich rede, denn ich hockte jahrelang nebenan in meinem Arbeitszimmer, während sie Legenden und Geschichten erfand, nicht nur für ihre Romane. Wenn sie nach ihrem Spiel auf dem Klavier oder dem stundenlangen Hören einer Bachsonate aufgeregt in mein Zimmer kam, um mir Neues aus ihrer Welt zu berichten, während ich zum zehnten Mal den Nettogewinn der Kohleindustrie im 19. Jahrhundert durchrechnete, weil die Parameter für das Ruhrgebiet noch immer nicht stimmten. Wenn Rosa in solch einem Moment die Tür öffnete und mir neuste Nachrichten aus ihrer imaginären Welt überbrachte, war ich froh, dass sie mir mit ihren Geschichten aus einer anderen Welt meinen Zahlenberg durchlüftete und damit Frischluft in mein Arbeitszimmer brachte. Verstehen Sie, das tat mir gut."

Der Richter unterbrach Jonathan.

„Herr Ka., wenn Sie die Geschehnisse als Wissenschaftler sachlich betrachten, werden Sie doch trotz all dem, was Sie hier zu Protokoll geben, zu den Schluss kommen, dass Ihre geschiedene Frau notorisch gelogen hat. Können Sie dem Gericht verständlich machen, warum Sie der Angeklagten nicht widersprochen haben? Sie wussten doch häufig, was die Angeklagte Rosa Ka. in solch einem Augenblick erzählte, war frei erfunden und damit unwahr."

„Auch das kann ich so nicht bestätigen. Für Rosa

waren ihre Geschichten und damit ihr kreiertes Leben wahr. Sie lebte und lebt in ihren Erzählungen. Und das Erstaunliche für mich war, wie zielstrebig sie daran arbeitete, ihre Fiktionen in ihr gelebtes Leben aufzunehmen. Sie zu verwirklichen, indem sie sie in ihr Gesamtkunstwerk überführte, das da Rosa hieß und noch immer Rosa heißt. Hätte ich ihr widersprochen und das auch noch in aller Öffentlichkeit, wo ihre Kreationen am häufigsten aus ihr heraussprudelten, ich hätte ihr die Chance genommen, mit sich selbst weiterzukommen. Hätte ihr vielleicht die Möglichkeit genommen, ihre gerade entstandene Idee in ihr Leben einzubringen. Heute nennt man solch eine Weise, mit seinem Leben umzugehen, Selbstoptimierung, oder romantischer ausgedrückt, Selbstverwirklichung.

Manchmal schien mir, Rosa verfolge einen geheimen Plan, einen, den sie selbst nicht kannte. Einen, der in ihrem Unterbewusstsein fortspielte, so wie sich ihre polyphonen Sonaten fortspielten. Ein Plan, der aus ihrem Inneren oft zur unrechten Zeit an die Oberfläche ihres Bewusstseins gelangte. Und zwar so unvorbereitet auch für sie selbst, dass sie erschrocken war, was da an Sagbarem wieder aus ihr heraussprach. Ich meine, mit welcher Zumutung sie sich nun wieder selbst unter Druck zu setzen begann.

Aber ich sollte nicht psychologisieren, denn was verstehe ich von solchen Sphären? Ich bin Statistiker und fand Rosas Zugang zu sich und zur Welt faszinierend. Ich war immer wieder erstaunt über die kreativen Ressourcen, aus denen heraus ein Mensch schöpfen kann. Insofern war ich Rosa verfallen. Ich versuchte, ihr einen Rahmen zu geben, damit sie nicht abstürzte, wenn sie wieder einmal über einen ihrer

Abgründe balancierte. In diesem Sinne war ich auch ihr Komplize."

Jonathan machte eine Pause und sah zur Decke im Gerichtssaal. Er folgte dem Muster des Stucks: ineinander geschlungene Kreise, die in ungleichen Abständen zur Mitte hin aufbrachen, um einige Zentimeter weiter – scheinbar zufällig – sich wieder schlossen, sodass ihr Bruch die eigentliche Kontinuität schien, wenn man nur lange genug hinsah.

Der Richter nutzte die entstandene Pause und unterbrach Jonathan: „Hat es Sie nie gestört, dass die Angeklagte ihre gemeinsamen Freundinnen und Freunde „hinters Licht" geführt hat, um es mal salopp auszudrücken?"

„Hinsichtlich dieser Tatsache war ich wirklich oft zwiegespalten. Aber bald wusste ich aus Erfahrung, etwa drei Viertel all ihrer Fiktionen wird Rosa nach und nach in der Wirklichkeit realisieren. Den Rest wird sie geschickt wegwischen. Darin war sie eine Meisterin."

Jonathan sah zu Rosa und lachte.

Der Richter wandte sich an die Verteidigerin: „Haben Sie noch Fragen an den Zeugen?"

Die Verteidigerin stand auf und dankte Jonathan Ka. für seine ausführlichen Schilderungen, die ihres Erachtens ganz bestimmt zum besseren Verständnis ihrer Mandantin beitragen würden.

Der Richter dankte dem Zeugen für sein Erscheinen ebenfalls und beendete die Zeugenbefragung.

36

Es hat aufgehört zu graupeln. Für einen Hofgang ist es eigentlich schon zu spät. Dennoch gestattet mir Erna, die Vollzugsbeamtin, einen Rundgang im Innenhof. Ich habe ihr irgendwann einmal erzählt, wie sehr ich diese Hofgänge genieße. Egal wie scheußlich das Wetter ist. Vermitteln sie mir doch meine flüchtig hinterlassenen Fußabdrücke auf dem stets auch mit Sand bedeckten Asphaltweg, die Illusion, den gegebenen Umständen hier nicht völlig ausgeliefert zu sein und selbst an diesem unwirklichen Ort mit mir in Verbindung bleiben zu können. Daher bestehe ich selbst bei miesem Wetter auf meinen Hofgängen. Ohne Rücksicht auf die Vollzugsbeamtinnen, die mich laut Vorschrift begleiten müssen, lasse ich nicht davon ab, bei jedem Sauwetter im Innenhof meine Runden zu drehen.

Je länger ich in der Untersuchungshaft einsitze, desto wichtiger werden mir diese Hofgänge. Das Gehen auf festem Grund hilft mir, mich und meine Gedanken zu sortieren. Denn habe ich erst einmal das richtige Schrittmaß gefunden, in dem ich mein Problem auf dem Hof herumtragen kann, entwirrt sich nach und nach das Gewusel in meinem Kopf wie von selbst. Im Grunde genommen ist der Takt, für den ich mich während des Gehens letztlich entscheiden muss, die eigentliche Herausforderung dieser Spaziergänge. Erst der gefundene Takt bringt durch sein Gleichmaß Ordnung in meinen Kopf. Habe ich meinen Schritt dann endlich gefunden, laufe ich in der immer gleichen Geschwindigkeit, bis ich das Gedankenknäuel entwirrt habe. Manchmal brauche ich dafür die ganze Stunde meines Freigangs. Manchmal reicht sie nicht aus.

Die Vollzugsbeamtinnen quittieren mein Vorgehen nicht selten mit Kopfschütteln. Was mich nicht davon abhält, mich voll und ganz auf mein Schrittmaß zu konzentrieren. Denn oft braucht es halt Geduld, bis ich den Anfang des Gedankenwirrwarrs gefunden habe, von dem her sich ein Faden aufnehmen lässt, um das in sich verheddert Knäuel aufzuräufeln. Ein Faden, auf dem sich all diese absurden Abläufe und Anforderungen des Gefängnisalltages fädeln lassen. Einer, der mir das Gefühl gibt, dieser Situation hier drinnen nicht völlig hilflos gegenüber zu stehen.

Anders gesprochen: Meine Hofgänge sind mein Bestreben, mit mir selbst unter extremen Umständen in Verbindung zu bleiben und mein Leben unter ungewöhnlichen Umständen nicht völlig aufgeben zu müssen. Was bedeutet, gegen den Irrwitz meines hiesigen Daseins anzugehen. Und das im wörtlichen Sinn des Wortes. Nicht mehr, aber auch nicht weniger. Der Gefängnishof wird damit zu einem Ort, an dem ich meine Gegenwelt zu erschaffen versuche, indem ich Runde um Runde gegen die Tatsachen anlaufe, mit dem Ziel, nicht durchzudrehen.

Darüber hinaus werden diese Hofgänge eine Chance, meinen Kopf auch weiterhin zu trainieren. Habe ich doch über die Jahre gelernt, wie wichtig es ist, ihn regelmäßig und möglichst zu einer bestimmten Zeit zum Denken zu zwingen. Denn nur so bequemt er sich, Neues zu kreieren. Ich nenne dies Kopfhygiene. Sie ist mir wichtig. Nein, sie ist absolut notwendig. Schließlich muss ich vom Geschichten-Erfinden leben. Nicht nur als Schriftstellerin, wie es sich über die Jahre ergeben hat. Mein Kopf war und ist mein einziges Kapital. Ich kann es ruinieren oder ich kann mit diesem Kapital mein weiteres Leben kreieren.

Will ich überleben, durfte und darf ich also Ermüdungserscheinungen meines Kopfes nicht hinnehmen. Ich muss ihn trainieren, immer weiter trainieren, auch unter extremen Umständen wie diesen hier. Dabei darf ich ihn keinesfalls zu einem ungeschützten Zustand seiner selbst führen. Ich muss ihn auf der Grenze zwischen hier und drüben hin- und herbalancieren. Ich muss das Gleichgewicht zwischen ihm und mir suchen und es dann vor allem auch halten. Denn in dieser nun anbrechenden Zeit werden wir – mein Kopf und ich – uns noch einmal aufs Neue erfinden müssen. Nur so werden wir uns einander durchbringen können und an anderem Ort noch einmal auferstehen, um zu überleben.

Das aber heißt: Spuren verwischen, um Spuren zu ziehen. Was bedeutet: Ab heute werden wir sein, was wir spielen.

Ich werde also nicht zu Kreuze kriechen
Herr
jetzt
wo alles endet.

Nein,
ich werde auferstehen
noch einmal.
In einem anderen Gewand
werde ich durch neue Zeit gehen.

Am Anfang wird diesmal MEIN Wort stehen
und ein Name:
entstanden
aus dem Klang der Dinge
die ich nie besessen
und die ich dennoch jetzt verliere.

In seinem Echo
wird ein Verlorensein widerhallen
das mich tragen wird
durch die Jahre
die da kommen.

Ich werde nicht zu Kreuze kriechen,
Herr.
Ich werde aufstehen
und mich ab sofort
Rosalie *nennen.*

Ich werde außer Nora keine Verwandten haben, weil sie in einer anderen Zeit längst verstorben sind. Und obwohl auch Nora vor zwei Jahren bei einem Autounfall in Kalifornien umkam, wird sie doch nicht nur in meinen Romanen als meine einzige Verwandte bei mir bleiben. Denn Nora gehört zu mir und zu meinem Klavier.

Manchmal, wenn ich ihr nahe sein möchte, fahre ich zu unserem Haus, das unser einmal war. Ich setze mich auf den Holzsteg am See, den wir angelegt haben, damals, in nochmals anderer Zeit: als der Eiserne Vorhang noch nicht durch Stacheldraht und Minen versuchte, uns voneinander zu trennen. In der Dämmerung sehe ich unser Haus. Ich höre den Dreiklang, bestehend aus meiner Gottverlassenheit, aus Nora und meinem Klavier. Ich erinnere, wie wir vierhändig gespielt haben. Erinnere, wie Magda mir geduldig meinen Fingersatz korrigierte, damit ich das Tempo der Bachschen Fuge bewältigte. Ich sehe Nora auf der großen Treppe stehen, höre sie die Echo-Arie aus dem Weihnachtsoratorium singen: „Nein, du sagst selber nein", und ich antworte vom Flur unten im Erdgeschoss: „Nein – ja – nein." Wir üben die Tempi, bis sie beinahe stimmen.

Nahe am Bootssteg bleibt eine Spaziergängerin stehen und sieht zu mir. Wahrscheinlich habe ich nicht nur in Gedanken gesungen. Das passiert öfter. Ich sehe zu der Frau. Sie lächelt und geht weiter.

Bald nach Noras Unfall in den Staaten wurde unser Haus verkauft. Ich hatte keinerlei Chance, es zu erben. Obwohl es von Rechts wegen hätte möglich sein können. Ich saß hinterm Eisernen Vorhang in meinem Glashaus und zauberte aus der hohlen Hand Geschichten, die meine werden sollten. Jonathan brachte mir Lammfleisch und warme Decken. Nachts kreuzten Scheinwerfer über dem Glasdach. Exakt begrenzten sie meinen Himmel und befreiten mich von meinem Willen, das mir zugewiesene Areal zu verlassen. Aus unbestimmter Ferne leuchteten sie und blendeten selbst den Widerschein eines Willens aus, der meiner hätte werden können. Bevor es dämmerte in der

Frühe, schaltete eine unsichtbare Hand ihr Licht ab. Danach kam die Herrschaft vorbei und befahl dem Zaunkönig und der Amsel, wieder zu singen. Sie taten, was von ihnen verlangt wurde, und jubilierten für mich in den heller werdenden Tag.

Auf welches Erbe hätte ich von Rechts wegen bestehen sollen? Beschützt vom Sicherheitspersonal am Hofe, das es gut mit mir meinte, wie Jonathan und die gesamte Familie befunden hatten? Was überhaupt bedeutet von Rechts wegen in einer Diktatur? Vielleicht am ehesten: Herrschaft von Willkür. Daher wäre es theoretisch ja sogar möglich gewesen, das Haus zugesprochen zu bekommen. Doch Jonathan hätte ein Beharren meinerseits auf diesem Erbe nicht verstanden und die Familie hätte meine Impertinenz und Undankbarkeit nicht toleriert. Also gab ich nach. Aber ich gab nicht auf.

Unser Haus konnte mir schließlich keiner nehmen. Niemand kannte es besser als ich. Nora und ich hatten es zusammen eingerichtet. Wir haben die Möbel, die Teppiche, ja selbst das Küchengeschirr gemeinsam ausgesucht. Wir haben unser Haus bewohnbar gemacht als einen Ort, der unser werden sollte. Unter allen Umständen. Ein Ort aus einem Früher, auf dem wir bestehen wollten, um gemeinsam, aber auch einzeln auf ihn zugehen zu können. Damals und zu jeder Zeit. Also auch heute. Ich konnte unser Haus nicht verlieren. Ich besaß es von Rechts wegen ja nie. Gerade deshalb konnte ich es auch all die Jahre, da ich festsaß hinterm Eisernen Vorhang, betreten. Als Zufluchtsort für mich konnte ich in ihm wohnen, wenn sonst gar nichts mehr ging. Davon konnte mich keine Demarkationslinie abhalten. Schließlich hatte ich mich auf ihr längst eingerichtet. Hatte, nachdem der Eiserne Vorhang durch seine Minenfelder und Selbstschussanlagen nur in Todesgefahr überwindbar geworden war, meinen Weg gefunden, ihn doch zu überwinden. Denn ohne unser Haus am See hätte ich die Zeit vor und erst recht hinter der Mauer nicht überstanden. Unser Haus war und bleibt mein Zuhause. Dorthin konnte und kann ich zurückkehren, um auf andere Weise wieder auf mich zuzugehen. Damals wie heute.

So stand ich nach dem Fall des Eisernen Vorhangs wieder im Dreiklang meiner Gottverlassenheit. In diesem Klangraum musste ich erneut kreieren. Hing doch von mir und meinen Geschichten auch weiterhin mein Leben ab. Daher musste ich auf Teufel komm mit gegen die Tatsachen angehen. Musste noch einmal die Augen verschließen und darauf beharren, dass nichts geschehen ist, obwohl doch schon alles geschehen und erst im Nachhinein zu verstehen war. Jedenfalls für mich. Denn ich verstand bald, dass das Leben es mit mir auch gut gemeint hatte. Ich begriff, dass die neue, nun herrschende Schicht des Landes unterhalten werden wollte. Und das endlos und auf niveauvolle Weise. Dafür hatte ich gute Voraussetzungen. Schließlich war das Geschichtenerfinden inzwischen meine Profession geworden. Und ich verstand bald, am meisten liebten die nun Herrschenden des Landes authentische Geschichten. Sie zu erfinden und sie in mein Leben zu überführen, war schließlich längst die Grundlage meiner Selbstverwirklichung, lange bevor dieser Terminus für eine Massenbewegung in Mode kam. Darüber hinaus war ich in meinem Vor-mich-hin-denke-Spiel nicht nur in einer anderen sozialen Schicht gelandet, sondern auch noch in einer über die Grenzen der

Diktatur hinaus bekannten, hochkultivierten Familie. Ich war daher jemand, auf den die nun Herrschenden neugierig waren. Ich sprach kulturell ihre Sprache. Ich kannte ihre Codes, ihre Moden, ihre Musik, ihre Art, durch Museen und Galerien zu gehen. Insofern konnte ich mich frei unter ihnen bewegen und ihnen von einem fernen, einem fremden Land erzählen.

„Stopp, Rosa. Stopp. Die Zeit für Ihren Hofgang ist bereits mit mehr als zehn Minuten überschritten."

Ich brauche einen Augenblick, bis ich Erna mit der Stimme in Verbindung bringe, die mein Schrittmaß gerade unterbrochen hat. Ich füge mich ihr ohne jeden Kommentar, der ein Protest werden könnte. Während wir die Treppen hochsteigen, erinnert Erna mich, dass der Prozesstermin morgen um 10 Uhr beginnen wird. Ich nicke und gebe ihr zu verstehen, dass ich den Termin nicht vergessen habe.

37

Ich habe schlecht geträumt. Was, so schien mir, nichts mit Carl Baumann zu tun hat. Oder doch? Es stimmt, wir hatten eine gute Zeit. Nein, wir haben nicht miteinander geschlafen. Wir hatten etwas, das viel nachhaltiger war, wir hatten einen Ort kreiert, an dem ich Nora damals sehr nahe sein konnte. Es war diese Erinnerung an jene Monate, in denen Carl und ich – im wörtlichen Sinne – an einem Zuhause gebaut haben, einem, das mir bleiben sollte. Zumindest auf jenem Zelluloid, auf dem Spielfilme damals gespeichert wurden. Wieder und wieder habe ich mir in den 90er Jahren unseren Film angesehen. Zunächst auf Videokassette, später, als man die CD-ROM erfunden hatte, konnte ich mein Zuhause auf jedem Laptop abrufen. Nachdem ich gelernt hatte, die CD auf meiner Festplatte zu speichern, konnte ich mein Zuhause auch noch mit mir herumtragen. Ich konnte es betreten, wann immer ich auf den Button HOME klickte, um mich in meinem Zuhause niederzulassen. Manchmal, wenn ich nicht wusste, WOHIN, blieb ich in meinem HOME und genoss mein

Zuhause in Spielfilmlänge, bis mir die Batterie anzeigte, dass mein Notebook bereits auf Reserve arbeitete. Bald diente dieser Streifen Zelluloid nicht nur mir als Beweis für meine Vergangenheit, in der ich Erinnerungskammern aufschließen konnte. Aber auch wieder zuschließen, wenn die Angst zu groß wurde, dass mir meine Vergangenheit wie ein trocknes Stück Brot in den Händen zerbröselte. Ich hatte also ungeheures Glück, meine Vergangenheit und Herkunft vorführen zu können.

Damit sie jedoch meine blieb, musste ich weiter an ihr mitwirken. Dafür brauchte ich neue Geschichten und die Kraft, mich meinen eigenen Illusionen anzuvertrauen, die mich in diesem neuen Leben hielten. Ich brauchte also neue Kleider, neue Schuhe, Schuhe, die mich durch neue Zeit tragen konnten. Ich brauchte neue Jacken und Tücher. Ich brauchte neue Sonnenbrillen, hinter denen ich mein Gesicht verbergen konnte. Kurz: Ich brauchte einen neuen Stil! Darüber hinaus musste ich mir mir bis dahin unbekannte Dichter und Maler, Komponisten und Dirigenten und ihre Werke kennenlernen und aneignen. Künstler, von denen ich hinter dem Eisernen Vorhang nie gehört hatte. Ich brauchte also Zeit, um die Zeit einzuholen, die mich ankommen ließ in der neuen Gegenwart, und zwar so, dass ich meine erzählte Vergangenheit bewahren konnte. Und erfreulicherweise war ja vieles von meinem erfundenen Leben inzwischen zu Tatsachen gewandelt geworden. Carl Baumann, der heute hier als Zeuge geladen ist, hat viel dazu beigetragen, wofür ich ihm dankbar bleibe.

· · ·

Nachdem ich durch die Haupttür zum Gerichtssaal geführt werde, sehe ich Carl am Fenster zum Hof stehen. Als er mich bemerkt, zwinkert er mir mit seinen noch immer lustigen Augen zu. Ich kann mir ein Lachen nicht verkneifen. Später, als Carl den Gerichtssaal durchschreitet, scheint er mir noch magerer geworden zu sein, als ich ihn in Erinnerung habe. Wahrscheinlich raucht er noch mehr als früher. Hat er doch, wie viele Regisseure im vereinten Deutschland, nie wieder richtig Fuß fassen können, auch weil das Studio für Spielfilme, das sein Zuhause war, bald abgewickelt worden ist.

Als endlich die Türen des Gerichtsaal geschlossen waren, begann die immer gleiche Fragerei, auf die Carl brav beantwortete. Nachdem er erklärte hatte, dass er seine selbstständige Tätigkeit als Regisseure vor zwei Jahren aufgeben hatte, weil sich für keines seiner Exposés Geld zur Produktion finden ließ, begannen die eigentlichen Fragen:

„Woher kennen Sie Rosa Ka.?"

„Sie hat mir einen Brief geschrieben, in dem sie ein Exposé für einen Film vorschlug. Ich fand ihre Filmidee interessant. Das war ein Jahr, bevor der Eiserne Vorhang fiel. Später erfuhr ich dann, dass ihr Exposé auf der Grundlage eines ihrer Romane geschrieben war. Die Zensurbehörde hatte die Veröffentlichung des Buches nicht erlaubt. Das machte mich neugierig auf ihren Text. Nachdem ich den unveröffentlichten Roman gelesen hatte, machten wir uns gemeinsam an den Entwurf eines Exposés zu einem möglichen Spielfilm, der politisch harmlos daherkommen sollte, damit er von der Zensur genehmigt werden konnte. Und wir hatten Glück. Unsere Filmskizze ging durch die Behörde. Wir bekamen beide ein Visum für Westberlin und konnten mit den Recherchen beginnen. Ich erinnere mich noch gut. Wir fuhren über eine Stunde durch Westberlin Richtung Zehlendorf, bevor wir vor dem Haus am See standen, das Nora und damit Rosa einmal gehört hatte."

Der Richter unterbrach Carl Baumann und sagte: „Aber das Haus war doch gar nicht das Eigentum der beiden, wie sich später herausstellte. Fühlten Sie sich da nicht getäuscht? Schließlich hat die Angeklagte Sie doch – wie so viele andere Menschen auch – belogen. Oder salopp gesprochen: an der Nase herumgeführt?"

„Auf die Idee, dass dies nicht das Haus der beiden sein könnte, war ich ehrlicherweise nicht gekommen. Für den Film war das auch nicht wichtig. Wichtig war, dass das Haus etwa dem entsprach, das Rosa in ihrem Exposé beschrieben hatte. Noch vor Ort hat sie sehr detailliert über die ehemalige Innenausstattung des Hauses gesprochen, sodass nichts Unstimmiges an ihrer Erzählung zu finden war. Selbst der von ihr im Exposé beschriebene Bootssteg entsprach dem, was wir dort vorfanden. Ob es nun tatsächlich das ursprüngliche Haus war, vor dem wir standen, war für den Film unwesentlich. Es war der Plot, der stimmte. Das Haus selbst konnten wir aus Sicherheitsgründen ohnehin nicht besichtigen, war es doch inzwischen die Residenz einer amerikanischen Firma. Aber, wie schon erwähnt: Für unseren Film war das unerheblich.

Als wir dann im Filmstudio Babelsberg die Kulisse des Hauses bauten, war Rosa zumeist anwesend. Es war ihr wichtig, dass ihre Ideen mit einflossen in den Bau. Da ihre Vorschläge stringent waren und meinen Vorstellungen entgegenkamen, hatte unser Team alle Freude, ein Haus nachzubauen, an dem Rosa emotional hing.

Der Film kam dann ein Jahr nach dem Mauerfall in die Kinos und hatte einigen Erfolg, sodass er später wiederholt auch im deutschen Fernsehen gezeigt wurde. Auf diese Weise wurde das von uns nachgebaute Haus einem Publikum bekannt. Es bekam eine Öffentlichkeit. Viele Zuschauer und die Medien fragten nach und identifizierten unser Haus mit dem Originalhaus. So konnte leicht der Eindruck entstehen, wir hätten im Originalhaus gedreht. Dem widersprachen wir nicht.

Bald fragte niemand mehr nach einem Original bzw. nach einer Kopie. Und so wurde unser in Babelsberg gebautes Haus zu dem von Rosa und Nora, jenem Haus, das kurz vor dem Mauerfall verkauft worden war. Später, als dann Rosas Roman erschien, auf dessen Grundmotiv die Filmerzählung ja beruhte, wurde das Image von unserem Haus mehr und mehr zu einem imaginären Ort. Jeder Leser und Zuschauer konnte seine eigenen Vorstellungen und Ideen dazugeben. Warum auch nicht? Ein abgedrehter Film oder ein veröffentlichtes Buch gehören dem Publikum. Dafür werden sie doch gedreht bzw. geschrieben.

Oder nicht?"

Carl Baumann unterbrach sich und schaute zunächst zum Richter und dann spitzbübisch zu Rosa.

Der Richter nutzte die Pause, um Frau Schultz, die Verteidigerin, zu fragen, ob sie zu den Ausführungen des Zeugen noch etwas hinzufügen hätte. Frau Schultz schüttelte den Kopf, bevor sie laut und vernehmlich „Nein" sagte.

Der Richter dankte Carl Baumann für sein Erscheinen und gab bekannt, dass die nächste Zeugenbefragung erst um 14.00 Uhr angesetzt sei, da der Zug aus Zürich, mit dem Zeugin angereist sei, Verspätung hätte.

38

Lea Finkelstein aus Zürich wiederzusehen, wenn auch unter diesen absurden Umständen, freut mich sehr. Ich habe Lea kurz nach dem Fall des Eisernen Vorhangs kennengelernt. Sie ist eine Freundin von Tatiana Sukkow, Magdas Mutter. Ich erinnere mich noch gut an das Gespräch, das Tatiana damals nach der Trennung von Jonathan mit mir geführt hat. Sie wusste, dass ich beinahe mittellos war, auch weil die Familie uneins blieb, mich nach der Trennung von Jonathan zumindest vorübergehend finanziell zu unterstützen. Tatiana Sukkow riet mir eindringlich davon ab, als freischaffende Künstlerin meinen Lebensunterhalt verdienen zu wollen. Als sie einsah, dass ich nicht umzustimmen war, bot sie mir an zu helfen und eine Literaturagentur für mich zu finden. Eine, die es verstand, meine Bücher zu vermarkten. Ohne eine Agentur, davon war Tatiana Sukkow überzeugt, würde ich es nicht schaffen, vom Geschichtenerzählen zu leben. Was für sich genommen schon ein Unding sei, wie sie meinte. Als Geigerin wisse sie, wovon sie rede: Ohne Geld und ohne Beziehungen ginge in dieser Branche gar nichts.

Sie kenne in der Schweiz eine Agentin, mit deren Bruder habe sie eine Zeitlang in Quartett gespielt. Diese Agentin würde mir helfen können. Sie sei in den 1950er Jahren aus Ostberlin über Westberlin in die Schweiz geflohen. Eben dort habe sie eine Literaturagentur gegründet. Sie wisse um die Schwierigkeiten von Künstlern, die hinter dem Eisern Vorhang lebten. Lea war stets bereit, Ostflüchtlingen zu helfen, wenn sie in die Schweiz kamen, wie Tatiana Sukkow versicherte.

Magdas Mutter schrieb also einen Brief an Lea Finkelstein, später schickte sie ihr mein unveröffentlichtes Manuskript. Einige Zeit danach rief mich Lea Finkelstein an und fragte, ob ich nicht Lust hätte, sie in Zürich zu besuchen?

Nur zwei Wochen später saß ich im Nachtzug nach Zürich. Als ich ausstieg, stand auf dem Bahnsteig unweit der Treppe eine Mitarbeiterin von Lea mit einem großen Pappschild, auf dem mein Name stand. Ich war erleichtert, wie unkompliziert meine Ankunft war.

Ich blieb drei Monate bei Lea. Sie hatte mir angeboten, dass ich mich in ihrem Haus vom Fall des Eisernen Vorhangs und von den Wirren, in die ich danach geraten war, erholen sollte. Ich täte ihr damit einen Gefallen. Erstens habe sie gern Besuch in dem für sie zu großem Hause. Zweitens wäre es gut, wenn wir diese oder jene Stelle im Roman noch einmal persönlich miteinander besprächen. Das sei viel angenehmer und effizienter, als wenn wir Briefe zwischen Berlin und Zürich hin und her schicken müssten.

Die Wochen bei und mit Lea taten mir gut. Ihre Wärme und ihr Zuspruch halfen mir, mich mit mir neu zu besprechen.

Abends ging ich häufig auf den Zürichberg. Von dort auf den See blickend versuchte ich, die Zeit, aus der ich hinauslief, in eine neue zu binden und achtzugeben, mein bereits erzähltes Leben nicht zu verlieren.

Dabei halfen mir die Gespräche, die Lea und ich nicht nur über mein Manuskript führten, sehr. Oft nahm ich unsere Gespräche mit auf den Zürichberg und setzte sie als Selbstgespräche fort. Allmählich verstand ich, dass ich eigentlich viel Glück hatte in meinem Glashaus hinter dem Eisernen Vorhang, in dem mich Jonathan einquartiert hatte und mir Lammfleisch, warme Decken und Bücher aus vieler Herren Länder anschleppte. In diesem meinem Versteck konnte ich Geschichten um Geschichten erfinden und hatte, als die Moderne und damit andere Zeit über mich kam, einen Roman zustande gebracht.

In diesem Roman nahm das Haus, das Carl Baumann und ich im Filmstudio nachgebaut hatten, bekanntlich eine wichtige Rolle ein. Doch was im Roman eher zufällig ein Teil der Story war, konnte nun für die Neuzeit konstituierend werden. Denn in der Moderne ein Haus zu haben, ist elementar. Spiegelt der Besitz eines Hauses doch mehr als einen simplen Fakt. Ein Haus zu haben, ist ein Code! Er spricht von sozialer Zugehörigkeit und von Herkunft. Ob es sich dabei um ein verlorenes Haus handelt oder um ein vorhandenes, das man bewohnt, ist in diesem Zusammenhang egal. Ein Haus bleibt ein Haus! Verloren oder nicht verloren. Und mein Haus aus dem Roman stand nicht irgendwo, sondern in einer als gutbürgerlich notierten Gegend von Berlin. Während ich den Roman schrieb, war dieser Umstand nicht wirklich bedacht. Er kam eher zufällig zustande, weil Magdas Tante Hellen mit uns im Sommer nach der Musikschule häufig zum Baden an den Schlachtensee fuhr. Nun aber bekam sein Standort eine andere, eine neue Bedeutung, die für mein künftiges Dasein in der Moderne grundlegend werden sollte. Wenn, ja wenn es mir gelingen würde, in mein verlorenes Romanhaus einzuziehen. Ich es also schaffen würde, mir mein kreiertes, dann aber verlorenes Eigentum zumindest ideell anzueignen.

Auf dem Zürichberg sitzend, in überschaubarer Ferne zum See, wurde mir klar: Ich hatte hinter dem Eisernen Vorhang längst begonnen, an meiner Zukunft zu bauen. Ich musste nur genügend Kraft und Fantasie aufbringen, das eine Haus in das andere zu schieben: Ich musste das Romanhaus mit dem Filmhaus in eins setzten und mir mein verlorenes, nun imaginäres Haus wieder aneignen, um mich in ihm einrichten zu können. Ich musste meine Erzählung in eine neue Wirklichkeit überführen, mit der Absicht, dass sie meine werden konnte. Das bedeutete, ich musste meine durchs Erzählen ins Leben gesetzte Welt ein wenig anders justieren und mich in meinen Roman einleben.

Wie ich bald erfahren sollte, halfen mir dabei die Leser und Zuschauer. Hatte mir doch die Agentur zahlreiche Lesungen organisiert. Die vielen Fragen, die das Publikum an mich richtete, gaben mir die Chance, zu antworten und mich an mein neues Dasein in nun anderer Zeit zu gewöhnen. Denn durch das ständige Wiederholen-Müssen vergegenwärtigte sich mir mein niedergeschriebenes Leben von Mal zu Mal stärker. Was bedeutete, es prägte sich mir ein. Zudem fielen mir während des Antwortens auf die Zuschauerfragen und des Erklärens spontan noch viele Details ein, die den Zuhörern die Geschichten verdeutlichen sollten. Diese Lesungen trugen viel dazu bei, dass ich nach und nach sicherer wurde mit mir und mit meinem durchs Erzählen kreierte Leben in der Moderne.

Was ich damals auf dem Zürichberg sitzend nicht ahnte, war, um wieviel schwieriger es werden würde, auch weiterhin gegen die Tatsachen zu leben. Und schon gar nicht konnte ich mir vor vorstellen, welch enorme Energie ich aufzubringen hatte, meine Gegenwelt durchzuhalten all die Jahre.

Als die Zeugin Lea Finkelstein aufgerufen wurde, betrat eine kleine, zierliche Frau von mehr als 70 Jahren den Saal. Sie hatte schneeweißes Haar. Langsam, beinahe vorsichtig, durchschritt sie den Raum. Mit der rechten Hand stützte sie sich auf einen Gehstock. Rosa kannte ihn noch aus Zürich. Er hatte einen Knauf aus Silber, in dem allerlei Weinblätter eingraviert waren.

Nachdem der Richter seine formellen Fragen abgefragt hatte, kam er zum eigentlichen Teil seines Interesses: „Wann haben Sie davon erfahren, dass Rosa Ka. Ihnen über ihr Leben nicht die Wahrheit erzählt hat? Dass sie Sie von Anfang an belogen hat?"

„Ich ahnte, dass sie vieles erfunden hatte," sagte Lea. „Gott sei Dank hatte sie die Fantasie dazu und auch noch die Kraft, ihre Geschichte zu leben. Wenn sie Teile ihres Lebens nicht erfunden hätte, wäre Rosa zugrunde gegangen. Warum also sollte ich eine Künstlerin zerstören?

Meine Aufgabe bestand doch eher darin, sie und damit ihr kreiertes In-der-Welt- Sein zu stabilisieren. Schließlich hatte sie es geschafft, unter den Bedingungen einer Diktatur sich mit viel Einbildungsvermögen ihre eigene Welt zu bauen. Sollte ich diese Welt durch irgendwelche Fragerei nach Wahr oder Unwahr zunichtemachen? Damit hätte ich letztlich Rosa zerstört. Wem hätte das genutzt? Schließlich hat sie durch ihre Geschichten niemandem geschadet. Rosa hatte ihr Narrativ glaubhaft beschrieben und auch noch die Kraft gehabt, es zu leben. Dabei hat sie mit viel Intensität und emotioneller Genauigkeit erzählt, was sich zutrug in jener Zeit. Ihre Erzählungen hatten literarische Qualität. Und darum ging es doch, jedenfalls mir als Literaturagentin. Ihre Geschichten wollte ein Publikum lesen, wie die Anzahl der verkauften Bücher zeigte. Rosa hat die Menschen unterhalten. Und Menschen wollen unterhalten werden. Zugleich hat Rosa mit viel Genauigkeit die Bedingungen der Brutalität beschrieben, unter denen Kinder im Kalten Krieg heranwuchsen, und damit die Folgen psychologischer Zerstörungen sichtbar gemacht, denen Kinder unter diktatorischen Machtverhältnissen ausgesetzt waren.

Dass Rosa ihre erzählten Geschichten auch noch gelebt hat, ist nichts Ungewöhnliches bei Schriftstellern. Nicht wenige von ihnen waren Gast in meinem Haus. Sie wohnten im selben Zimmer, in dem Rosa gewohnt hat, sie schliefen im gleichen Bett, in dem auch Rosa geschlafen hat.

In der Tat, nicht alle Autoren erlebten ihre Geschichten so intensiv, wie Rosa sie gelebt hat. Aber sie ist bei Weitem nicht die Einzige. Das Besondere und zugleich Fatale in Rosas Leben war, dass sie nichts weiter hatte als ihr imaginiertes Leben und ihre Geschichten. Das habe ich nicht sofort begriffen. Heute weiß ich, dieser Umstand macht das Geheimnis und die Dringlichkeit aus, mit der Rosa ihre Romane erzählt."

Lea Finkelstein hob den Kopf und schaute zum Richter.

„Das wollte ich hier in diesem Prozess zu bedenken geben. Die Fantasie eines Menschen kann ihm auch das Leben retten."

Der Richter dankte der Zeugin für ihre Ausführungen. Dann meinte er mit festem Ton: „Bei allem Verständnis, das Sie der Angeklagten Rosa Ka. entgegenbringen: Ein Mensch muss letzten Endes bei der Wahrheit bleiben, egal, welchen kreativen Beruf er ausübt. Das gilt auch für die Angeklagte."

„Hohes Gericht", gab Lea Finkelstein zu bedenken, „ich bin zweimal in meinem Leben emigriert. Das erste Mal 1933, als die Nationalsozialisten an die Macht kamen, und ein zweites Mal 1953, als im 1. Arbeiter- und Bauernstaat russische Panzer nicht nur in Berlin aufständischen Arbeitern entgegenfuhren und sie erschossen haben. Ich habe also einige Erfahrung mit Emigrationen. Ich habe gesehen, wie sich Emigranten in ein Leben einübten, das sie für sich erfinden mussten, um sich selbst zu retten. Wie sie sich darin einrichten mussten und sich in ihr erfundenes Leben hineinspielten. Rosa lebte hinter dem Eisernen Vorhang in innerer Emigration und natürlich lebte sie da auch immer in der Luft und musste zusehen, nicht abzustürzen."

Der Richter ließ diesen Einwurf von Lea Finkelstein ohne jede Bemerkung im Raum stehen und schloss die Zeugenbefragung ab.

39

Ich bin froh, dass die nächste Verhandlung erst in zwei Tagen angesetzt ist. So kann ich die Freistunden genießen, in denen ich durch die vierbändige Ausgabe von Ingeborg Bachmann stöbere. Lea hat sie mir geschickt. Nach der üblichen Kontrolle durch die Vollzugsbeamten wurden mir die Bücher genau an dem Tag ausgehändigt, an dem Lea als Zeugin aussagte. Lea weiß, wie sehr ich die Bachmann liebe.

Es tut mir gut, in ihren Erzählungen zu lesen, bevor ich Gudrun Riechlinger nach Jahren wiedersehe. Frau Schultz, die Verteidigerin, hat mich informiert, dass sich Gudrun sehr bemüht hat, hier in diesem Prozess als Zeugin auszusagen.

Am Tag, an dem Gudrun Riechlinger dann den Gerichtssaal betritt, geht sie, nein, sie schreitet siegesgewiss in den Zeugenstand. Dabei würdigt sie mich keines Blickes. Sie trägt ein dunkelblaues, maßgeschneidertes Kostüm. Dunkelblau war schon in der Zeit des Studiums ihre bevorzugte Farbe. Da sie mir viele ihrer Sachen schenkte, befand sich die Farbe Dunkelblau bald auch im Überfluss in meinem Kleiderschrank. Ich habe nie recht verstanden, warum ich später Dunkelblau beim Kauf meiner Klamotten als Farbe nicht abgelehnt hatte. Wahrscheinlich, weil mir die Farbe ebenfalls stand. Aber um ehrlich zu sein, habe ich noch nie darüber nachgedacht.

Bevor der Richter seine Standardfragen stellte, war es für einen Augenblick absolut ruhig im Gerichtssaal. Gudrun genoss die Aufmerksamkeit des Publikums, soweit kannte Rosa ihre Körpersprache noch.

„Ihr Name ist Gudrun Riechlinger. Sie wohnen in Leipzig. Von Beruf sind Sie Finanzökonomin und arbeiteten bis vor Kurzem für ein Bankenkonsortium in Bulgarien?"

Nachdem Gudrun alle Fragen ordentlich beantwortet hatte, fragte der Richter: „Was hat Sie veranlasst, bei diesem Prozess als Zeugin aussagen zu wollen?"

„Ich kenne Rosa Ka. schon seit der Grundschule. Da war sie eher eine scheue und ängstliche Mitschülerin. Wir hatten über Jahre beinahe den gleichen Schulweg. Irgendwann auf dem Nachhauseweg räumte ich in meiner Schulmappe auf. Meine Mutter liebte aufgeräumte Schultaschen. Dabei warf ich mein Pausenbrot in die Mülltonne, die vor einem Gartentor stand. Rosa holte das Stullenpaket wortlos wieder heraus. Sie packte es aus, besah sich das Brot von allen Seiten. Dann biss genüsslich hinein. „Stullen mit Schinken esse ich gern", meinte sie. Seit jenem Tag schenkte ich Rosa häufig meine Pausenbrote. Gab mir meine Mutter doch immer reichlich von ihnen mit und war zufrieden, wenn meine Brotbüchse leer war, nachdem ich wieder ankam zu Hause. So freundeten sich Rosa und ich an.

Einmal schenkte ich Rosa auch einen Wintermantel.

Der, den sie trug, war zu dünn. Sie fror, das war zu sehen. Meiner Mutter erzählte ich, dass ich meinen Mantel hatte liegen lassen, aber nicht mehr wisse, wo. Wortlos kaufte sie mir einen neuen.

Später verlor ich Rosa aus den Augen. Sie wechselte die Schule.

An der Universität trafen wir uns dann wieder. Rosa war noch verschlossener und zurückhaltender als früher. Sie blieb auch hier eher eine Außenseiterin. Wir waren nicht mehr befreundet. Wir kannten uns halt aus Kindertagen. Das verband uns natürlich. Auffällig war, dass Rosa wie schon früher ziemlich abgetragenen Sachen anhatte. Da wir zu dieser Zeit noch immer fast eine Konfektionsgröße hatten, schenkte ich ihr bald ohne viel Worte wieder Jacken, Pullover oder Jeans, mit denen mich meine Mutter auch weiterhin reichlich versorgte.

Nach der Universität verloren wir uns aus den Augen. Ich ging nach Moskau und studierte an der Lomonossow-Universität zusätzlich das Fach Außenhandel und kam erst nach dem Sturz von Gorbatschow nach Deutschland zurück. Das war Anfang 1992.

Zu dieser Zeit traf ich Rosa zunächst nicht persönlich. Aber ich las ihre Bücher und hörte im Radio Interviews, die sie den verschiedenen Sendern gab. Und was ich da hörte, erstaunte mich zunächst. Dann empörte es mich. Denn ich lernte eine Rosa kennen, die es nach meiner Kenntnis in Wirklichkeit nie gegeben hatte.

Ihre Story ging so: Sie, Rosa Ka., wuchs hinter dem Eisernen Vorhang in einer privilegierten bildungsbürgerlichen Familie auf. Ihre Kultur prägte sie. Soweit das im 1. Arbeiter-und Bauernstaat möglich war, lebte sie die kulturellen Werte ihrer Familie und verinnerlichte sie. Von zu Hause aus wurde sie dazu angehalten, sich in der Öffentlichkeit politisch möglichst unauffällig zu verhalten, nicht allzu kritische Fragen zu stellen und nur selten negative Kommentare abzugeben. In der Familie könne und solle sie über alles sprechen. Aber eben nicht im öffentlichen Raum. Daran hielt sie sich und machte es sich zu einem persönlichen Sport, wie sie sagte, die Geschwindigkeit des Übergangs von dem offiziell geforderten Verhalten zu dem in der Familie gelebten Verhalten zu trainieren.

Da sie, Rosa Ka., zwangsläufig jedoch ihr Leben im 1. Arbeiter- und Bauern Staat, zu führen hatte, wie sie zumeist spöttisch sagte, musste sie auch dessen soziale Werte lernen. Mehr noch: Sie musste vorgeben, sie zu leben. Ohne die scheinbare Einhaltung dieser Werte hätte sie weder ihr Abitur machen können, noch wäre sie zu einem Studium zugelassen worden. Denn nur, O-Ton Rosa Ka: „Die Besten, also die, die später dem Staat dienen wollten, sollten mit der Möglichkeit belohnt werden, sich Wissen aneignen zu können. Da ich", weiter O-Ton Rosa, „alle Prüfungen des opportunistischen Konsenses bestanden hatte, die im 1. Arbeiter-und Bauern Staat zu bestehen waren, konnte ich meinen wissenschaftlichen Ambitionen nachgehen. Ich kannte mich daher aus in beiden Lebensweisen. Ich verstand die Codes des Bürgertums. Ich sprach seine Sprache. Ich wusste um seine Werte, die auch in unserer Familie gelebt wurden. Aber ich kannte eben auch die Werte der von Dogmen geprägten Welt, in der die Partei immer recht hatte. In ihr lief ich scheinbar angepasst umher und tat, was zu tun die Regel war.

Dieses mir, Rosa Ka., aufgezwungene Doppelleben kam

mir nach dem Fall des Eisernen Vorhangs unerwartet zugute. Hatte ich doch Erfahrungen, wie man in beiden Welten zurechtkommen konnte, beziehungsweise musste, um sein Leben zu realisieren. Daher konnte ich mich in der neuen, der „Jetzt-Zeit", wie ich zu sagen pflegte, rasch einleben." Zitat Rosa Ka. aus einem anderen Interview beim Sender „Freies Deutschland": „Ich musste nur meinen häuslichen, meinen bürgerlich geprägten Wertekanon nach dem Niedergang des 1. Arbeiter- und Bauern Staates als den alleingültigen weiterleben. Da ich jedoch auch die Spielregeln der nicht nur mir aufoktroyierte Lebensweise hinter dem Eisernen Vorhang kannte, kannte ich auch ihre Tücken und Fallstricke. Und, was nicht zu unterschätzen ist: Ich kannte auch ihre zeitweiligen Vorzüge. Ich wusste um die Bequemlichkeiten, die eine von oben diktierte und damit aufgezwungene Lebensweise bot. Nämlich ein Leben, in dem der Einzelne alle Verantwortung für sein Tun an die Obrigkeit abgegeben hat. Solch ein Leben in einem Land, in dem die Partei immer recht hatte, konnte auch sehr entlastend sein für den Einzelnen.""

Gudrun Riechlinger hielt inne, schaute ins Publikum und sagte: „Ich zitiere weiter aus einem Interview, das Rosa dem Sender Radio Zwei vor Kurzem gab: „Und eben dieses Wissen um das Leben in beiden Welten gab mir, Rosa Ka., nach dem Fall der Mauer die Chance und auch die Verpflichtung, meinen Beitrag dazu zu leisten, Missverständnisse zwischen den sonst so unterschiedlichen Lebensverhältnissen aufzuklären. Oder anders gesagt, ich versuchte die recht unterschiedlichen Lebenswelten zu moderieren, indem ich die eine Welt in die andere zu übersetzen versuchte.""

Gudrun Riechlinger machte wieder eine Pause, fuhr sich durch die Haare, um dann langsam Wort für Wort betonend zu sagen: „Ich zitiere: „Eben diese Moderation sehe ich, Rosa Ka., heute als eine meiner dringlichen Aufgaben an.""

Gudrun Riechlinger legte den Zettel beiseite, auf dem sie sich Stichpunkte gemacht hatte, und sagte: „Um ehrlich zu sein, ich dachte, ich spinne, oder ich sei im falschen Film als ich diese, Rosas, Story in den Medien hörte und auch noch lesen konnte.

Irgendwann ging ich zu einer ihrer Lesungen und stellte Rosa nach dem Ende der Veranstaltung zur Rede. Ich fragte, woher sie diese Unverfrorenheit nähme, derartige Geschichten über sich zu verbreiten?

Sie grinste mich an. „Ich dachte", sagte sie mit einer beinahe unerträglichen Arroganz, „du hättest bereits verstanden: Nicht was war, ist in der Moderne – oder genauer in der Postmoderne – von Bedeutung, sondern das, was eine gute Geschichte werden kann. Also, das Narrativ, wie man heutzutage sagt. Es geht um eine erlebbare, also um eine gute Story, die von möglichst vielen Menschen verstanden werden kann. Und verstehen heißt hier, sich einfühlen können. Kapito, Frau Riechlinger?"

Rosa sah mich während ihrer Rede nicht ein einziges Mal an.

„In der alten Welt hinter dem Eisernen Vorhang", meinte sie, „war es die Erzählung vom „Neuen Menschen"! Rosa kam einen Schritt auf mich zu und lachte. „Der Neue Mööönsch", verballhornte sie das Wort. „Der „Mönsch", der sein Leben freudig zu geben hatte für die eherne Sache der Menschheit im Allgemeinen. Was für den Einzelnen im

Klartext bedeutete, zu leben für eine Zukunft, die es nie geben wird. Die Zeit, in der wir nun gelandet sind", dozierte Rosa weiter, „fordert deine Schöpferkraft. „Any things goes!" Verstehst du?

Und zwar sofort. Also nutze deine Chance. Mach etwas aus dir! Und zwar nach deiner Vorstellungskraft und deinem, allein deinem Willen. Hier in der „Jetzt-Zeit" kannst du dein eigener Schöpfer werden. Nein, nicht du kannst, sondern du musst, willst du nicht wie ein Falter in dieser schönen neuen Welt durchs Leben flattern. Hier in der „Jetzt-Zeit" hast du die Möglichkeit, dein Leben so zu gestalten, dass du am Ende sagen kannst: „All meine Kraft habe ich dafür genutzt, zu werden, was zu gestalten ich fähig war. Und das sowohl nach der Maßgabe meiner eigenen Vorstellungskraft als auch dem Maß meiner emotionellen Befindlichkeit und einer Energie, die allein mir zur Verfügung stand!" Verstehst du?"

Ohne eine Antwort abzuwarten, redete Rosa weiter auf mich ein und lachte. „Hier kannst du den Traum vom „Neuen Leben", den wir im 1. Arbeiter-und Bauern Staat so oft zu besingen hatten, verwirklichen. Und das auf eine Weise, wie du sie dir in deinen kühnsten Träumen hinter der Mauer nicht hattest vorstellen können."

Hinter Rosa hatte sich eine Schlange von Menschen gebildet. Sie hatte ihr Buch in den Händen. Abrupt unterbrach Rosa unser Gespräch, entschuldigte sich, dass sie noch einige Bücher zu signieren habe, ließ mich stehen und ging auf einen älteren Herrn zu. Er hielt ihr ein soeben gekauftes Exemplar ihres Buches entgegen. „Wenn Sie so gut wären und schrieben: Für Emmy mit „Y". Das ist meine Enkeltochter", fügte er dazu.

Mir blieb die Luft weg. Wann immer ich später versucht habe, Rosa noch einmal zur Rede zu stellen, wich sie mir aus. Irgendwann habe ich mich schließlich an ihren Verlag gewandt, habe versucht, die Fakten über Rosa Ka.s bürgerliche Herkunft und ihr ganzes Lügennetz aufzudecken. Aber weder der Verlag noch die Medien haben je reagiert.

Auch alle späteren Versuche, die Fakten über Rosa Ka.s Leben richtigzustellen, scheiterten. Zunächst wurde mir unterstellt, ich wolle Rosa Ka. als Schriftstellerin verunglimpfen bzw. diskreditieren. Später vermutete man politische Motive hinter meinem Willen, die Tatsachen zu Rosas Leben und ihrer Herkunft richtigzustellen.

Aber das stimmt nicht. Rosas politischer Standpunkt interessiert mich nicht. Ich will nur, dass die Wahrheit über Rosas Ka. bekannt wird. Sie ist eine verdammte Lügnerin. Das soll endlich ans Licht kommen. Und da es mir bisher verwehrt wurde, in einer Öffentlichkeit darüber zu sprechen, wollte ich hier vor Gericht aussagen, in der Hoffnung, dass dieses Gericht meine Informationen endlich ernst nimmt."

Der Richter dankte der Zeugin für ihre Ausführungen zu Rosas Vergangenheit. Dann sah er zu der Verteidigerin Frau Schultz und fragte: „Gibt es vonseiten der Verteidigung noch Fragen an die Zeugin?"

„Ja, nur eine Frage hätte ich: Wie viele Jahre sind vergangen, bevor Sie meine Mandantin nach Ihrer beider Studium in Berlin wiedergesehen haben?"

„18 Jahre", antwortete Gudrun Riechlinger.

„In der Zwischenzeit hatten sie keinerlei Kontakt mehr mit meiner Mandantin?"

„Nein, keinerlei Kontakt. Wir waren ja schon während

des Studiums nicht mehr befreundet. Ich lebte, wie bereits erwähnt, bis 1992 in Moskau. Rosa lebte, soweit ich weiß, all die Jahre in Berlin."

„Danke," sagte Frau Schultz, die Verteidigerin. „Ich habe keine weiteren Fragen an die Zeugin", und setzt sich wieder.

„Wenn es keine weiteren Anfragen an die Zeugin gibt", meinte der Richter, „schließe ich die Anhörung. Ich danke Frau Riechlinger für ihr Erscheinen."

40

Als ich vom Gerichtssaal in meine Zelle zurückgeführt werde, steht Erna auf dem Gang und winkt mit einem Brief.

„Sie haben Post, Rosa", ruft sie. Dankend nehme ich das Kuvert entgegen, sehe aber erst auf den Absender, nachdem die Zellentür hinter mir geschlossen wurde. Der Brief ist von Lisa. Sie schreibt, Timothy komme nach Berlin. Er habe die Einladung zu einem Kongress in Frankfurt am Main angenommen. Aber erst, nachdem er gehört hat, dass seine für Überraschungen immer gut seiende Rosa in Untersuchungshaft festsäße. Sein Grund, nach Europa zu fliegen, sei also weniger der Kongress über mittelalterliche Musik als die Möglichkeit, für seine Rosa – wie er sagt – als Entlastungszeuge aussagen zu können.

„Du kannst dir vorstellen, wie sehr ich mich über sein Kommen gefreut habe. Mit Frau Schultz, deiner Verteidigerin, habe ich alles so arrangiert, dass Timothys Anhörung zeitlich gleich nach dem Ende seines Kongresses stattfinden kann, er also sein Ticket für den Zwischenstopp in Berlin nur einmal umbuchen musste.

Natürlich habe ich ihn gleich angerufen und ihm angeboten, bei mir in der Kantstraße zu wohnen. Er bedankte sich, wollte für seine Mithilfe, die liebe Rosa aus ihrer misslichen Lage befreien zu dürfen, wie er sagte, zum Ausgleich abends gern in die Philharmonie gehen. Kent Nagano, so habe er gegoogelt, dirigiere Brahms und Schönberg. Und was liegt da näher, als auf einem Berlin-Trip seinen Landsmann mit Brahms und Schönberg zu hören. Das letzte Mal, dass er Nagano als Dirigent erlebt hat, war vor etwa 15 Jahren in Boston.

Glücklicherweise habe ich auch noch zwei Karten ergattert, sodass ich dank Timothy auch einmal wieder ins Konzert komme."

Lisa, die Gute, wie oft hat sie mir schon geholfen, aus brenzligen Situationen herauszufinden. In Gedanken umarme ich sie und gebe ihr einen Kuss.

Und Timothy? Seit mehr als vier Jahren habe ich ihn nicht gesehen. Damals hatte er ein Berlinstipendium und schrieb an seinem Buch über Bachs „Kunst der Fuge". Dafür hockte er beinahe Tag und Nacht über den Partituren in der Staatsbibliothek Unter den Linden und verglich Manuskripte.

Natürlich hatten wir uns vorgenommen, in Kontakt zu bleiben, nachdem er in die Staaten zurückgeflogen war. Wir schickten E-Mails hin und her. Mitunter telefonierten wir auch über die transatlantischen Leitungen und genossen ihr Dauerrauschen. Es sollte uns daran erinnern, dass über diese Leitungen von den unterschiedlichsten Geheimdiensten mitgehört wurde. Ab und zu schickten wir uns auch SMS und hatten den festen Willen, uns wiederzusehen, sobald sich eine Gelegenheit dafür böte. Auf die Idee, dass der Ort unseres Wiedersehens ein Berliner Untersuchungsgefängnis sein könnte, sind wir trotz all unserer Lust an Inszenierungen nicht gekommen.

Auf dem Flur draußen wird es unruhig. Der Wagen der Essensausgabe scheint unterwegs zu sein. Es ist die Zeit, in der sowohl das Essen für heutigen Abend als auch das Frühstück für morgen früh ausgetragen wird. Ich habe fürs Abendbrot Salami, Tomate und eine Banane bestellt. Dazu zwei Brötchen.

Als Rosa am nächsten Morgen in den Gerichtssaal geführt wurde, hatte sie Timo auf dem Flur zum Saal nicht erspäht. Nachdem dann die großen Flügeltüren zum Verhandlungsraum geschlossen waren und der Zeuge Timothy Gordan aufgerufen wurde, entstand eine Pause. Denn niemand stand auf und kam nach vorn zum Richtertisch. Im Saal wurde es mucksmäuschenstill. Der Richter rief den Zeugen Timothy Gordan ein zweites Mal auf. Die Pause, die nach diesem Aufruf entstand, staute sich da im Raum, als plötzlich vom Flur her hastige Schritte zu hören waren. Sie kamen näher. Die Türen zum Gerichtssaal wurden aufgerissen. Timo kam hereingerast und stoppte kurz und scharf vor dem Richtertisch.

„I'am so sorry! Ich hatte vergessen, dass Berlin inzwischen auch für seinen originellen Schienenversatzverkehr berühmt geworden ist, und dass es natürlich auch hier im Berufsverkehr kein Taxi gibt, versteht sich von selbst."

Der Richter nickte und schien erleichtert, dass Timothy überhaupt noch erschienen war, sodass die Verhandlung nicht verschoben werden musste.

„Sie heißen Timothy Gordan?", fragte der Richter kurzentschlossen, um auch für Timothy die missliche Situation zu beenden.

„Sie sind Amerikaner?"

Timothy sagte ein wenig noch außer Atem: „Ja."

„Sie leben in New York und lehren an der New York University? Außerdem schreiben Sie musikwissenschaftliche Bücher?"

Timothy antwortete wieder mit „Ja".

„Bevor ich zu den eigentlichen Fragen komme, die die Angeklagte Rosa Ka. betreffen, können Sie dem Gericht verraten, wo Sie so akzentfrei Deutsch zu sprechen gelernt haben?"

„Bei meiner Großmutter," antwortete Timo. „Sie ist in den dreißiger Jahren des vorigen Jahrhunderts aus Deutschland in die USA ausgewandert, oder exakter, sie musste vor den Nationalsozialisten aus Deutschland emigrieren. In grenzenloser Geduld hat sie mir in New York Deutsch beigebracht. Dabei war ihr eine gute Aussprache wichtig. Denn sie liebte die deutschen Dichter und freute sich, wenn ich ihr Gedichte auf Deutsch aufsagte, die dann aber auch vom Sprachrhythmus her stimmig sein sollten. Auf ihren Wunsch hin haben mich meine Eltern in New York dann auch noch auf die !

„Deutsche Schule" geschickt."

Der Richter dankte für die Informationen und sagte: „Kommen wir also zurück zu dem Grund Ihres Erscheinens hier und heute vor diesem Gericht.

Woher kennen Sie Rosa Ka.?"

„Rosa kam kurz vor dem Fall der Berliner Mauer mit einem Gaststipendium an unsere Universität. Dort fiel sie mir in den Seminaren auf, weil sie so geheimnisvolle Sätze sagen konnte. Sätze, bei denen nie genau klar war, was sie bedeuteten. Als ich sie fragte, wo sie gelernt habe, derartige Sätze zu bilden, antwortete sie trocken, hinter dem Eisernen Vorhang. Ihre Antwort verblüffte mich. Also fragte ich weiter. So kamen wir ins Gespräch. Sie erzählte mir, dass sie diese Sätze zu machen gelernt hatte, als sie in Ostberlin Klassische Deutsche Philosophie studiert hatte. Das bereitete ihr damals höchstes Vergnügen, wie sie sagte. Denn sie lernte Sätze so zu formulieren, dass sie von der dort herrschenden Orthodoxie politisch nicht beanstandet werden konnten.

Da sie im Erfinden solcher Sätze sehr gut war, wurde sie eine Zeitlang für deren Herstellung sogar bezahlt. Mit anderen Satzkünstlern – sagte Rosa –hockte sie in einem eigens dafür geschaffenen Institut zusammen und habe derartige Sätze erdenken müssen. Sätze, die von hinten nach vorn und von vorn nach hinten, aber auch von unten nach oben oder umgekehrt, wahr zu sein hatten. Denn darauf kam es an, wie sie betonte: Die Sätze durften nie falsch werden können! Was bedeutete, die Aussagen aller Sätze, die sie zu einem bestimmten Thema aufzuschreiben hatte, durften zu keiner eindeutigen Aussage führen. Das hieß: Die Aussagen ihrer Sätze hatten beweglich zu bleiben. Die einzelnen Wörter mussten in sich schwingen, um tatsächlich auch innerhalb der Sätze beweglich bleiben zu können, sodass man notfalls anderen Sinn in ihnen sehen, hören oder gar schöpfen konnte. Auf diese Weise war es ihr, Rosa, möglich, falls sie mit irgendeiner ihrer Arbeiten politisch unter Verdacht geriet, sich herauswinden zu können und ihre scheinbare Loyalität gegenüber der herrschenden Politkaste unter Beweis zu stellen.

All das erklärte mir Rosa mit einer fast sportlichen Begeisterung und war stolz darauf, dass es ihr über Jahre gelungen war, die herrschende Orthodoxie politisch auszutricksen. Doch irgendwann wurde ihr diese Tätigkeit langweilig. Denn die Kunst, wie sie sagte, leere Sätze zu bilden, hatte sie verstanden, und sie spielte mit ihnen wie auf einem Musikinstrument, dessen Technik sie schon lange beherrschte. Sie wusste um all die Raffinessen mit denen man leere Sätze erfinden konnte. Sie hätte also noch jahrelang in dieser Institution verbringen können, ohne dass man sie dort hätte verdächtigen können, gegenüber der herrschenden Kaste nicht loyal zu sein. Ihr Trick – wie sie sagte – war: Je verdächtiger ein Satz mit einer Aussage hätte werden können, umso geheimnisvoller musste er klingen und scheinbar arglos daherkommen.

Das Axiom, wie sie sagte, das die politischen Machthaber vorgaben, bestand darin, nur solche Sätze zu formulieren, in denen klar wurde: Die Orthodoxie hat recht! Und zwar immer! Dies war das unumstößliche Dogma, innerhalb dessen sie frei denken durfte, um Sätze zu erfinden, die dieses Dogma bekräftigten, wie sie mir lachend erklärte."

An den Richter gewandt, meinte Timo: „Sie können sich vorstellen, wie verblüfft ich über Rosas Erklärungen war. Am meisten erstaunte mich die Selbstverständlichkeit, mit der sie über ihre damalige Tätigkeit berichtete.

Als ich dann ein Jahr später in Berlin ein Gastsemester annahm, half mir Rosa, eine Wohnung in Berlin zu finden. Doch so unterhaltsam es war, Rosas geheimnisvollen Sätzen zuzuhören und später auch ihre Gedichte lesen zu dürfen, wurde mir bald beängstigend klar: Von geheimnisvollen Sätzen und Lyrik allein kann sie in der Moderne nicht überleben.

Also nahm ich mir vor, in meinem Berliner Forschungsjahr nicht nur mein Buch voranzubringen, sondern auch den heiklen Versuch zu unternehmen, Rosa vom Kopf auf die Füße zu stellen. Und da Rosa gern und gut Klavier spielte, ließ ich mir aus New York mein Cello schicken. So konnten wir uns an allerlei Sonaten für Klavier und Cello versuchen. Und auf diese Weise das Angenehme mit dem Nützlichen verbinden. Was hieß: Rosa den Weg in die Moderne zu ebnen.

Das war leichter gesagt als getan. Hatte Rosa doch über die Jahre mit großer Virtuosität gelernt, im Kopf zu leben. Daher beschloss ich: Sie muss zunächst einmal an die frische Luft. Also raus aus ihren zahllosen Verstecken, ihren Höhlen, samt Tunneln und Nischen, in denen sie sich hinter dem Eisernen Vorhang eingerichtet hatte. All ihre Talente und Fähigkeiten, sich unsichtbar zu machen, waren jetzt nicht nur überflüssig. Sie waren nicht mehr lebenstüchtig. In der Moderne wurde das Gegenteil von dem wichtig, was sie ihr Leben lang trainiert hatte. Im Hier und Jetzt kam es für sie nun darauf an: sichtbar zu werden! Wollte sie als Künstlerin überleben, musste sie aus ihrer inneren Emigration herausgeführt werden. Was bedeutete, Rosa musste ihre Weltabgewandtheit aufgeben und im Gegenwärtigen leben.

Rückblickend kann ich sagen, dass ich wohl ein bisschen dazu beigetragen habe, dass sie diesen Sprung in die

Gegenwart geschafft hat. Denn an der frischen Luft, die sie auf unseren langen Spaziergängen in die Berliner Umgebung zusehends genoss, berichtete sie häufig von ihrem Leben hinter der Mauer. Von ihrer Zeit, bevor sie in die Nomenklatura des Landes geheiratet hatte und von ihrem Leben aus der Zeit danach. Geschichten aus dem Glashaus, wie sie sagte. Beim Zuhören begriff ich bald, Rosa hatte hinter ihrer Nebelwand zu den politischen Ereignissen vor und nach dem Mauerfall durchaus differenzierte und interessante Ansichten. Das galt auch für den politischen Umbruch, der mit dem Niedergang des gesamten Ostblocks einherging. Doch diese ihre Meinungen und Ansichten behielt sie, wie vieles andere, für sich und versteckte sie vor jeglicher Öffentlichkeit und lange Zeit auch vor mir.

Mit etwas Geduld aber konnte ich ihr klarmachen, dass diese ihre Ansichten zum Untergang des 1. Arbeiter- und Bauernstaates, wie sie ironischerweise oft sagte, für ein größeres Publikum durchaus interessant seien. Ich redete ihr daher zu, nein, ich drängte sie, ihrer Meinung zum Mauerfall und zu dem gegenwärtigen Umbruch aufzuschreiben und an Zeitungen zu schicken. Was sie aufgrund meines Drängens dann auch tat und erstaunt zur Kenntnis nahm, dass sich Tageszeitungen für ihre Artikel interessierten. Zunächst ungläubig, nach und nach dann jedoch begeistert von der Tatsache, frisch und frei, also ohne alle Zensuren im Kopf, ihre Meinung sagen zu können, schrieb sie drauflos. Dabei entdeckte sie bald, wie schwierig es war: klarzusprechen. Damit meinte sie: Ein Ereignis auf den Punkt zu bringen. Also das glatte Gegenteil von dem zu tun, was sie die Kunst, leere Sätze zu bilden, nannte. Sie war fasziniert von der Möglichkeit, nun eindeutig und klar zu sagen: was ist! Das war für sie eine neue Herausforderung. Und sie begriff bald auch all die Schwierigkeiten, die zu meistern waren, damit ein Bericht ein Bericht, eine Kolumne eine Kolumne oder ein Meinungsartikel ein Meinungsartikel ist. Sie arbeitete an der Technik der Klarschrift für die Gegenwart, wie sie sagte, im Gegensatz zur Geheimschrift aus der Zeit, aus der sie kam. Bald erhielt sie Anfragen für Artikel von den Printmedien, später auch vom Hörfunk und fand auch noch Zeit, sich neue Romane auszudenken."

Zum Richter gewandt sagte Timothy: „So habe auch ich meinen kleinen Beitrag für Rosas Überleben geleistet. Es wäre daher mehr als schade, wenn Rosa ..." Er unterbrach sich und sah zu ihr: „Nein, das glaube ich nicht! Rosa hätte eine andere Lösung als Totschlag oder gar Mord gefunden. Notfalls hätte sie diese Therapeutin in ein Strichmonster oder in eine Figur ihres nächsten Romans verwandelt."

Timothy schüttelte den Kopf, sah zum Richter und sagte dann: „Nein, jemanden direkt zu töten, so viel praktische Tatkraft hat Rosa einfach nicht. Soweit ich sie kennengelernt habe, denkt sie sich etwas aus, wenn es brenzlig wird für sie. Nicht zufällig hat sich Rosa für die Klassische Deutsche Philosophie begeistert. Und deren Motto war schließlich: Denken ist Handeln! Das hat sie mir wieder und wieder voller Begeisterung erklärt und mit Zitaten belegt. Soweit ich bezeugen kann, hat Rosa nach diesem Motto auch gelebt oder besser, überlebt."

Timothy machte eine Pause. Dann sah er zum Richter: „Ja, das wollte ich hier aussagen und meinen bescheidenen

Beitrag dazu leisten, Rosas Person und ihren Handlungen Gerechtigkeit widerfahren zu lassen."

Der Richter dankte Timothy für den ausführlichen Bericht und erklärte die Sitzung für geschlossen.

41

„Herr Professor Adrian Popescu, Sie sind 1921 geboren. Sie haben vergleichende Kulturgeschichte und Philosophie in Bukarest, Paris und Wien studiert. Sie hatten in eben diesen Städten später Gastprofessuren inne, lehrten aber auch in den USA, in Japan und in Mexiko. Heute leben Sie in Wien und halten gelegentlich noch immer Vorträge in verschiedenen Städten Europas. Sie haben die Verteidigerin der Rosa Ka. Gebeten, in diesem Prozess eine Aussage machen zu dürfen. Was hat Sie dazu veranlasst?"

„Sehr geehrter Herr Richter, zunächst möchte ich dafür danken, meine Chance bekommen zu haben, dass Sie mich hier und heute anhören.

Um zu verdeutlichen, was mich veranlasste, in diesem Prozess einiges anzumerken, muss ich ein wenig in die jüngere Vergangenheit abschweifen. Ich traf Rosa 1999 in Zürich. Sie war Hausgast bei Lea Finkelstein, die auch meine Literaturagentin ist. Lea und ich wollten noch einmal mein Manuskript durchgehen. So erfuhr ich, dass Rosa schon seit einigen Wochen bei Lea wohnte. Das machte aber gar nichts, hat Lea gemeint. Das Haus sei groß genug. Eine Begegnung zwischen Rosa und mir könnte durchaus spannend sein, sagte sie. Denn, so Lea, Rosa und ich hätten uns bestimmt einiges zu erzählen, da wir unter den Bedingungen der Diktaturen sehr unterschiedliche Erfahrungen gemacht hatten. Rosa in der Frontstadt Berlin und ich unter den Bedingungen der Diktatur Ceausescus in Rumänien.

Und so war es dann auch. Nach einem gemeinsamen Essen zu Mittag, an dem nach Sitte des Hauses stets alle im Haus Wohnenden, einschließlich der Hausgäste, teilnahmen, beschlossen Rosa und ich, einen Spaziergang am Zürichsee zu machen. Lea war sehr zufrieden, denn sie liebte es, Menschen unterschiedlicher Lebenswelten zusammenzubringen.

Und so liefen wir in den Nachmittag eines Herbstages am See. Ab und zu brach noch die Sonne durch die Wolken und erinnerte daran, dass der Sommer eigentlich schon zu Ende war, denn die Sonne wärmte nicht mehr. Ihr Licht aber blendete vom Wasser her, wodurch ihre Helligkeit ein wenig unnatürlich, gewissermaßen übertrieben wirkte. So liefen wir eine Zeitlang wortlos in diesem Zwielicht. Jeder für sich. Als Rosa unser Schweigen unterbrach, indem sie scheinbar zusammenhangslos eher zum See als zu mir sagte: „Und dann war mein Glashaus zerbrochen!"

Ich brauchte einen Augenblick, um den Satz einzuordnen, hatten wir doch mittags beim Essen über unsere sehr unterschiedlichen Orte gesprochen, an denen wir hinter dem Eisernen Vorhang auch mental zu überstehen versucht hatten. Ich sprach von meinen Erfahrungen in Rumänien, wo ich vom Ceausescu–Regime verbannt worden war in ein Dorf, an dem kein Zug vorbeikam, weil es weit und breit keine Schienen gab, auf denen ein Zug hätte fahren können. Nicht einmal eine halbwegs ausgebaute Autostraße gab es, von der aus das Dorf zu erreichen gewesen wäre. Und dennoch bewachte mich die Securitate vor Ort und baute allein dafür eine provisorische Zufahrt, an deren Beginn ein Schild mit der Aufschrift montiert worden war: „Privatweg – Betreten verboten".

Während dieser Zeit, da ich in jenem Dorf meine eigenen Kartoffeln anzubauen hatte, um den Winter zu überleben, wurde auch Rosa von einem Geheimdienst, der Stasi, überwacht, wenn auch mit anderem Vorzeichen. Hatte ihr Geheimdienst ironischerweise doch den Auftrag dafür zu sorgen, dass es Rosa gutzugehen hatte, was in ihrem Fall bedeutete, dass die Stasi dafür sorgen musste, dass sich Rosa unter ihren Bedingungen im Glashaus, wie sie ihr Zuhause nannte, wohlfühlte. Und zu Rosas Wohlbefinden gehörte, dass sie in der auch dort landesweit herrschenden Mangelwirtschaft ihr bekömmliche Essen bekam, da sie auf allerlei Lebensmittel mit allergischen Reaktionen antwortete, wie sie uns berichtete. Über diese paradoxen Aufgaben, die ein sozialistischer Geheimdienst hinter dem Eisernen Vorhang zu erfüllen hatte, konnten wir uns beim Mittagessen glücklicherweise schon alle amüsieren.

Nachdem Rosa unseren bis dahin schweigsamen Spaziergang mit dem für sie bedeutsamen Satz über ihr Glashaus unterbrochen hatte, liefen wir noch eine ganze Weile schweigend weiter. Dann aber blieb ich stehen und fragte sie, welches ihre größte Angst sei in der für sie nun kommenden Zeit. Sie sah mich zunächst etwa verdutzt an. Dann aber sagte sie freimütig und ohne jede Verstellung: Angst habe sie, den Sprung in die sogenannte Moderne nicht zu schaffen. Denn sie sei unsicher, ob sie genügend Kraft habe und genügend Trotz, genügend Fantasie und Schalk, auf dem Weg noch einmal ein neuer Mensch zu werden. Kurz, ob sie es schaffen werde, sich unterwegs nicht zu verlieren. Also bei sich selbst zu bleiben. Spüre sie doch schon jetzt den enorm Anpassungsdruck, gegen den auch sie anzugehen habe, um von seiner Druckwelle nicht weggespült zu werden.

Ich verstand sehr gut, was sie meinte, und versuchte, ihre Unsicherheiten zu zerstreuen, indem ich ihr etwas von der Logik menschlichen Verhaltens in Zeiten kultureller Umbrüche erzählte. Schließlich waren kulturelle Epochenumbrüche mein wissenschaftliches Fachgebiet. Ich sprach über die Mechanismen, in denen sich Individuen, Menschengruppen, ja, ganze Völker anzupassen versuchten an die neuen Bedingungen, denen sie plötzlich unterworfen waren. Ich beschrieb ihr, wie die Verlierer in solch historischen Brüchen das Verhalten der Sieger zu imitieren versuchten und erklärte, welch spannenden Weg die Ostblockländer in diesem Anpassungsprozess nach dem Ende des Kalten Krieges bereits gegangen waren und noch gehen würden. Denn wie bei anderen Epochenumbrüchen auch haben sich die Menschen aus den Ostblockstaaten, als Verlierer des Kalten Krieges, dem sozialen Verhalten der Gewinner, in diesem Fall dem sogenannte Westen, anzupassen versucht. Ich illustrierte ihr, wie sich die Osteuropäer bemühten, zunächst die Kleidung, Möbel und die Esskultur der Sieger zu imitieren. Wie sie anstanden bei Ikea, C&A oder bei McDonald's, um die neuen Standards zu ergattern, um auf diese Weise den Siegern zumindest äußerlich gleich zu scheinen und deren Lebensverhältnissen zu imitieren.

Verhältnisse, in die sie nun geworfen waren und die es zu erobern galt.

Nachahmung als Mittel zur Integration durch Assimilation! Das war die historische Aufgabe, die die Osteuropäer zu bewältigen hatten. So redete ich mir damals den Mund fusselig und bin noch heute über Rosas Geduld erstaunt, mit der sie sich an jenem wunderschönen Herbsttag meinen Vortrag anhörte. Aber ich wollte sie doch aufmuntern. Wollte ihr versichern, dass sie bisher alles richtig gemacht hatte. Dass sie ihre Hausaufgaben als Osteuropäerin bereits bewältigt hatte. Dass ich sie daher bei unserer ersten Begegnung auf Leas Terrasse als eine junge Frau wahrgenommen hatte, die die Standards der bürgerlichen Mittelklasse nicht nur in ihrer Kleidung selbstbewusst zelebrierte, sondern dabei war, ihren neuen Habitus auch zu verinnerlichen.

Wir liefen noch eine Weile auf dem inzwischen schmal gewordenen Uferweg. Rosa schwieg. Dadurch gab sie mir die Chance, weiter zu dozieren. Denn auf Leas Schreibtisch, so gestand ich, sah ich ihr neues Buch liegen und konnte meine Neugierde nicht zügeln. Also las ich nicht nur den Klappentext, sondern begann in dem Buch zu blättern und erfuhr, dass der Roman von dem Leben einer Kopie, mehr noch, von der Kopie einer Kopie handelte. Ich erfuhr, dass Rosas Heldin alle Hände voll zu tun hatte, sich nicht in dem Leben ihrer Kopien zu verlieren. Ich blätterte weiter und las von dem Ringen der Heldin und von ihrer Angst, sich als Original eines Tages selbst nicht wiederzufinden in dieser neuen Welt.

Original und Kopie, sagte ich begeistert. Genau das sei doch eine der Grundfragen in der Jetzt-Zeit. Sie, Rosa, sei absolut auf dem richtigen Weg. Sie wisse bereits, um was es hier ginge: nämlich sich zwischen den Scheinexistenzen, die wir leben, nicht zu verlieren. Also zu sich zurückzufinden. Und das zu jeder Zeit, um sein eigenes Original zu bleiben, so redete ich auf sie ein. All den Blendungen und ihren Versuchungen, von denen nicht nur Rosas Heldin in der Moderne endlos umstellt ist, zu widerstehen, um nicht im Schein vom Schein zu verschwinden

Und dann verriet ich ihr noch meine Begeisterung für ihre Idee mit dem erfundenen Hause, das sie ja schon vor dem Fall des Eisernen Vorhangs als einen Ort kreiert hatte, an dem sie unter allen Umständen zu sich zurückfinden konnte, als einen Ort, der ihr Schutzraum war. Eben dieses Haus, das sie kurz vor dem Mauerfall durch widrige Umstände verloren hatte und das sie nach dem Fall der Mauer als ihr verlorenes Haus zur Existenzgrundlage ihres nun bürgerlichen Seins machte, war eine geniale Idee. Sie zeugte von Rosas Sinn zur Anpassung an diese neuen Verhältnisse und von ihrem Willen, auch nach der sozialistischen Diktatur möglichst zu ihren Bedingungen zu überleben.

Denn dass das Haus in der Moderne mehr ist als eine Unterkunft, im Sinne einer obdachbietenden Hütte, hatte Rosa auf Anhieb verstanden. Ist doch das Haus in der Moderne – verloren oder nicht verloren – auch der ideelle Ort und kulturelle Mittelpunkt der bürgerlichen Familie. Selbst wenn ein Haus real abhandengekommen ist: Die Bedeutung des Hauses, in der nun auch für sie angebrochenen Zeit hatte Rosa also intuitiv sofort erfasst. Und ihr Versuch, ihr Haus als verlorenes gleich in doppelter Weise zu inszenieren, spricht für ihre Angst davor, dass es ihr als

Verlorengegangenes nicht noch einmal abhandenkommen durfte. Daher Rosas Bestreben, ihr Haus zunächst in einem Roman und anschließend in einem Film zum Buch ein zweites Mal zu erfinden. Auf diese Weise hat sie nicht nur eine Kopie von der Kopie erschaffen, sondern die Möglichkeit von endlos vielen Kopien in Aussicht gestellt. Eine, die allen Zuschauern und Lesern als Beweis der Existenz ihres Hauses in mehrfacher Weise zugänglich werden konnte.

Ob dieses Haus auch real existiert oder nicht existiert, ist durch die Inszenierung des Hauses als das ihrige zweitrangig geworden: In den Köpfen der Leser und Zuschauer ist es als ein Fakt vorhanden. Und es ist Rosas Haus!

Die philosophischen Lektionen über Sein und Schein, so scherzte ich damals, hatte sie in ihren akademischen Jahren also gründlichst studiert. Und ich versicherte ihr, dass ich ihre Angst durchaus verstünde. Schließlich habe auch ich mich als Rumäne an die neuen Bedingungen und Lebensumstände adaptieren müssen und meine Blessuren davongetragen. Mir waren ihre quälenden Selbstzweifel bekannt. Lange suchten sie auch mich heim. Vor allem nachts.

So versuchte ich doch, Rosa aufzumuntern, indem ich ihr vorschlug, sich auch spielerisch den neuen Verhältnissen zu nähern. Schließlich habe sie genügend Fantasie. „Geh auf sie zu", insistierte ich. „Kokettiere mit den Verhältnissen. Fordere sie heraus. Flirte mit der Moderne. Oder weise sie als Zumutung zurück, falls die Verhältnisse beginnen, dich niederzudrücken. Mute dieser Neuzeit stattdessen etwas zu, indem du deine Bedingungen stellst und nicht aufgibst, was zu dir gehört. Du wirst sehen, die Moderne birgt

Möglichkeiten und Chancen in sich, von denen du in deinen kühnsten Träumen hinter der Mauer nichts geahnt hast. Du wirst ganz neue Fähigkeiten in dir entdecken und erstaunlicherweise wirst du sie in deinem neuen Leben auch noch umsetzen können.

Denn: Jetzt bist du frei. Frei auch zu scheitern", scherzte ich. „Aber du wirst nicht scheitern, du hast bisher immer einen Weg gefunden, auf dich zu bestehen.""

Adrian machte eine Pause und starrte aus dem Fenster. Nach einer Weile fuhr er fort: „Heute bereue ich, dass ich alter Mann so viel geschwatzt habe. Dass ich nicht genügend von den Gefahren gesprochen habe, die das Spiel als Mittel zur Anpassung in sich birgt. Dass ich nicht gesehen habe, dass die Nachahmung als Spiel für Rosa natürlich auch eine künstlerische Kategorie ist, die ihre eigene Logik und Faszination hat.

Heute nehme ich mir übel, dass ich nicht ein Wort darüber verloren habe, wie leicht man in der Moderne den Boden unter den Füssen verlieren kann, weil man sich in all dem Scheinen auch verlieren kann. Sind doch die Übergänge von Schein in Sein fließend und können lange Zeit in wechselseitiger Abhängigkeit koexistieren. Von all dem habe ich nicht gesprochen."

Adrian Popescu hielt wieder inne, sah zu Rosa und sagte mit trauriger Stimme: „Und noch eins: Ich mache mir große Vorwürfe, dass ich weder nachgefragt und noch nachgedacht habe über die Ängste, die Rosa hatte. Von meinem heutigen Wissen über sie aus ist es unverzeihlich, dass ich meine Ängste einfach für die ihrigen genommen habe. Ich wusste nicht, dass Rosa schon damals Panikattacken hatte. Von ihnen hat sie auch später nie gesprochen. Riss doch unser

Kontakt über Jahre nicht ab. Mitunter schrieben wir uns lange Mails und telefonierten auch.

Natürlich hätte ich von alleine darauf kommen können, dass Rosa andere Ängste hatte. Schließlich hatte sie ihr eigenes Schicksal, hatte ihre eigenen Nöte. Die Stärke ihrer Angst konnte ich mir nicht vorstellen. Insofern fühle ich mich mitschuldig, dass Rosa in der Situation ist, in der sie hier und heute vor Gericht steht."

Adrian Popescu sah nun zum Richter und sagte: „Diesen Anteil meiner Schuld an Rosas augenblicklicher Situation wollte ich hier vortragen. Vielleicht konnte ich ja darüber hinaus dem Gericht ein wenig verdeutlichen, mit welch immensen Gefahren und Versuchungen der Prozess der Anpassung jedes Einzelnen an die neuen Verhältnisse verbunden war. Verhältnisse, in die er unverhofft geworfen war. Ob er wollte oder nicht wollte. Und vielleicht können diese Umstände, in denen auch die Angeklagte sich seit Jahren befand, bei der Urteilsfindung berücksichtigt werden.

Ich danke dem Gericht, dass ich hier sprechen durfte."

Der Richter sah zu Frau Schultz und sagte: „Gibt es noch Fragen an den Zeugen, Frau Verteidigerin?"

„Nein", sagte sie, aber sie dankte Adrian Popescu dafür, dass er den Weg von Wien nach Berlin auf sich genommen hatte, um hier vor Gericht seine Aussage für die Angeklagte Rosa Ka. zu machen.

42

Nachdem ich in meine Zelle zurückgeführt worden bin, hole ich von meinem Bücherbord den Brief, den mir Adrian Popescu geschrieben hat. Erna, die Wärterin, hat ihn mir in der letzten Woche persönlich gebracht. In diesem Brief schreibt Adrian, dass er die Verteidigerin gebeten hat, eine Aussage machen zu dürfen. Er wolle dem Gericht von seinen Beobachtungen erzählen, die er als Kulturhistoriker für Epochenbrüche in den vergangenen 10 Jahren nach dem Ende des Kalten Krieges in Europa gemacht hat.

Durch seine jahrelangen Forschungen zu sozialen Umbrüchen ist er nämlich zu der Einsicht gekommen, dass eine Verständigung der Menschen, die in getrennten Kulturkreisen lebten, nur bis zu einem bestimmten Punkt möglich sei. Daher wolle er sich mit mir unbedingt verständigen, und zwar noch bevor wir uns im Gerichtssaal wiedersähen. Gehe er doch davon aus, dass ich in der sozialistischen Diktatur ähnliche Erfahrungen gemacht habe, wie auch er sie gemacht hat. Erfahrungen, die zwischen Menschen, die unter anderen Systembedingungen lebten, nicht vollständig geteilt werden können. Über eben diesen nicht kommunizierbaren Teil von Erfahrungen wolle er mit mir sprechen. Über jenen Rest also, über den vor Gericht zu reden nichts bringen würde, weil der gesellschaftliche Hintergrundrahmen, in dem die Menschen in Westeuropa gelebt und gehandelt haben, ein anderer war als der Rahmen, in dem Osteuropäer in ihrer Vergangenheit lebten.

Damit ich besser verstünde, was er meine, erzählte Adrian Popescu von einem Erlebnis, das er auf einem Kongress in Paris hatte. Dort trafen sich Wissenschaftler aus Ost- und Westeuropa, um ihre Erfahrungen auszutauschen, die sie in den 10 Jahren der Transformation osteuropäischer Länder in die so genannte freie Welt gemacht hatten. Die Diskussion auf dem Kongress war nicht nur aufgeregt. Sie war, wie er schrieb, hitzig, weil man ständig aneinander vorbeiredete.

Irgendwann war er, Adrian Popescu, von dem Hin und Her der Meinungen derartig ermüdet, dass er sich einen Moment zurücklehnte, die Augen schloss und den Wortgefechten nur noch zuhörte. In diesem Augenblick, der sich weit über eine Stunde dehnte, verstand er, dass sich die Teilnehmer aus den beiden Teilen Europas zu keiner Zeit über ihr Erleben wirklich verständigen werden können. Denn in den mehr als 30 Jahren, da sie getrennt voneinander existiert hatten, hatte sich ihr Hintergrundrahmen, in dem sie lebten und die Geschehnisse wahrnahmen, Jahr um Jahr verändert. Und zwar soweit verändert, dass sie bald in immer unterschiedlicheren Ereignis- und Erlebnisräumen lebten, die sie als Europäer mehr und mehr voneinander entfernten. Dadurch wurden sie über die Jahre zunehmend durch andere Erfahrungen geprägt, die nicht nur ihre Wahrnehmung und damit ihren Blick auf die Geschehnisse in ihrer Umwelt veränderten, sondern auch ihre Lebensweise und ihr Selbstverständnis.

Was sie erlebten, schloss sie daher über die Jahre zu zwei getrennt voneinander existierenden Erlebnis- und Schicksalsgemeinschaften zusammen. In ihnen teilten sie zunehmend ihre eigenen Gewissheiten, ihre eigenen Überzeugungen und bald auch ihren eigenen Glauben. Sie schufen sich nach und nach ihre jeweils eigene historische Erzählung und interpretierten auf ihrem Hintergrund und ihrem nun eigenen Blickwinkel, was sie als Geschehen wahrnahmen. Sie erschufen sich, wie man heutzutage sagt, ihr eigenes Narrativ.

Diese Schicksalsgemeinschaften, in denen die Ost- und die Westeuropäer ihre Erlebnisse in ihrem sozial unterschiedlichen Hintergrundrahmen wahrnahmen und lebten, ist der Grund, warum sich viele Ostdeutsche nach 10 Jahren deutscher Einheit den Osteuropäern vom Verstehen her oft näher fühlen als ihren westdeutschen Brüdern und Schwestern. Denn mit den Osteuropäern haben die Ostdeutschen eine gemeinsame Lebens- und Leidensgemeinschaft, die es ihnen ermöglicht, sich untereinander nicht umständlich und langwierig erklären zu müssen. Dass diese Lebens- und Leidensgemeinschaft unsere gemeinsame Identität war, verstanden wir erst im Nachherein, also nachdem sich unsere Erlebnisgemeinschaft durch den Systembruch aufzulösen begann.

Das ging den Westeuropäern untereinander natürlich nicht anders. Sie hatten ein ähnliches Schicksal. So sind über die Jahre zwei unterschiedliche Erfahrungswelten entstanden und die Differenz in der Wahrnehmung ihres Erlebens schreibt sich in die Gegenwart fort.

Es ist daher ein Trugschluss zu meinen, dass die Ost- und die Westeuropäer – unter ihnen auch die Deutschen – zurzeit eine Sprache sprechen. Sie benutzen mitunter zwar die gleichen Sätze, der Inhalt ihrer Worte ist jedoch oft ein anderer, weil ihr Blick und damit ihre Wahrnehmung der Welt eine andere ist. Eben deshalb kommt es zu den vielen Missverständnissen, die wir in den letzten 10 Jahren beobachten konnten.

Warum, so fragt Adrian, er all dies in einer Ausführlichkeit schreibe, die meine Geduld strapazieren werde? Weil er ein unverbesserlicher Idealist und Aufklärer sei. Weil er hoffe, dass mir seine Einsichten und Erfahrungen aus seinen jahrelangen Studien vielleicht hilfreich sein könnten, meine neue Gegenwart besser zu verstehen, um mich in ihr schneller zurechtfinden zu können. Er jedenfalls habe an jenem Tag in Paris gelernt:

„Streitet nicht, wo wir keine Worte zum Streiten haben, weil ihr Inhalt ein anderer geworden ist. Denn unterschiedliches Erleben prägt die Bedeutung der Worte. Gibt ihnen anderen Sinn.

Bleib zuversichtlich, Rosa, und stark. Aus der Ferne umarme ich dich. Dein Adrian.

P. S.

Apropos Zuversicht: Vielleicht entsteht ja paradoxerweise irgendwann wieder Nähe aus der Einsicht, dass er tatsächlich existiert, dieser nicht zu kommunizierende Rest zwischen zwei Kulturkreisen? Eine Einsicht, entstanden aus dem gemeinsamen Erleben des Nicht-Verstehen-Könnens? Die nach und nach zu einer gemeinschaftlich gemachten

Erfahrung werden kann? Sie könnte zu mehr als zum Gründungsmythos einer gemeinsamen Erlebnis- und Schicksalsgemeinschaft werden. Sie könnte ein neuer Anfang sein!"

Ich lege den Brief beiseite, werfe mich auf mein Bett und schließe die Augen. Für einen Augenblick entfernt sich das Geräusch vom Aufschluss der Türen draußen weiter und weiter. Ist es doch der zweite Mittwoch im Monat und damit der Wochentag, an dem oft stichprobenhaft aufwendige Zellenkontrollen gemacht werden. Und in einer der Zellen unweit von meiner hat eine Vollzugsbeamtin wohl etwas zu beanstanden. Erna ist es nicht, die da herumzeterte. Ernas Stimme erkenne ich inzwischen auf einige Meter Entfernung an ihrer Tonhöhe und an dem langgezogenem Ä, das ihren sächsischen Dialekt verrät. Den will sie sich schon lange abgewöhnen, wie sie mir einmal verraten hat und auch, dass sie sich darüber ärgert, dass ihr das bis heute nicht gelungen ist.

Die mir noch nicht bekannte Stimme draußen auf dem Flur klingt inzwischen in einer Ferne, in der ich sie nur noch als ein unverständliches Geraune und Geräusch wahrnehme. Konzentriere ich mich doch inzwischen mehr und mehr auf eine innere Stimme. Es ist die von Johannes Liebscher, dem Psychotrainer vom Haus der Gesundheit. Er hat mir vor Jahren die Technik des autogenen Trainings beigebracht: „Es ist Sommer", höre ich seine sonore Stimme. „Wir liegen auf einer grünen Wiese. Der Himmel über uns ist blau. Nur ab und zu sehen wir eine Schwalbe, die am Sommerhimmel ihre Kreise zieht. Vorn am Wegrand blühen die Linden. Wir atmen den Duft ihrer Blüten ein und entspannen unseren Körper. Der liegt nun fest auf dem Boden der Wiese. Wir fühlen, wie unser Körper immer schwerer wird. Eine wohlige Wärme zieht in uns ein. Wir konzentrieren uns auf unseren rechten Arm, der nun entspannt auf einer Unter-…"

Ich zucke zusammen, denn die Zellentür wird aufgerissen. Die Vollzugsbeamtin steht vor mir und zischt mich an: „Aufstehen, Zellenkontrolle!"

Die Stimme von Johannes, dem Trainer, spricht ohne meinen Willen weiter: „Wir konzentrieren uns nun auf unsere Beine."

Die Vollzugsbeamtin wiederholt in schärferem Ton „Haben Sie nicht verstanden?"

Johannes' Stimme in mir wird brüchig.

Die Vollzugsbeamtin reißt mein Spind auf und kramt in meinem Wäschefach.

43

Morgen wird Frau von Goltz in den Zeugenstand treten. Sie wird davon berichten, wie sie mich in ihren erlauchten Kreis adliger Damen aufnahm. Hatten diese Damen doch nicht nur in Berlin einen Verein zur Pflege ihrer aristokratischen Traditionen gegründet, wie es in ihrem Statut hieß.

Um diesem Anliegen gerecht zu werden, kauften sie im Berliner Grunewald eine großzügig angelegte Villa, die von einem weit über die Grenzen Berlins hinaus bekannten Architekten erbaut worden war. Sie bestand aus einigen herrschaftlichen Salons (und einem riesig großen Wintergarten), zu denen auch ein Erzählsalon gehörten. In Letzterem fanden vornehmlich literarische Lesungen statt. Nur selten auch Vorträge, wenn bedeutende Persönlichkeiten des öffentlichen Lebens den Damen die Ehre gaben.

Kennengelernt hatte ich Frau von Goltz auf einer der zahlreichen Sommerpartys im Südwesten Berlins. Zu ihnen zu gehen, hatte mir Timothy dringendst geraten. War er doch der Meinung, dort würden die Netzwerke geknüpft, die ich in dieser Stadt so dringend brauchte, wollte ich als Publizistin überstehen. Und dies war das Ziel all seiner Bestrebungen: mein Überleben zu garantieren! Es sei daher ein Muss, wie er sagte, zu diesen Partys zu gehen. Mit dem ihm eigenen Sinn fürs Pragmatische schlug er vor, dass ich mir der Effizienz wegen einen ganzen Sommer lang Zeit nehmen sollte, derartige Partys aufzusuchen. Ich würde sehen, versicherte er mir, dass ich nach der dritten, spätestens nach der vierten Party ein Drittel der anwesenden Gäste von den Partys davor bereits kennen würde. Und er war der Überzeugung, mindestens ein Drittel dieser Partygänger würden mich zu der darauffolgenden am kommenden Sonntag einladen. Es werde nicht lange dauern und ich werde auswählen müssen, welche der vielen Partyeinladungen für den kommenden Sonntag ich ihrer Nützlichkeit wegen annehmen sollte. Und selbst, wenn mich niemand eingeladen habe, werde es keinem auffallen, wenn ich zu einer Party ginge, von der ich nur gehört habe, dass sie dort und dort stattfände. Denn jeder der Anwesenden werde denken, dass ich eingeladen sei, da ich schon auf der letzten Party und vielleicht auch auf der vorletzten gewesen sei.

Wie so häufig bei solch praktischen Angelegenheiten hatte Timothy recht. Denn auf einer dieser Partys, zu der ich tatsächlich nicht eingeladen war, lernte ich Frau von Goltz kennen. Es war ein Sommerfest am Wannsee. Nach längerem Smalltalk war die Frau auf mich neugierig geworden und lud mich in ihren Erzählsalon ein, wo ich über mein, wie sie sagte, ja eher ungewöhnliches Leben reden sollte. Auf diese Weise lernte ich den Freundeskreis adliger Damen bei einer Lesung aus meinem Buch kennen.

Dabei hatte ich Glück. Ich war die erste Künstlerin, mit der die Damen direkt in Kontakt kamen. Ich meine, die erste Künstlerin, die bis vor Kurzem hinter dem Eisernen Vorhang gelebt hatte. So eine, sagten die Frauen, hatten sie noch nie zu Gast in ihrem Erzählsalon gehabt. Doch ich war nicht nur die erste, sondern darüber hinaus auch noch eine Frau, die in ihrem Erzählsalon den Anfang machte. Dieser Umstand beglückte sie doppelt, sodass sie beschlossen, aus diesem spontanen Anfang eine Lesungsreihe zu kreieren, in der Künstlerinnen aus dem nun auch freien Teil der Stadt Berlin ihre Werke vorstellen konnten.

Lange nach dieser Lesung gestand mir Frau von Goltz, dass ihre Mitstreiterinnen und sie nicht früher auf die Idee gekommen wären, Künstlerinnen aus dem Ostteil der Stadt zu sich in ihren Erzählsalon einzuladen, hätte viele von ihnen im Nachhinein beschämt. Umso zufriedener waren sie, dass ihre Veranstaltungen im Erzählsalon bald weit über die Stadt hinaus zu einer der ersten Adressen Berlins wurden.

Und nun stand Frau von Goltz vorn neben dem Richtertisch und sprach in einem ruhigen, aber energischen Ton: „Ich glaube keinen Augenblick, dass Rosa solch eine Tat begangen hat." Bevor sie weitersprach, machte sie eine längere Pause. „Doch rein spekulativ betrachtet", meinte sie, „gesetzt den Fall, Rosa hätte Frau von Schreckenberg tatsächlich aus dem Fenster gestoßen, sollte uns dies bei der Urteilsfindung zu einigen Überlegungen Anlass geben. Denn je länger ich den Frauen, die bei uns lasen und über ihre Lebensschicksale sprachen, zuhörte, desto häufiger stellte ich mir die Frage: Können wir, die wir in der freien Welt Aufgewachsenen, uns überhaupt in die psychischen

Qualen einer Rosa Ka. hineinversetzen? Können wir die Pein und die Nöte verstehen und auch noch nachfühlen, denen diese Frauen in ihrem Leben ausgesetzt waren? Ihr hartnäckiges Ringen um ihren individuellen Kern, den sie unter keinen Umständen gewillt waren aufzugeben? Den sie täglich aufs Neue bemüht waren, zu erhalten? Auch weil man vonseiten der Macht versuchte, ihre Individualität stets aufs Neue zu zertreten, insofern sie auch nur ansatzweise wieder zum Vorschein kam? Können wir uns vorstellen, welch enormer Widerstand aufzubringen, wieviel Kraft und Fantasie zu leisten war, um von diesem System nicht gebrochen zu werden?

Rosa und viele der anderen Frauen haben in unseren Veranstaltungen und Lesungen wieder und wieder davon berichtet. Eindrucksvoll und eindringlichst haben sie von ihrem Kampf um den Erhalt ihrer Individualität gesprochen. Erstaunlich freimütig haben sie auch davon erzählt, welch hinterlistige und heimtückische Methoden sie selbst gegen das System anwenden mussten, um sich als Individuen nicht aufzugeben. Welch raffinierte Spiele sie zu spielen hatten, um von diesem System nicht zermalmt zu werden? Spiele, die nicht selten bis an die Grenzen der Selbstzerstörung reichten. Ganz zu schweigen von der Energie zum Widerstand, den diese Frauen aufzubringen hatten, um sich den verschiedenen Spielarten der Landesparanoia zu widersetzen, um nicht dem tatsächlichen oder dem nur im Land gespielten Verfolgungswahn anheimzufallen."

Frau von Goltz machte eine Pause und wandte ihren Blick vom Richtertisch hin zu den Anwesenden im Saal. Wort für Wort betonend sagte sie: „Ich bin davon überzeugt, die Rückwirkungen dieser Brutalitäten und Repressalien, denen die Künstlerinnen in jenem System ausgesetzt waren, können wir, die wir immer in der freien Welt lebten, uns nicht vorstellen. Auch die möglichen Auswirkungen ihrer noch vorhandenen Traumata auf ihre gegenwärtigen Handlungen verschließen sich uns und unserem Erfahrungshorizont."

Frau von Goltz machte eine weitere Pause und sah zu den Fenstern, vor denen die Mittagssonne kurz aufschien, bevor sie weitersprach. „Emotional betroffen von den Berichten und Schilderungen der Künstlerinnen in unseren Veranstaltungen wollten wir unseren kleinen Beitrag dazu leisten, dass ihre Erlebnisse aus der mehr oder weniger diffusen Wahrnehmung bundesdeutscher Öffentlichkeit herausfanden und ihre Erlebnisse und Schicksale für uns verstehbarer wurden. Deshalb hatte unser Verein gemeinsam mit den Literatinnen und Künstlerinnen eine Tagung organisiert, die unter dem etwas provokativen Motto stand: Können bundesdeutsche Psychoanalytikerinnen und Analytiker die Schicksale und Traumata von Menschen, die unter anderen Systembedingungen lebten, überhaupt therapieren? Welche lebensweltlichen Erfahrungen benötigen diese Analytikerinnen und Analytiker für eine erfolgreiche Therapie? Wie können sie sich einer Lebenswelt nähern, deren Logik sie nie ausgesetzt waren?

Nicht wenige von den Frauen, die in unserem Haus vortrugen, landeten damals zeitweilig auch in der Psychiatrie, in der sie nicht sicher sein konnten, was von ihren Krankengeschichten beim Staatssicherheitsdienst landete, der dann seinerseits das ihm zugespielte Wissen gegen die Künstlerinnen benutzte.

Wir waren damals überrascht von dem breiten Interesse der Öffentlichkeit an unserer Tagung. Einige bekannte Fachzeitschriften berichteten über sie. Aber auch einige Tageszeitungen griffen das Thema auf. So war es nicht verwunderlich, dass zwei Jahre später in Amsterdam diese Frage auf einem dreitägigen Kongress noch einmal aufgegriffen wurde und man sie unter einer noch provokativeren Fragestellung wieder zur Diskussion stellte. Der Frage nämlich, ob Analytikerinnen und Analytiker der freien Welt überhaupt einen Zugang zu Patienten finden können, die unter den ihnen systemfremden Bedingungen sozialisiert wurden? Oder anders gefragt: Reichen die fachlichen Kenntnisse und lebensweltlichen Erfahrungen der Analytikerinnen und Analytiker aus, sich Menschen therapeutisch zu nähern, die in einem uns fremden sozialen Axiom lebten?

Die Aufmerksamkeit für diesen Kongress war weit größer als die Aufmerksamkeit, die unser Kongress auf sich gezogen hatte. Und der Mut der Veranstalter ging weit über den der unsrigen Veranstaltung hinaus. So beschäftigte sich ein ganzes Panel allein mit der Frage der Fehlbehandlungen durch Therapeuten und Therapeutinnen sowie den Konsequenzen solcher Behandlungen, die durch eventuell fachliche Inkompetenz der Therapeuten für die nun noch einmal geschädigten Patientinnen und Patienten entstanden waren. Also für Patienten, die fast 30 Jahre hinter dem Eisernen Vorhang ihr Leid zu tragen hatten.

Nicht alle Antworten auf diesem Kongress waren überzeugend. Aber dasBewusstsein für die Schwierigkeiten solcher Therapien für Menschen, die unter anderen Systembedingungen gelebt hatten, steht seitdem deutlicher als zuvor im Raum und damit auch das Problem um die Begrenztheit unseres eigenen Wissens.

Ich habe Rosa in der Untersuchungshaft besucht. Ich habe sie gefragt, ob sich ihre Therapeutin, Frau von Schreckenberg, für die konkreten Lebensumstände, unter denen Rosa in der Diktatur ihr Dasein gestalten musste, interessiert hat. Ich fragte Rosa, ob ihre Therapeutin versucht hat, die sozialen, aber auch die intellektuellen Repressalien zu verstehen, unter denen Rosa in der Diktatur gelebt und gelitten hat. Ob sie versucht hat, sich die Koordinaten und Umstände, die zu solch einer Tat hätten führen können, zu vergegenwärtigen, um auf diese Weise einen Faden aufzunehmen, an dem entlang sie beide gemeinsam hätten gehen können, um so das vorhandene Trauma aufzuarbeiten? Aus alledem, was Rosa mir über die Therapie der Frau von Schreckenberg berichtet hat, hat diese Therapeutin die Hintergründe, die solch eine Tat hätten erklären können, nicht oder nicht genügend nachgefragt."

Frau von Goltz blätterte in einem DIA A4-Block, den sie die ganze Zeit in den Händen gehalten hatte, und sagte zum Gericht gewandt: „Hat sich das Gericht schon einmal die Frage gestellt, ob Frau von Schreckenberg diesen ihren Tod mitverantwortet haben könnte, wenn er tatsächlich von Rosa Ka. verursacht worden wäre? Unter anderem, weil sich diese Analytikerin eine Therapie zugetraut hat, deren Dimensionen sie nicht zu überschauen vermochte?"

Frau von Goltz blätterte weiter in ihrem Block. „Die Vita der Frau von Schreckenberg ist eine sehr bundesdeut-sche: Aufgewachsen in einer süddeutschen Kleinstadt. Nach dem Abitur Studium in Düsseldorf, Lehranalytikerin in Niedersachsen, durch die Vermählung mit einem

Finanzbeamten nach Berlin gekommen und hier eine Praxis für Psychotherapie eröffnet. Das war eher ein glatter Durchlauf in einen akademischen Beruf, wie es im westdeutschen Wohlfahrtstaats viele gab und gibt. Da waren keinerlei Brüche in der Biografie, die zu einem sensiblen Verständnis von Lebenskrisen hätten führen können. Ich frage mich, wann und woher diese Frau ein Feeling für Ab- und für Umwege, für Poker und für Doppelspiele, für das Erlernen der Kunst des Sich-Verstellens hätte bekommen können? Ganz abgesehen von der Kunst, die nicht nur Rosa zu erlernen hatte: nämlich zeitweise mit und auch in der Fiktion leben zu müssen, um den Verstand nicht zu verlieren? Mit dem Ziel, als eigenständige, ja, auch eigenwillige Person nicht unterzugehen.

Noch allgemeiner gesprochen, stellt sich doch die Frage: Wo und wann hat Frau von Schreckenberg gelernt, mit und in Widersprüchen zu denken und zu leben? Wann und wo hat sie geübt, Widersprüche auszuhalten, auch dann, wenn sie eigentlich gar nicht auszuhalten waren, wie uns Rosa und die anderen Frauen in den Veranstaltungen lebhaft erzählten. Diese Frauen, die aber dennoch weitermachen mussten, obwohl sie wussten, dass längst alles vorbei schien. Dass es keine Rettung für sie gab. Sieht man ab von ihrem eigenen Willen, den sie nicht aufgeben wollten. Unter keinen Umständen!"

Frau von Goltz machte eine Pause. „Vielleicht war diese Frau von Schreckenberg die falsche Therapeutin für Rosa? Vielleicht war sie überfordert? Rosa kam aus einer Welt, die eine Frau Schreckenberg wenn überhaupt nur vom Hörensagen kannte. Einer Welt, die mit der ihren nichts zu tun hatte. Vielleich hat sich diese Frau von Schreckenberg einfach überschätzt, weil ihr Rosas Welt aufgrund ihres bundesdeutschen Wohllebens nicht zugänglich war. Und das, obwohl sich Frau von Schreckenberg ernsthaft bemühte, wie mir Rosa anschaulich schilderte. Vielleicht hätte sich Frau von Schreckenberg ihr eigenes Scheitern in Sachen Rosa eingestehen sollen. Ja, eingestehen müssen?

Wir können sie leider nicht mehr fragen. Auch nicht, ob ihr Fenstersturz nicht vielleicht das Eingeständnis ihres persönlichen Scheiterns war. Also weder Mord noch Totschlag, auch kein Unfall, sondern ihr selbstverschuldetes Unglück, resultierend auch aus ihrer Ahnungslosigkeit und ihrer provinziellen Selbstüberschätzung, die die Ursache dafür war, die Therapie von Rosa überhaupt angenommen zu haben?"

Frau von Goltz legte ihren Block beiseite und fixierte den Richter durch ihre Brille. Dann sagte sie nachdenklich: „Vielleicht ist ja die Überschätzung unserer Urteilskraft gegenüber den Menschen, die aus der Diktatur zu uns in die freie Welt kamen, ein Grund dafür, dass so viele Missverständnisse zwischen ihnen und uns existieren. Vielleicht sollten wir mit mehr Vorsicht und weniger Hochmut gegenüber unseren Fähigkeiten Menschen gegen- über- meinetwegen auch entgegentreten, deren Lebenswelt wir nur vom Hörensagen kennen. Vielleicht sollten wir uns eingestehen, dass unsere Werturteile, die wir über diese Menschen abgeben, durch Unkenntnis zustandekommen und -kamen. Weil wir die Koordinaten, in denen diese Menschen ihr Leben realisieren mussten, letztendlich nicht nachvollziehen und daher nicht wirklich verstehen können? Wir sind zwar in der Lage, die Verletzungen und ihre Traumata verstandesmäßig zur Kenntnis zu nehmen. Wir können sie aber emotional nicht erfassen oder gar nachvollziehen. Vielleicht sollten wir daher den Maßstab, mit dem wir herumfuchteln, neu vermessen, und nach einer anderen Maßeinheit suchen, die uns dann Stab werden kann. Ein Maß, das berücksichtigt, dass nicht wir und unsere Lebenswelt die einzige Richtschnur sind, nach der Leben ablaufen kann oder gar muss. Vielleicht sollten wir an die Kraft unseres Urteilsvermögens mit weniger Selbstüberschätzung und Ignoranz herangehen. Und das, wovon wir nichts verstehen, nicht auch noch mit moralischen Sätzen zukleistern?"

Frau von Goltz nahm ihre Brille ab und setzte sie wie einen Kopfschmuck in ihre Haare. Dann stützte sie ihre Arme auf den Zeugentisch und sagte: „In dem hier zu fällenden Urteil wäre es durchaus sinnvoll, auch das zu berücksichtigen, was wir, die wir allein nur in der freien Welt lebten, nicht wissen. Nicht wissen können, weil uns viele der Erfahrungen dieser Menschen verschlossen bleiben müssen. Ist doch nicht nur unsere nun auch schon über Generationen geprägte Lebenswelt begrenzt, weil unser Wissen und Handeln nicht nur auf unseren gemeinsamen Erfahrungen beruht, sondern auch durch unsere gemeinsamen Überzeugungen bestimmt ist. Also durch unsere gelebten Gewissheiten, die aus einem gemeinsamen Grundvertrauen bestimmt sind. Ein Grundvertrauen, entstanden auf unserem, nur unserem, historischen Hintergrundrahmen, aus dem heraus wir unsere Gewissheiten speisen. Gewissheiten, die uns allzu oft als bloße Meinungen gegenüberstehen. Abgetrennt von einer nochmaligen Überprüfung der einmal gemachten Erfahrungen, Gewissheiten und Überzeugungen, an die wir glauben, dass sie schon immer, quasi gottgegeben, zu unserer Lebenswelt gehören."

Frau von Goltz balancierte ihre Brille aus den Haaren. Sie setzte sie wieder auf und sagte: „Ja, das war es, was ich hier sagen wollte."

Der Richter bedankte sich bei ihr, ohne sich an das Gericht mit der Aufforderung zu wenden, an die Zeugin noch Fragen zu stellen.

44

Nachdem ich in meiner Zelle zurückgeführt worden bin, esse ich genüsslich einen von den Äpfeln, die mir Frau von Goltz mitgebracht hat. Die Äpfel sind ein Gruß der jetzigen Besitzerin des Hauses, ich meine das, das ich nach dem Tod von Nora verloren habe. Frau von Goltz hat die Frau ausfindig gemacht, die das Haus erworben hat, und ihr von mir und meinem Debakel erzählt. Die Frau, die jetzt in Noras und damit eigentlich auch in meinem Haus wohnt, ließ mir durch Frau von Goltz Grüße bestellen. Sie bat mich, wenn ich diesen scheußlichen Prozess hinter mir habe, sie unbedingt zu besuchen. Sie würde sich sehr freuen, mehr über die Geschichte des Hauses zu erfahren. Sie sagte, dass sie im Osten Deutschlands eine Cousine habe, die eine ähnliche Geschichte erlebe und fragte, warum ich nicht auf eine Entschädigung geklagt habe. Schließlich hätte das Regime mich doch um meine Erbschaft betrogen. Ihre Cousine habe am Ende eines langwierigen Prozesses zumindest eine ganz erhebliche Summe an Geld für das ihr angetane Unrecht bekommen. Bestimmt könne mir ihre Cousine einige Tipps geben, falls ich einen solchen Prozess anstreben würde, und mir auch noch einen kompetenten Fachanwalt vermitteln. Sie arbeite doch in einer renommierten Anwaltskanzlei. Natürlich sei die Voraussetzung, der Fall sei noch nicht verjährt. Schon um all das zu besprechen, solle ich sie unbedingt besuchen.

Ich esse den Apfel samt seinem Gehäuse und auch noch die Kerne. Dann schnipse ich seinen Stiel in den Papierkorb.

Nicht nur, dass Nora auf mich zugekommen ist, damals aus dem Schacht, war ein Riesenglück für mich, sondern dass sie auch noch die Idee hatte, im Westteil der besetzten Stadt ein Haus zu kaufen. Denn dadurch hatte ich frühzeitig vor und hinter dem Eisernen Vorhang einen Ort, auf den ich als ein Zuhause zugehen konnte. Was bedeutete, ich konnte zwischen beiden Welten hin- und herlaufen und musste oft Entscheidungen treffen, die in ihrer Logik nicht gegensätzlicher hätten sein können. Aber genau das wollte Nora doch von Anfang an, dass ich beide Seiten der Welt des Kalten Krieges kennenlernte, um mir selbst ein Bild machen zu können. Das war ihr sehr wichtig. Sie wollte mir die bestmöglichen Ausgangsbedingungen für ein Leben in beiden Welten mitgeben, denn lange war nicht entschieden, welcher der beiden Kontrahenten den Krieg gewinnen würde.

Schade, dass ich Nora damals noch nicht fragen konnte, welche letztlich wirklich ihre Absicht war, das Haus am See zu kaufen. Und schade auch, dass sie durch ihren plötzlichen Tod nicht mehr erfahren konnte, von welch hohem Nutzen das Haus für mich in der nun geltenden Zeit –

selbst als verlorenes –war. Hatte ich doch bald verstanden: Das Haus in der Moderne ist nicht nur ein Ort, sondern auch ein Symbol. Ein Symbol für eine soziale Schicht, die sich gern selbst die Middle Class nennt. Dieser Schicht schien es daher ganz selbstverständlich, dass ich zu ihr gehörte, nachdem sie von meinem Schicksal mit dem Haus erfuhr. So standen mir viele Türen in diese Middle Class offen, allein durch die Tatsache, dass ich einmal ein Haus besessen hatte, das durch die Umstände verloren gegangen war. Denn gerade in Deutschland war es durch seine Niederlage im Zweiten Weltkrieg und den sich anschließenden Kalten Krieg nichts Außergewöhnliches, sein Haus verloren zu haben.

Mein Entschluss, in der Moderne als Rosalie wieder aufzuerstehen, um nun selbstbestimmt auch durch diese Zeit zu gehen, führte mich durch das Haus beinahe zwangsläufig in diese Middle Class. Denn zu meinem Kapital als Besitzerin eines verloren gegangenen Hauses kam ein weiteres, ebenso wichtiges hinzu: nämlich mein hinter der Mauer absolviertes Studium und die mir mit viel Geduld geschenkte Bildung in einer höchst bürgerlich-intellektuellen, kosmopolitische Familie. Beides zusammen ließ mich, ohne dass ich viel dazutun musste, leichtfüßig in dieser Middle Class ankommen.

Leichtfüßig, denn ich kannte ihre Art zu gehen, ihre Weise, ein Bild in einer Galerie anzusehen. Ich verstand bald sowohl den Wechsel ihrer Moden als auch die Art, wie sie sich zu unterhalten pflegten. Und: Wie sie von mir unterhalten werden wollten! Gerade in Letzterem bestand mein eigentlicher Reiz für sie und ihr Interesse an mir: Sie wollten von mir unterhalten werden, und zwar so authentisch wie möglich. Also wahrhaftig, das heißt durch mich als Person verbürgt. Darauf legten sie Wert. Authentizität, Echtheit war die Bedingung. Nicht erfundene, sondern erlebte Geschichten wollten sie von mir hören und lesen. Dies war mein Glück. Das kam mir entgegen. Hatte ich doch schon zuvor als Rosa davon gelebt. Hatte geübt, immer geübt, Geschichten so zu erzählen, dass sie mir auch hätten passieren können und auf eine mir unerklärliche Weise dann passierten. Vollzog sich doch das Authentische meiner Geschichten auf eine geheimnisvolle Weise häufig erst, nachdem ich sie erzählt hatte. Ich habe also das Authentische meiner Geschichten in gewisser Weise vorher-gesehen. Sie antizipiert, wie man heutzutage sagt. Das bedeutete, meine erzählten Geschichten passierten mir durch oder nach dem Erzählen. Die Authentizität, die Echtheit meiner Geschichten wurde auf diese Weise nachge-holt, sodass ich sie getrost und guten Gewissens auch schon vor ihrem Geschehen als authentische Geschichten erzählen konnte.

Im Unterschied zur Zeit im 1. Arbeiter- und Bauernstaat kam es jetzt jedoch darauf an, dass die Geschichten als Geschichten stets spannend blieben. Wobei ihre Spannung unverwechselbar die Spannung meiner, allein meiner, authentischen Geschichten zu sein hatten, die ich „auf Teufel komm mit" nun zu erzählen hatte.

Mein Axiom aus der Vormoderne: „Du lebst, indem du erzählst" hatte ich als Rosalie zu erweitern zu dem Axiom: „Du überlebst, indem du erzählst". Diese Einsicht gab mir die Gewissheit, die Verbindung zu Rosa in mir nicht zu verlieren. Denn als Rosalie werde ich nun …

Draußen auf dem Gang höre ich die Stimme der

Verteidigerin, Frau Schultz, Schultz mit tz. Sie kommt mit der neuen Schließerin, um mir zu sagen, dass die Zeugenvernehmung endlich abgeschlossen sei. Der Termin der Urteilsverkündigung werde morgen um 10 Uhr bekanntgegeben. Sie habe also noch Zeit, an ihrem Plädoyer feilen.

DANKSAGUNG

Für ihren Zuspruch, ihre Geduld und für die vielen sachdienlichen Hinweise zu diesem Buch möchte ich mich bedanken bei:

Gabriele und Gerald Brien
Wibke Bruhns †
Manon Bursian
Bernd Floßmann
Anina Hoeck
Werner Jung
Jürgen Kocka
H. Joachim Meencke
Hanno Möbius
Ingeborg Quaas
Monika Richarz
Iván Santibáñez Koref
Andrea Schäfer
Wolfgang Templin
Marianne Theil
Roxana-Patricia Wagner

Und ich danke all denen, die meine Arbeit in vielfältiger Weise gefördert haben.